조선후기 통신사 필담창화집 번역총서 19

桑韓唱酬集

상한창수집

조선후기 통신사 필담창화집 번역총서 19

桑韓唱酬集

상한창수집

진영미 역주

보고사

이 역서는 2008년도 정부재원(교육과학기술부 학술연구조성사업비)으로 한국연구재단의 지원을 받아 연구되었음(KRF-2008-322-A00073)

이 번역총서는 2012년도 연세대학교 정책연구비(2012-1-0332) 지원을 받아 편집되었음.

차례

◇ 상한창수집 인 桑韓唱酬集 人

◇ 영인자료 [우철]

일러두기

1. 통신사 필담창화집 번역총서는 제1차 사행(1607)부터 제12차 사행(1811)까지, 시대순으로 편집하였다.

2. 각권은 번역문, 원문, 영인자료(우철)의 순서로 편집하였다.

3. 300페이지 내외의 분량을 한 권으로 편집하였으며, 분량이 적은 필담창화집은 두 권을 합해서 편집하고, 방대한 분량의 필담창화집은 권을 나누어 편집하였다.

4. 번역문에서 일본 인명과 지명은 한국 한자음 그대로 표기하고, 처음 나오는 부분의 각주에 일본어 발음을 표기하였다. 그러나 번역자의 견해에 따라 본문에서 일본어 발음대로 표기를 한 경우도 있다.

5. 번역문에서 책명은 『 』, 작품명은 「 」로 표기하였다.

6. 원문은 표점 입력하였는데, 번역자의 의견에 따라 표기하는 것을 원칙으로 하였지만, 가능하면 한국고전번역원에서 정한 지침을 권장하였다. 이 경우에는 인명, 지명, 국명 같은 고유명사에 밑줄을 그어 독자들이 읽기 쉽게 하였다.

7. 각권은 1차 번역자의 이름으로 출판되었는데, 최종연구성과물에 책임연구원과 공동연구원의 이름이 반드시 들어가야 한다는 한국연구재단의 원칙에 따라 최종 교열책임자의 이름으로 출판되는 책도 있다.

8. 제1차 통신사부터 제12차 통신사에 이르기까지 필담 창화의 특성이 달라지므로, 각 시기 필담 창화의 특성을 밝힌 논문을 대표적인 필담창화집 뒤에 편집하였다.

상한창수집(桑韓唱酬集)

1. 개요

『상한창수집(桑韓唱酬集)』은 1719년 정사 홍치중(洪致中)·부사 황선(黃璿)·종사관 이명언(李明彦) 등 통신사 일행이 덕천길종(德川吉宗, 도쿠가와 요시무네)의 습직(襲職)을 축하하기 위해 일본에 건너갔을 때, 우창(牛窓, 우시마도)·병고(兵庫, 효고) 등지에서 일본 문사들이 조선 문사를 찾아와 교유하면서 주고받은 시문을 향보(享保) 5년 경자년(1720)에 대판(大阪, 오사카)에서 간행한 필담창화집이다.

2. 저자사항

『상한창수집』은 향보(享保) 5년 경자년(1720) 9월 길일(吉日)에 강호시대(江戶時代) 2대 출판사 중 하나인 대판(大阪)에 있는 하내옥 우병위(河內屋宇兵衛)와 각수(刻手) 등구 태병위(嶝口太兵衛)에 의해 간행되었다. 하간정윤(河間正胤, 가와마 마사타네)이 교열(校閱)하였고, 서문도 지었다. 하간정윤은 강호시대 전-중기 한문 식견을 지닌 유자(儒者)로

장손(長孫)이 그의 자(字)로 추정될 뿐, 생몰연대 등 기타 행적은 알 수
없다.

『상한창수집』에는 일본 문사와 조선 문사가 교유하면서 주고받은
필담과 시편 및 서신이 수록되어 있다. 일본 문사로는 송정하락(松井河
樂, 마쓰이 가라쿠, 1643~1728)·산전강재(山田剛齋, 야마다 고사이)·화전성
재(和田省齋, 와다 쇼사이, 1685~1739)·송포하소(松浦霞沼, 마쓰우라 가쇼,
1676~1728)·하징정실(河澄正實, 가와즈미 마사미)·전중묵용(田中默容, 다
나카 모쿠요)·의상(衣尙 이나오)·팔전석헌(八田碩軒, 핫타 세키켄, 1704~
?)·중대본(中大本, 나카 다이혼)·축산난계(築山蘭溪, 쓰키야마 란케이) 등이
있고, 조선 문사로는 제술관 신유한(申維翰, 1681~1752), 서기 강백(姜栢,
1690~1777)·성몽량(成夢良, 1718~1795)·장응두(張應斗, 1670~1729) 및 의
원 백흥전(白興詮, ?~?) 등이 있다.

일본 문사들 가운데 주요 인물만 살펴보면 다음과 같다. 송정하락
은 강호시대 전-중기의 유자(儒者)로 이름은 양직(良直), 통칭은 칠우
위문(七右衛門), 별호는 가락(可樂)이다. 파마(播磨, 하리마) 산기번(山崎
藩, 야마사키한)과 비전(備前, 비젠) 강산번(岡山藩, 오카야마한)의 번주를
섬겼으며, 번교(藩校) 학감(學監)이 되었다. 산전강재는 강호시대 전-중
기의 유자(儒者)로 성은 산전(山田)이고, 이름은 정경(定經)이며, 자는
맹윤(孟贇), 별호는 강재(剛齋)이다. 낙락자(樂樂子)로 자칭하였다. 비양
국(備陽國) 제후의 소사(小史)로 그 지방의 기록과 계보(系譜)를 맡아보
았다. 송포하소는 강호시대 전-중기의 유학자로 이름은 의(儀)·윤임
(允任), 자는 정경(禎卿), 호는 하소(霞沼), 통칭은 의우위문(儀右衛門)이
다. 어려서 남부초수(南部草壽, 난부 소주)로부터 학재(學才)를 격찬 받았

고, 13세에 대마부중번(對馬府中藩, 쓰시마후추한)의 가신이 되었다. 목하순암(木下順庵, 기노시타 준안)에게 배웠으며, 시문에 뛰어나 목문십철(木門十哲)의 한 사람으로 꼽혔다.

3. 구성 및 내용

『상한창수집』은 3권 3책으로 되어 있고, 각 권수를 천(天)·지(地)·인(人)으로 나누었다. 제1권 천(天)에는 우창에서 일본 문사 송정하락·산전강재·화전성재·송포하소가 조선의 제술관인 신유한, 서기 강백·성몽량·장응두 및 의원 백흥전 등과 주고받은 필담과 시가 수록되어 있고, 제2권 지(地)에는 병고에서 하징정실·전중묵용, 실진(室津, 무로쓰)에서 송포하소·의상 등이 조선의 제술관 및 삼서기(三書記)와 주고받은 필담과 수창한 시가 수록되어 있으며, 제3권 인(人)에는 대판에서 팔전석헌·중대본·축산난계 등이 역시 조선의 제술관 및 삼서기와 주고받은 필담과 시가 수록되어 있다.

『상한창수집』에는 조일 문사 간에 주고받은 창화시 총 30여수가 수록되어 있다. 제1권에는 양국 문사 간에 주고받은 시가 상당수 수록되어 있으나, 조선 문사의 화답시가 없는 일본 문사만의 시도 몇 수 수록되어 있다. 제2권에는 주로 화답시가 없는 일본 문사들의 시가 수록되어 있으며, 제3권에는 대부분 창화시가 수록되어 있다. 창화는 일반적으로 양국 문사들이 만나는 현장에서 이루어졌다. 일본 문사들이 미리 지어온 시를 조선 문사에게 주면 조선 문사는 그 시의 운자(韻字)에 따라 즉석에서 화답을 해 주는 경우가 대부분이다. 일례로, 일본 문사

송정하락이 〈또 세 분 공께 드리다[又奉呈三雅公之几前]〉라는 시를 조선의 서기(書記) 세 사람에게 주면, 조선의 국계(菊溪) 장응두는 〈하락의 시에 차운하다[奉次河樂淸韻]〉라는 시를, 소헌(嘯軒) 성몽량은 〈하락공의 시에 화답하다[謹和河樂公淸韻]〉라는 시를 그 자리에서 지어 화답하였다. 이때 경목자(耕牧子) 강백은 화답시를 짓지 않았다.

『상한창수집』에는 필담이 수록되어 있는데 주목할 만한 것으로, 제1권에 수록되어 있는 비전주(肥前州, 히젠슈) 대롱산(大瀧山) 복생사(福生寺)의 승려 원윤(圓贇)의 부탁을 받고 송정하락이 신라 최치원(崔致遠)과 김지장(金地藏)에 대한 사적(事蹟)을 물어보매 장응두가 이에 대해 상세히 답을 한 필담을 들 수 있다. 또한 『상한창수집』에는 몇 편의 서신이 수록되어 있는데, 주목할 만한 것으로 제2권에 수록되어 있는, 하징정실(河澄正實)의 「양의 권국수께 드리다[奉呈權國手良醫館下]」라는 글을 들 수 있다. 조선의 양의(良醫) 권도(權道)에게 어린아이의 다리 부종에 대한 치료법을 묻는 내용이다. 양국의 의학 수준을 가늠할 수 있는 자료이다.

4. 서지적 특성 및 자료적 가치

『상한창수집』은 목판본이며, 3권 3책이다. 글 주변 사방에 단선 테두리가 있는 사주단변(四周單邊)이고, 행을 구분 짓지 않은 무계(無界)이다. 10행 20자이며 주(註)는 두 줄로 된 소자(小字) 주쌍행(註雙行)이다. 판심(版心)은 없고, 판심제(版心題)는 권수에 따라 창화권일(唱和卷一) · 창화권이(唱和卷二) · 창화권삼(唱和卷三)으로 되어 있다. 제1권 서

문의 시작과 끝, 그리고 매 권마다 본문 서두에 인기(印記)가 있다. 제3
권 끝부분에 '향보(享保) 5년 경자년(1720) 9월 길일(吉日) 낭화(浪華) 심
재교근(心齋橋筋) 남구태랑정(南久太郎町) 하내옥 우병위(河內屋宇兵衛),
낭화 심재교근(心齋橋筋) 담로정(淡路町) 등구 태병위(嶝口太兵衛)'라고
하여 매우 구체적으로 명시한 간기(刊記)도 있다. 국립중앙도서관에 소
장되어 있는 판본(古朝43-가125)을 저본으로 하여 번역하였다.

『상한창수집』 서문에 "지금 향보 기해년(1719) 가을에 또 사신을 보
내 방문하였다. 우리나라[일본] 시인들 중에 멀리서 시를 부쳐온 경우
가 있는가 하면 직접 뵙고 시를 준 경우도 있어 주고받은 시가 적다고
할 수 없다. 출판하는 사람이 이를 모아 책으로 만들어 『상한창수집』
이라고 이름 붙였다. 이 책을 보게 되면 우리나라[일본]에 도가 있어서
이웃나라가 크게 감화되었음을 알 수 있을 것이다.[今玆享保己亥之秋,
又令使臣來聘問, 而我邦之詩人, 遠而有寄, 面而有贈, 寄贈酬答, 不爲不多矣。
剞劂氏輯以爲帙, 名曰:《桑韓唱酬集》。觀之則將足以見家邦有道, 隣國慕化之盛
也。]라고 하였듯이, 18세기 초 조일(朝日) 문화 교류 인식의 한 단면을
이해할 수 있다.

『상한창수집』에는 산전강재·송포하소·하징정실 등 일본의 우창·
병고 등지의 문사들과 조선 문사들이 주고받은 시편이 다수 수록되어
있다. 따라서 『상한창수집』은 1719년 통신사행 때 일본의 우창·병고
지방을 중심으로 한 조일 문사들 간 교유의 현장과 그 실체를 파악할
수 있는 자료이다. 그뿐만 아니라 신유한(申維翰)의 『해유록(海遊錄)』
등 조선 문사들이 쓴 사행록(使行錄)과 함께 통신사 연구에 크게 도움
이 되는 귀중한 자료이기도 하다.

상한창수집 천

桑韓唱酬集 天

상한창수집 서(敍)

    방회 만리[1]가 말하기를, "주나라 벼슬 가운데 상서와 설인[2]이라는 직책이 있다. 먼 나라 사람들이 덕을 사모하고 가르침에 감화되어 오게 되면, 사람으로 하여금 명을 받들고 나가 부드럽게 하고 위무하도록 했다."[3]라고 하였다. 삼한(三韓)이 우리나라에 예를 갖추어 찾아온 지 오래되었다. 지금 향보 기해년(1719) 가을에 또 사신을 보내 빙문하였다. 우리나라 시인들 중에 멀리서 시를 부쳐온 경우가 있는가 하면 직접 뵙고 시를 준 경우도 있어 주고받은 시가 적다고 할 수 없다. 출판하는 사람이 이를 모아 책으로 만들어 『상한창수집』이라고 이름 붙였다. 이 책을 보게 되면 장차 우리나라에 도가 있어서 이웃나라가 크게 감화되었음을 알 수 있을 것이다. 시의 공졸과 정추(精麤) 같은 것은 시를 잘 아는 사람을 기다린다. 인하여 서문을 짓다.

향보 기해년(1719) 섣달에

판양(坂陽: 大坂) 하간정윤(河間正胤) 장손(長孫)[4] 씀

---

1 방회(方回) 만리(萬里) : 원(元)나라 시인 방회. 자는 만리(萬里), 호는 허곡(虛谷) 또는 자양산인(紫陽山人).

2 상서(象胥)와 설인(舌人) : 모두 역관을 말한다.

3 방회의 『영규율수(瀛奎律髓)』 권38 「원외류(遠外類)」 소서(小序)에 나온다.

4 하간정윤(河間正胤, 가와마 마사타네) 장손(長孫) : 강호시대 전-중기의 유자(儒者). 1719년 통신사행 때 필담창화집 『상한창수집(桑韓唱酬集)』을 대판(大阪)에서 교열(校閱)하였다. 장손(長孫)은 하간정윤의 자(字)로 추정된다.

상한창수집 권일

낭화(浪華: 大坂) 하간정윤(河間正胤) 교열(校閱)

청천[5] · 국계[6] · 소헌[7] 등 제공께 드리다
奉呈靑泉菊溪嘯軒諸公鈞座前

송정하락[8]

삼가 제공들께 아뢰니　　　　　　　　　　　　謹啓諸公鈞座前

---

5 청천(靑泉) : 1719년 기해 사행 때의 제술관 신유한(申維翰, 1681~1752)의 호. 조선
후기 문신 겸 문장가. 자는 주백(周伯), 호는 청천(靑泉). 연천현감·부안현감 등을 역임
하였다. 시문으로 명성이 자자하여, 그의 시를 받기 위해 수많은 일본문사들이 모여들었
고, 대단한 칭송을 받았다. 이때 남긴 『해유록(海遊錄)』은 문장이 유려하고 관찰이 돋보
이는 기행문으로, 박지원의 중국 기행문인 『열하일기』와 비교되곤 한다.

6 국계(菊溪) : 장응두(張應斗, 1670~1729). 조선 후기의 문신. 자는 필문(弼文), 호는
국계(菊溪). 1719년 통신사행 때 서기(書記)로 일본에 다녀왔다.

7 소헌(嘯軒) : 성몽량(成夢良, 1718~1795). 조선 후기 문신 겸 시인. 자는 여필(汝弼),
호는 소헌(嘯軒) 혹은 장소헌(長嘯軒). 1719년 기해 사행 때 서기로 일본에 다녀왔으며,
이때 일본 학자들로부터 받은 시와 편지 등을 모아 편찬한 『한원청상(翰苑淸賞)』이 있다.

8 송정하락(松井河樂, 마쓰이 가라쿠, 1643~1728) : 강호시대 전-중기의 유자(儒者).
이름은 양직(良直), 통칭은 칠우위문(七右衛門), 별호는 가락(可樂). 우창(牛窓)의 번교
학감(藩校學監)을 지냈다. 저술로 『시법요략(詩法要略)』이 있다.

먼저 사신 배 평안하게 도착한 것을 축하하오 　　平安先祝錦牙船
비전주9의 성주께서 신 등에게 명하기를 　　備前州主命臣等
목욕재계하고 조선사신들 맞이하라 하셨소 　　齋戒奉迎韓國賢

저는 비전주 학교의 관리로 　　僕是備前學校官
사업10 벼슬하다가 나이 들어 물러났는데 　　品階司業老辭官
금번에 손님들께서 멀리 오셔서 모이니 　　今般貴客遠來會
맞이하라는 성주의 명으로 관직을 맡았소 　　主命逢迎擬當官

제 이름은 양직이고 성씨는 송정인데 　　吾名良直氏松井
자를 물으시니 단간영이라 하오 　　問字謹呈丹懇影
귀방의 학문과 시를 엎드려 바라니 　　伏禱貴邦學與詩
필담으로 본받게 된다면 큰 기쁨이겠소 　　筆談規格是欣幸

위의 3수에 대한 조선 문사의 화운시는 없다.

---

9 비전주(肥前州, 히젠슈) : 현재의 일기(壹岐, 이키)·대마(對馬, 쓰시마)를 제외한 좌
하현(佐賀縣, 사가켄)·장기현(長崎縣, 나가사키켄)의 대부분 지역. 비전국(肥前國, 히
젠노쿠니)이라고도 하고, 비후국(肥後國, 히고노쿠니)과 합쳐서 비주(肥州, 히슈)라고도
한다. 통신사행 때 조선 사신이 일기도(壹岐島)에 머물 때면 대부분 비전수(肥前守)가
관반(館伴)이 되어 사신을 접대했다.
10 사업(司業) : 교육기관에서 유학(儒學) 등 강의(講義)를 맡아 보던 벼슬.

(하락의 원운)[11]

타국이라 두 나라 국경 멀기만 한데	殊邦兩境遙
사신들 높은 조수 넘어 왔구려	星使越高潮
얕은 물결에서는 노가 발이 되었고	淺浪艣爲足
먼 파도에서는 바람이 다리 되었겠지	遠濤風作橋
기이한 신기루 짙었다 다시 옅어지고	蜃奇濃復淡
괴이한 고래 아침저녁으로 나타났네	鯨異夙還宵
사행길 고생스럽다 여기지 않음은	遊歷不勞意
신선이 탄 배 북두성에 맡겨서겠지[12]	仙槎任斗杓

하락께서 주신 시에 수답하다
奉酬河樂惠贈

신청천

만 리 나그네 길 아득한데	萬里客行遙
가을날 바다조수 탔다오	三秋乘海潮
감사하게도 그대 월관에 머물면서	感君留月館
운교 건너온 나를 맞이해주는구려	邀我度雲橋
까마귀 깃드는 저녁에 붓 놀리고	筆落棲鴉暮
기러기 나는 밤에 술단지 여네	樽開旅雁宵

---

11 하락의 원운 : 원문에는 시제와 작가명이 밝혀 있지 않다.
12 북두성에 맡겨서겠지[任斗杓] : 여기서 두표(斗杓)는 왕사(王事)를 말한다.

| 문성[13]이 남두[14]를 비추니 | 文星映南斗 |
| 도는 북두자루[15] 흥겨이 바라보네 | 隨興看回杓 |

하락께서 주신 시에 수응하여 드리다
奉詶河樂惠贈韻仰塵詞案

국계 장필문

천 리 길도 멀다 하지 않고	千里路非遙
구름 돛 타고 저녁 바다로 나아갔네	雲帆趁暮潮
스스로 교악의 굴[16] 넘을 수 있는데	自能超鰐窟
어찌 반드시 원타교[17]를 빌리랴	何必假黿橋
선객께서 반가운 눈길 주시어	仙客回淸眄
고담준론으로 긴 밤 지새우네	高談度永宵
새벽이 오니 헤어져도 무방하리	不妨侵曉散
북두자루 옮겨갔을 때이러니	直到斗移杓

---

13 문성(文星) : 문운(文運)을 맡은 별로 문창성(文昌星) 또는 문곡성(文曲星)이라고도 한다.

14 남두(南斗) : 남방에 있는 별 이름. 『성경(星經)』에는 "천자의 수명을 주관한다."라고 하였고, 양형(楊炯)의 『혼천부(渾天賦)』에는 "재상의 작록(爵祿)을 주관한다."라고 하였다.

15 도는 북두자루[回杓] : 밤 시간이 이미 깊었음을 뜻한다.

16 교악(蛟鰐)의 굴 : 교룡이나 악어가 사는 굴로 여기서는 험난한 바다를 뜻한다.

17 원타교(黿鼉橋) : 자라와 악어가 만들어 준 다리. 『태평광기(太平廣記)』 주(周) 목왕(穆王)에 "물고기와 자라 악어 등으로 다리를 만들어 드디어 춘산에 올랐고, 또 요지 위에서 서왕모에게 술잔을 드렸다.[魚鼈黿鼉以爲梁, 遂登於春山, 又觴西王母於瑤池之上。]"라고 하였다.

하락공께서 주신 시에 삼가 차운하다
謹次何樂公惠示韻

소헌 성몽량 여필

신선 유람에 먼 곳 사양하지 않고	仙賞不辭遙
돛단배 타고 저녁 바다로 나아갔지	風帆趁晚潮
한나라 사절 따라 은하수 끝까지 갔고[18]	窮河隨漢節
진나라 다리 건너 해를 보았다오[19]	觀日過秦橋
동안처럼 젊어 보인 어르신 만나	邂逅童顔叟
밤새 아름다운 누각에 머무르며	留連畫閣宵
처연히 임술년 이야기하는데[20]	凄然話壬戌
북두자루 돌아간 세월 얼마런가	歲月幾璇杓

다시 원운을 써서 세 분의 화운시에 화답하다
再疊原韻奉和謝三雅公之芳和

하락

아득하고 광막한 바다 건너와	陵來曠海遙
우창[21]에 닿자 잠시 배에서 내리네	牛轉暫辭潮

---

18 한나라 사절 따라 은하수 끝까지 갔고[窮河隨漢節] : 『한서(漢書)』「장건전(張騫傳)」에 "한나라 사신이 은하수까지 갔다.[漢使窮河源]"라고 하였다.

19 진나라 다리 건너 해를 보았다오[觀日過秦橋] : 진시황(秦始皇)이 바다를 건너 해 돋는 곳을 보고자 하여 석교를 만들었다는 고사가 있다.

20 임술년 이야기하는데[話壬戌] : 성여필(成汝弼)의 백부(伯父)인 성완(成琬)이 일찍이 1682년 임술년에 제술관(製述官)으로 사행하였다.

내 노래는 우물 안 개구리라 부끄러운데	卑唱蛙羞井
그대의 응수는 오작교의 까치 같구려	高酬鵲傲橋
저물 무렵에 처음 만났는데	初逢先在暮
밤이 다해서야 모임 마치는구나	終會欲通宵
아름다운 시 더욱 공손히 읊으며	佳詠拜吟益
시의 스승으로 삼아 본받네	詩師準建杓

또 세 분 공께 드리다
又奉呈三雅公之几前

(하락)[22]

만 리 파도 위에서 만 리 떠나는 배	萬里波濤萬里舟
멀리서 온 돛배 탈 없이 봉래산에 닿았구려	遠帆無恙達蓬丘
기자 나라의 아름다운 풍속 우러러보았는데	仰看風俗箕封美
뭇 손님들의 의용을 한 자리에서 보는구나	衆客儀容都一闖

위의 시에 대한 청천의 화운시는 없다.

---

21 우창(牛窓, 우시마도) : 현재의 강산현(岡山縣, 오카야마켄) 뇌호내시(瀨戶內市, 세토
우치시) 우창정우창(牛窓町牛窓, 우시마도초우시마도)이다. 강호시대 비전국(備前國)에
속하고, 우저(牛渚)·우주(牛洲)·우전(牛轉)이라고도 한다.
22 원문에는 지은이가 생략되어 있다.

하락의 시에 차운하다
奉次河樂淸韻

국계

깊은 바다 가을빛 외로운 배에 싣고	重溟秋色載孤舟
동쪽 고을의 산과 물 두루 다녔지	歷盡東州水與丘
필묵 다투는 것은 진실로 유희라	墨壘交兵眞戲劇
젊은 시절에 즐겼던 장구[23] 생각나네	少時行樂憶藏鬮

하락공의 시에 화답하다
謹和河樂公淸韻

소헌

봉오산 선인 연잎배 타고 있는데	蓬嶋仙人蓮葉舟
객성은 한밤중에 조선을 비추는구나	客星中夜耀靑丘
기쁘게도 어르신의 필력 강건하여	喜君老筆猶强健
오묘한 시구 지어낸 숙련된 솜씨로세	妙句拈來看捶鬮

---

23 장구(藏鬮) : 장구는 고리감춤놀이[藏鉤]와 관련이 있는 것으로 보인다. 고리감춤놀이
는 여럿이 둘로 편을 가르고 몇 사람의 주먹 안에 고리를 감춘 다음 상대편의 고리가
어디 있는지 알아맞히는 놀이이다. 한(漢) 소제(昭帝)의 어머니 구익부인(鉤弋夫人)이
처녀 때 병으로 왼손을 펴지 못했는데 무제(武帝)가 점쟁이의 말에 따라 부인으로 들이고
손을 펴 보게 했더니 안에 옥고리가 있었다고 하는 데서 유래하였다고 한다.

다시 원운을 써서 국계와 소헌 두 공의 화운시에 화답하다
再疊原韻奉和謝菊溪嘯軒二公之姸和

하락

타국에서 창수하며 붓을 배로 삼으니	殊域唱酬筆作舟
양국의 정 통하는 곳에 다시 막힘이 없다오	兩情通處更無丘
기이하도다! 민첩함은 번개 치는 듯하고	奇哉敏捷如飛電
시구마다 정밀 공교하여 다듬을 필요 없네	句句精工不用劖

소헌이 필어로 나의 관직과 벼슬에서 물러난 해를 물어 시로 답하다
嘯軒以筆語問予官職及辭官之年序, 予乃以韻語答之

(하락)[24]

저는 본래 강건하여 무관 일을 하다가	吾本壯强武事勤
국학의 사업을 맡아 문관으로 옮겼다오	國黌司業復遷文
육십여 세에 병으로 벼슬에서 물러났는데	六旬餘歲病辭職
이번에 임시 직책으로 그대와 회합하게 되었소	權授這回會雅君

---

24 원문에는 지은이가 생략되어 있다.

벼슬에서 물러난 해에 대해 답한 하락의 시에 화답하다
奉和河樂答示辭官年序韻

소헌

동도[25]에서 속세일로 십년 동안 일하고	東武緇塵十載勤
북산으로 돌아온 흥, 이문을 외우는구려[26]	北山歸興誦移文
아직도 벼슬 좇아[27] 분주한 이 몇이던가	幾人猶走鐘鳴後
늘그막에 한가히 지내는 자 그대뿐이라오	暮境投閑獨有君

다시 원운을 써서 소헌공의 화운시에 감사하다
復重原韻奉謝嘯軒公之寵和

하락

재주 없는 사람 힘써 일을 했어도	徒窮精力不才勤
문무에 공적이 없어 부끄러울 뿐이라오	無績只羞武與文
늘그막에 벼슬에서 물러남이 나의 분수인데	老境辭官吾適分
한가로움 속 주군의 총애로 그대 만났구려	投閑袞寵却疑君

---

25 동도[東武] : 동무(東武)는 막부장군(幕府將軍)이 있는 강호(江戶), 또는 장군의 별칭이다. 일본 천황(天皇)이 있는 경도(京都)가 강호의 서쪽에 있으므로 서경(西京)이라 하는 데 반해, 서경의 동쪽에 있는 무가(武家)의 뜻으로 동무라고 한다.

26 북산으로 돌아온 흥, 이문을 외우는구려[北山歸興誦移文] : 이문은 공치규(孔稚圭)의 「북산이문(北山移文)」을 말한다. 하락이 벼슬을 그만두고 은자의 삶을 살게 된 즐거움을 비유적으로 표현한 것이다.

27 벼슬 좇아[鐘鳴後] : 종명(鐘鳴)은 종명정식(鐘鳴鼎食)을 뜻한다. 사람이 많아서 밥 먹을 시간이 되면 종을 쳐서 모이게 하고, 밥을 먹을 때에는 솥을 늘어놓고 먹는다는 말인데, 부귀한 집안의 호사스러운 생활을 뜻한다. 왕발(王勃)의 「등왕각서(滕王閣序)」에 "閭閻撲地, 鍾鳴鼎食之家。"라고 하였다.

하락공께서 다시 보여준 시에 차운하다
走次河樂公疊示韻

내가 오늘 새벽 바다에서 남극노인성(南極老人星)을 보았기 때문에 말한 것이다.
僕今曉於海中見南極老星故云云。

소헌

맑은 밤 애써 수고롭게 찾아오신 그대	淸宵來訪意辛勤
가랑비 속 등불 앞에서 광문[28]을 마주한 듯	細雨燈前對廣文
배 위에서 잠시 남극노인성[29] 보았는데	船上纔看南極老
신선 같은 풍모, 과연 그대를 만났구려	神仙標格果逢君

같은 운을 써서 소헌공께서 축수한 시에 감사하다
用同韻奉謝嘯軒公祝壽之惠

하락

손님 접대에 별로 한 일도 없는데	待賓於我更無勤
뜻밖에 그대의 화답 시문 받아보았네	望外拜觀賢謝文
게다가 나를 위해 정성스레 축수해주니	況復丁寧祝吾壽
그대의 깊은 은혜 영원토록 잊지 않으리라	深恩沒世不忘君

---

28 광문(廣文) : 두보(杜甫)가 벗 정건(鄭虔)을 높여서 부른 말로 광문선생의 준말. 당(唐)
현종(玄宗)이 정건의 재질을 사랑한 나머지, 그를 위해 광문관(廣文館)을 설치하고 박사(博
士)로 임명했다는 고사가 있다. (『신당서(新唐書)』「문예열전(文藝列傳)·정건(鄭虔)」)
29 남극노인성[南極老] : 남쪽 하늘에 나타나서 밝은 빛을 발하는 2등성 별로, 수성(壽星)
이라고도 한다. 『사기(史記)』「천관서(天官書)」에 "낭비지(狼比地)에 큰 별이 있는데 남
극노인(南極老人)이라 부르며, 이 별이 나타나면 정치가 안정되고 나타나지 않으면 전쟁
이 발생한다."라고 하였다.

별도로 절구 한 수를 지어 하락공의 장수를 축하하다
別構一絶以賀河樂公眉壽

국계

일본의 진경은 바로 신선 고장인데	日東眞境卽殊庭
다시 천문이 수성에 가깝다고 말하네	更道天文近壽星
오늘 저녁 그대 보니 모습 예스러워	今夕見君顏貌古
번거로이 수련하지 않고도 장수하시리	不煩修鍊到遐齡

나의 장수를 축원한 국계공 시에 감사하다
奉謝菊溪公祝僕壽之惠詩

하락

귀하게 될 일각과 주정 관상[30] 우러러 보니	仰看日角與珠庭
시 읊는 소리 우레 같고 눈동자는 별과 같네	吟韻若雷眸若星
정을 베풀어 나의 장수 축원하며	却是惠情祝吾壽
시 읊어 정성스레 신선 나이에 견주네	詠辭懇懇比仙齡

---

30 귀하게 될 일각과 주정 관상[日角與珠庭] : 일각은 상법(相法)에서 이마 한가운데 뼈가
뿔처럼 융기(隆起)해 있는 상을, 주정은 이마가 넓고 복스러운 상을 말하며 모두 귀하게
될 상이다.

다시 정(庭) 자를 써서 하락께 드리다
復疊庭字仰呈河樂梧下

국계

밤 깊어 바람과 이슬 빈 뜰에 가득한데	更深風露滿虛庭
숲 너머로 몇 점 별들 낮게 드리웠네	林表低垂幾點星
석상의 여윈 얼굴 진실로 속되지 않아	席上癯容眞不俗
마치 천세토록 사는 선학과 같구려	正如仙鶴壽千齡

국계공의 정(庭) 자 운을 쓴 시에 감사하며 답하다
奉答謝菊溪公疊庭之佳吟

하락

처음에 뜰에서 가르침 받아[31] 기뻐했는데	先欣在我訓逢庭
다시 노인성에 견줘주니 그대에게 감사하오	更感於君使應星
거듭 시 지어 신선 수명이라 축수하니	重疊韻辭仙壽祝
그 징표로 오래오래 살아야겠구려	其徵須引極衰齡

---

31 뜰에서 가르침 받아[訓逢庭] : 국계공의 정(庭) 자 운을 쓴 시를 염두에 둔 표현으로, 『논어』 「계씨(季氏)」에 나오는 아버지가 자식에게 사람의 도리를 가르치는 이정(鯉庭)의 가르침을 함축하고 있는 것으로 보인다.

나의 장편 시집에 대한 서문을 시로 기원하면서 청천공께 드리다
奉祈愚製長律集之賢序之韻語青泉雅公釣坐前

하락

나의 시집 속 장편시 읊어보니	拙吟長律集中辭
평범하여 한 자도 기이함이 없구려	自識凡庸無一奇
같은 글자와 다른 운자는 피하였지만	雖避同音兼異韻
주나라 시경체와 당나라 시풍 모방하기 어렵네	難模周體與唐姿
지나친 응대는 참된 우정 아니어서[32] 부끄러운데	可羞過接非其友
다만 성정(性情)이 바로 스승이길 원한다오	只願性情是厥師
정성과 공경 어린 충심으로 그대의 서문 바라니	誠敬丹祈賢者序
덕망 깊은 자애로 강건한 필력 내려주오	健毫貶下九淵慈

하락께서 주신 시에 수응하다
奉詶河樂惠贈

청천

저는 성은 신(申)이고 이름은 유한(維翰)이며, 자는 주백(周伯)이고 호는 청천(青泉)입니다. 나이는 금년에 서른아홉입니다. 을유년(1705) 진사로 계사년(1713)에 갑과에 급제하였습니다. 지금 비서성 저작(著作)을 맡고 있는데, 외람되이 선발되어 멀리 창해를 건너오게 되었습

---

32 참된 우정 아니어서[非其友] : 『맹자』 「공손추상(公孫丑上)」에 "백이는 이상적인 군주
가 아니면 섬기지 않았고, 이상적인 친구가 아니면 벗하지 않았다.[孟子曰: "伯夷非其君
不事, 非其友不友。"]"라고 하였다.

니다. 지나는 곳마다 산봉우리처럼 솟아 있는 섬들과 구름 덮인 무성한 숲이 갖가지 선경이었는데, 게다가 또 어르신을 우러러 뵙고 시를 받들어 낭송하게 되었으니, 삼신산의 약초 또한 절로 시를 짓는데 도움이 되었음을 알겠습니다. 감사한 나머지 보잘것없는 시로 춘설처럼 수준 높은 시에 화답하긴 하였지만[33] 한 바탕 웃음거리도 되지 못할 것입니다. 시집의 서문을 지어달라는 명을 받들고 부끄러워 감히 말을 하지 못하겠습니다. 옛날에 좌태충[34]이 현안[35]에게 서문을 구했지만, 현안이 어찌 그 사람보다 낫겠습니까? 지금에 이르도록 천하 사람들은 좌태충의 자서(自敍)를 칭찬하고 있습니다. 저는 이런 점에서 경계를 하게 됩니다. 그러나 어찌 어르신의 부탁을 어기고 함께 어울릴 수 있겠습니까? 사행이 좀 한가한 틈을 기다려 혹 한두 마디라도 얻게 된다면 시집을 더럽힐지라도 서문을 지어드리도록 하겠습니다.

양원의 설경을 노래한 사마장경의 사부[36]　　　　　梁園賦雪馬卿辭

---

33 보잘것없는 시로 춘설처럼 수준 높은 시에 화답하긴 하였지만[以巴人報春雪] : 〈파인(巴人)〉은 수천 명이 따라 부를 수 있는 수준 낮은 춘추시대 초(楚)나라의 대중가요를, 춘설은 너무 어려워서 겨우 수십 명밖에 따라 부르지 못하는 고상한 노래인 〈양춘(陽春)〉 〈백설(白雪)〉를 뜻한다.

34 좌태충(左太冲) : 태충은 진(晉)나라 좌사(左思)의 자(字). 사부(詞賦)에 능했으며, 대표작으로 〈제도부(齊都賦)〉와 〈삼도부(三都賦)〉가 있다.

35 현안(玄晏) : 진(晉)나라 황보밀(皇甫謐)의 호(號). 황보밀이 좌사의 〈삼도부(三都賦)〉에 대한 서문을 써서 칭찬을 하자 부자와 귀족들이 서로 다투어 베끼는 바람에 낙양의 종이 값이 일시에 폭등했다는 고사가 전한다.(『진서(晋書)』「문원전(文苑傳)·좌사(左思)」)

36 양원(梁園)의 설경을 노래한 사마장경의 사부(辭賦)[梁園賦雪馬卿辭] : 양원은 서한(西漢) 경제(景帝) 때 양(梁) 효왕(孝王) 유무(劉武)가 만든 토원(兎園)을 말한다. 『문선

소슬한 거문고소리 절로 기이하구나	蕭瑟瑤琴耿自奇
귀밑머리 서리꽃은 고아한 모습이요	髩上霜花仍古貌
주머니 속 시편들 또한 신선풍일세	囊中詩草亦仙姿
감히 현안의 삼도부 서문 논하는데	敢論玄晏三都序
청운에 오른 한 시대의 스승이라오	曾許青雲一代師
천지는 지금 파도와 물결 고요하여	天地卽今波浪靜
태평가곡으로 은혜 가득하다오	太平歌曲荷恩慈

'천지(天地)'가 다른 곳에서는 '동해(東海)'로 되어 있다.

장편시 서문을 지어주시겠다는 신공의 말씀에 감사하다
奉謝申公愚製長律序文許諾之惠語

하락

보잘것없는 시 외람되이 지어 올렸는데	愚詠汗呈踈拙辭
순식간에 내려주신 화답시 기이하구나	咄嗟卽賜和章奇
비늘에 비길 만한 탈바꿈은 용의 모습이요	擬鱗變態維龍貌
날개 견주며 춤추는 모습은 봉황 자태로다[37]	比羽舞容是鳳姿

(文選)』에 실려 있는 사혜련(謝惠連)의 〈설부(雪賦)〉에 의하면, 양 혜왕이 양원에서 세모
(歲暮)에 사마상여(司馬相如 : 司馬長卿), 매승(枚乘), 추양(鄒陽) 등과 함께 주연을 베
풀고 놀다가 눈이 오자 흥에 겨워 먼저 시를 짓고는 간찰(簡札)을 주면서 사마상여에게
시를 짓게 하였다는 고사가 있다. 사혜련이 이 정원의 설경을 배경으로 〈설부(雪賦)〉를
지으면서부터 설원(雪園)이라는 별칭을 갖게 되었다.

37 비늘에 비길 만한 …… 봉황 자태로다[擬鱗變態維龍貌, 比羽舞容是鳳姿] : 제왕이나
　명사(名士)에게 몸을 의탁해서 공명(功名)을 이루는 것을 말한다. 한나라 양웅(揚雄)이
　지은『법언(法言)』「연건(淵騫)」에 "용의 비늘을 끌어 잡고, 봉의 날개에 달라붙는다.[攀

자리에서 붓 잡고 화답하며 벗이 되었고　　　　坐上接毫和作友
마음속으로 법을 취하여 경(敬)을 스승 삼네　　心頭取法敬爲師
긴 시로 서문 장식하는 소원 기꺼이 이루었으니　因欣長律加冠願
큰 바닷물에 듬뿍 적신 크나큰 은혜로구나　　巨海納涵慈上慈

관위·성명·연령까지 적은 글을 보여주신 청천공께 감사하다
奉謝靑泉公見示及官位姓名年齒之筆語

하락

관위와 성명과 연령에 대한 말씀　　　官位姓名年齒言
붓으로 써주시니 내 마음에 새기네　貴毫傳達刻丹魂
머나 먼 바다 저 너머로 이별하거든　別來萬里滄溟隔
아침저녁으로 이 묵적 공손히 뵈리라　朝暮拜顔此墨痕

내가 지은 『동산일기』에 대한 서문을 소헌공께 바라다
奉祈嘯軒公於愚作東山日記見加賢序

하락

동산 역로에서 날마다 읊은 시　　　東山驛路日吟辭
성글고 제멋대로라 우습기만 한데　疎放偶然堪自嗤
졸편임에도 차마 버릴 수 없으니　猶是拙篇不能棄

龍鱗, 附鳳翼。]"라는 말에서 유래하였다.

그대 서문 한 편 지어주셨으면 　　　　　　伏祈賢丈冠語慈

하락공께서 보여준 시에 삼가 차운하다
謹次河樂公惠示韻

소헌 성몽량 여필

그대 시집 속 시편마다 절묘한데 　　　　　卷裏篇篇絶妙辭
나의 변변치 못한 서문[38] 어찌 우습지 않으랴 　佛頭加糞得無嗤
청등 아래서 백규(白圭)의 글을 반복한다면[39] 　再三圭復靑燈下
고질병 고칠 수 있으니 좌자[40]보다는 낫겠지 　醫却沉痾勝左慈

---

38 나의 변변치 못한 서문[佛頭加糞] : '부처의 이마에 똥칠한다[佛頭著糞]'는 구절에서
나온 말로 훌륭한 서물(書物)의 첫머리에 변변치 못한 서문(序文)이나 평어(評語) 따위를
쓰는 것을 비유한 말이다.

39 백규(白圭)의 글을 반복한다면[再三圭復] : 말을 삼가며 근신한다는 뜻. 『시경』 「대
아(大雅)」 〈억(抑)〉의 "흰 구슬의 티는 갈아 없앨 수 있거니와, 말의 허물은 어찌할 수가
없다.[白圭之玷, 尙可磨也, 斯言之玷, 不可爲也。]"라고 한 것을 공자의 제자 남용(南容)
이 하루에 세 번씩 되풀이하여 읽었던 데서 온 말이다. 『논어(論語)』 「선진(先進)」에 "남
용이 백규의 글을 세 번씩 되풀이하여 읽거늘, 공자가 형의 딸을 그의 아내로 주었다.[南
容三復白圭, 孔子以其兄之子妻之。]"라고 하였다.

40 좌자(左慈) : 후한(後漢) 사람. 자(字)는 원방(元放). 『신선전(神仙傳)』에 의거하면 좌
자(左慈)는 도술을 배워 육갑(六甲)에 정통하여 귀신을 부렸다고 한다. 『후한서(後漢書)』
「좌자열전(左慈列傳)」에 조조(曹操)가 연회에서 여러 손님들을 돌아보면서 송강(松江)
의 농어[鱸魚]를 잡아왔으면 좋겠다고 하자, 좌자가 쟁반에 물을 담아 농어를 낚아 올렸
다고 한다. 그 뒤에 조조가 좌자를 죽이려 하자 좌자가 갑자기 벽 속으로 숨어버렸고,
또 조조가 양성산(羊城山)에서 좌자를 보고 다시 쫓자 좌자가 양떼 속으로 들어가 숫양으
로 변해 끝내 그를 잡지 못하였다고 한다.

다시 원운을 이어 소헌공께서 내가 지은 『동산일기』에 대한 서문을 허락하심에 감사하다
再賡原韻奉謝嘯軒公於愚作東山日記序文惠示之諾

하락

극히 보잘것없는 『동산일기』	東山日記極卑辭
다행히 그대 눈에 들어 비웃음 면했다오	幸入賢眸得免嗤
이미 졸편에 대한 서문 약조 허락하셨는데	已許拙篇冠語約
또 화운시까지 지어주는 온정 베푸셨구려	又添高和惠頒慈

　　대주자사(對州剌史) 가신(家臣) 유관(儒官)인 송포씨(松浦氏)가 나의 시를 보며, "소헌의 시 속에 서문을 허락한다는 말이 없으니 간절하게 물어보심이 마땅할 것입니다."라고 말하기에, 내가 "소헌의 시 속에 비록 서문을 허락한다는 말은 없지만 그 뜻이 은연중에 말밖에 드러나 있으니 다시 묻지 않아도 절로 분명합니다."라고 하였다. 송포씨가 여전히 수긍하지 못하여 이에 앞서 보낸 시 3, 4구를 고쳐서 드렸다. 아래와 같다.

극히 보잘것없는 『동산일기』	東山日記極卑辭
다행히 그대 눈에 들어 비웃음 면했다오	幸入賢眸得免嗤
졸편에 대한 서문 약조 삼가 기원하니	伏禱拙篇冠語約
분명 필적으로 큰 은혜 베풀어 주시겠지	分明筆跡是鴻慈

필어
筆語

소헌

『동산일기』에 대한 서문을 써달라는 말씀이 있으셨으니 비록 문장이 보잘것없다고 하여 감히 사양할 수 있겠습니까? 다만 밤은 짧고 사행이 촉박하니 마땅히 여유를 가지고 찬찬히 지어 드리겠습니다.

소헌공께서『동산일기』의 서문을 허락해주신 은혜에 감사하다
奉謝嘯軒公於東山日記序文金諾之惠

하락

산길에서 읊은 시편의 서문 구했는데	山道吟篇冠語祈
흠뻑 입은 은혜에 발걸음 나는 듯 기쁘네	慈涵欣躍足如飛
필묵으로 써주신 그 기약을	墨蹤投賜其期約
재차 베푸니 동도에서 돌아오시길 기다릴 뿐	再惠只俟東武歸

대주의 유관 우삼방주[41])께서 나를 정성스럽게 대해주셔서 아래와 같이 감사하고, 시모임 자리에서 정성스럽게 대해주신 아름다운 배려에도 감사하다
對州儒官雨森芳洲於予有懇情之惠, 因謝之如左, 謹謝芳洲丈詩席懇情之佳麻

하락

오래된 교분 창해처럼 깊어   舊交滄海深

다시 만나니 예나 지금이나 같구려	再會昔爲今
시모임에서 입은 은혜에 감읍하여	詩席荷恩感
생기 띤 채 비 머금은 숲[42] 마주한 듯	發生戴雨森

하락 노장의 시에 화답하다
奉和河樂老丈韻

방주

그대의 학문 세계 깊어	知君學海深
고금을 누르고 초월하였네	轢古又超今
붓을 들면 주옥같은 글 쌓여	落筆堆珠玉
편마다 시율이 무성하구려	篇篇詩律森

위는 방주의 화운시이다. 다음날 아침에 다시 지은 화운시를 드리려고 왔는데 배가 이미 출발하였다.

---

41 우삼방주(雨森芳洲, 아메노모리 호슈, 1668~1755) : 강호시대 전-중기의 유학자. 강호에서 목하순암(木下順庵, 기노시타 준안)에게 배웠고, 그의 추천으로 대마부중번(對馬府中藩)에서 일했다. 주로 조선과의 외교를 담당하였다. 근강(近江) 출신. 이름은 준량(俊良) 혹은 성청(誠淸), 자는 백양(伯陽), 통칭은 동오랑(東五郞), 별호는 귤창(橘窓). 저서로는 『조선천호연혁지(朝鮮踐好沿革志)』와 『귤창다화(橘窓茶話)』 등이 있다.

42 비 머금은 숲[雨森] : 우삼(雨森)은 대마도 유관 우삼방주(雨森芳洲)를 염두에 둔 표현이다.

신·강·성·장 등 여러 공들께 드리다
奉呈申姜成張諸公詞案下

산전강재(山田剛齋)[43]

　계림에서는 삼복더위를 이겨내야 했고 대마에서는 천 겹이나 되는 파도를 건너야 했으니, 하늘 끝 멀리 유람하는 것이 비록 사람들이 부러워하는 바라 할지라도 남다른 고생[44]과 객지의 어려움 또한 어찌 감히 말로 다할 수 있겠습니까? 채익선이 탈 없이 관소에 이르고 영주(瀛洲)에 오르게 되어[登瀛][45] 모두 기뻤습니다. 사신 배가 오늘 잠시 우창(牛窓)에 머무르게 되어, 공들을 직접 뵙고 제 이름자를 밝힐 수 있어 다행입니다. 보중하시어 만복이 깃들기를 축원합니다. 생각건대, 두 나라가 말은 다르지만 사해 모두 정이 같으니 만나보기만 해도 마음이 서로 통할 것입니다. 게다가 필담으로 말을 대신하였으니 통역에 의지할 필요도 없습니다. 저의 성은 등(藤)이고 씨는 송목(松木)으

---

43 산전강재(山田剛齋, 야마다 고사이) : 강호시대 전-중기 유자(儒者). 성은 산전(山田)이고, 이름은 정경(定經)이며, 자는 맹윤(孟贇), 별호는 강재(剛齋)이다. 낙락자(樂樂子)로 자칭하였다. 원래 성은 등(藤)이고 씨는 송목(松木)이었다. 비양국(備陽國) 제후의 소사(小史)로 그곳 지방의 기록과 계보(系譜)를 맡아보았다.

44 남다른 고생[賢勞] : 『시경(詩經)』「소아(小雅)」〈북산(北山)〉에, "왕사를 튼튼히 해야 하기에, 우리 부모를 근심하게 하노라. 온 하늘 아래가, 왕의 땅 아닌 곳이 없으며, 땅을 빙 두른 바다 안 사람이, 왕의 신하 아님이 없거늘, 대부가 공평하지 못한지라, 홀로 어질다고 나만 부리는구나.[王事靡鹽, 憂我父母. 溥天之下, 莫非王土. 率土之濱, 莫非王臣. 大夫不均, 我從事獨賢.]"라고 한 데서 온 말이다.

45 영주(瀛洲)에 오르게 되어 : 당 태종(太宗)이 문학관(文學館)을 열어 방현령(房玄齡)과 두여회(杜如晦) 등 18명을 뽑아 특별히 우대하고 번(番)을 셋으로 나누어 교대로 숙직하며 경전을 토론하게 하였는데, 이를 세상 사람들이 등영주(登瀛洲)라 하여 신선이 산다는 전설상의 산인 영주(瀛洲)에 오르는 것에 비기며 영광으로 여겼다고 한다. (『자치통감(資治通鑑)』「당고조(唐高祖)」)

로 지금은 산전(山田)이라 부르고 있습니다. 이름은 정경(定經)이고 자는 맹윤(孟贇)입니다. 별호는 강재(剛齋)이고 낙락자(樂樂子)로 자칭하고 있습니다. 비양국(備陽國) 제후의 소사[46]인데 지금은 다만 접대역으로 우창에 와있습니다. 선린이라는 아름다운 일로 인해 한(韓) 형주(荊州)를 아는[47] 기묘한 모임을 얻어 한 차례나마 훌륭하신 위의를 마주하며 영걸스런 풍채를 우러러볼 수 있게 되었으니, 어떤 경사가 이보다 낫겠습니까? 다만 구구한 보잘것없는 재주로 응접에 능하지 못해 부끄러울 뿐입니다. 삼가 거친 시를 지었으니 감히 훑어봐주셨으면 합니다. 원하건대 바다와 같은 넓은 아량으로 저의 비루한 언사를 물리치지 마시고 화운시를 지어주셨으면 합니다. 공들께서 살펴주시리라 굳게 믿습니다.

채익선 연이어 날아 일본에서 빛나더니	彩鷁聯翩輝日域
삼한의 선객들 다함께 영주에 올랐네	三韓仙客共登瀛
멀리 대마도의 천 겹 파도 넘어와	遙逾馬島千層波
친히 우창에서의 하룻밤 우정 나누네	親接牛窓一夜情
황금 부절 받들고 와 옛 맹약 다지고	金節捧來修舊約
붓 휘둘러 새로운 맹약 맺는구나	玉毫揮處結新盟

---

46 소사(小史) : 나라의 기록과 계보(系譜)를 맡아보던 관직.

47 한(韓) 형주(荊州)를 아는[識韓] : 식한(識韓)은 곧 식형(識荊)으로 한 형주를 안다는 말이다. 이백(李白)의 〈여한형주서(與韓荊州書)〉에 "이 세상에 태어나서 만호후에 봉해지기보다는 그저 한 형주를 한 번 알기만을 바랄 뿐이다.[生不用封萬戶侯, 但願一識韓荊州。]"라고 하였다. 한 형주는 한조종(韓朝宗)을 말한다.

| 면 유람은 원래 남아의 일인데 | 遠遊元是男兒事 |
| 어찌 만 리 길 장풍[48] 싫어하랴 | 何厭長風萬里程 |

강재께서 주신 시에 수응하다
奉詶剛齋惠贈

신청천

저의 성은 신(申)이고 이름은 유한(維翰)이며, 자는 주백(周伯)이고 호는 청천(靑泉)입니다. 벼슬은 지금 비서저작랑인데 외람되이 뽑혀 바다 섬 신선굴에 와 연회에서 밤늦도록 그대를 받들 수 있게 되었습니다. 이는 삼생의 깊은 인연으로 감개와 기쁨을 어찌 헤아릴 수 있겠습니까? 보잘것없는 시로 훌륭한 시에 답하려니[49] 스스로 부끄러워 얼굴이 붉어질 지경입니다. 오직 그대께서는 저의 시를 비루하다고 여기지 마시고, 남겨두셨다가 이별 후의 안면으로 삼으신다면 매우 다행이겠습니다.

| 봉래산의 옥석(玉鳧)[50]은 천 년 전의 일 | 蓬萊玉鳧千年事 |

---

48 장풍(長風) : 장풍파랑(長風波浪). 멀리 불어 가는 대풍(大風)을 타고 끝없는 바다 저쪽으로 배를 달린다는 뜻으로, 대업(大業)을 이룬다는 말이다.

49 보잘것없는 시로 훌륭한 시에 답하려니[木瓜報瓊琚] : 『시경』「위풍(衛風)」〈모과(木瓜)〉에 "값싼 모과를 내게 주니, 값진 옥으로 보답하노라.[投我以木瓜, 報之以瓊琚。]"라고 하였다. 여기서는 상대방이 훌륭한 시를 주었는데 자신은 변변치 못한 시를 지어주게 되었다는 의미이다.

50 옥석(玉鳧) : 두 마리 오리가 신이 되어 떨어졌다는 쌍부낙석(雙鳧落舃)을 말한다. 후

큰 바다에 떠 있는 신선 인연 기쁘구나　　　　　自喜仙緣泛大瀛

천지에서 그대 만나 양 소매 부여잡고　　　　　天地得君雙把袂

해산에서 다정하게도 나를 머물게 하였네　　　海山留客一含情

칼집 속에 별빛 빛나니 청룡검의 기세요[51]　　匣中星照青龍氣

낚싯대 너머 가을날 맺은 백구와의 맹세[52]라네　竿外秋尋白鳥盟

오늘 밤 닻줄 매어두기 어려워 참으로 아쉬운데　最惜今宵難繫得

조각배 물과 구름처럼 떠가는 왕사의 노정일세　片帆雲水卽王程

강재께서 주신 시에 차운하다
奉次剛齋惠示韻

국계거사

저의 성은 장(張)이고 이름은 응두(應斗)이며, 자는 필문(弼文)이고 자호는 국계거사(菊溪居士)입니다. 지금 나이는 오십입니다. 종사관 서

한(後漢) 현종(顯宗) 때 섭현(葉縣)의 수령이던 왕교(王喬)가 매달 삭망(朔望)에 섭현에서 조정(朝廷)으로 갔는데, 그가 타고 온 수레를 보지 못한 현종이 이상하게 여겨서 사람을 시켜 지켜보게 하였더니, 그가 올 때면 한 쌍의 물오리[雙鳧]가 동남쪽에서 날아오므로 그물을 쳐서 잡고 보니 그것은 물오리가 아니고 신발이었다는 데서 유래하였다. (『후한서(後漢書)』「왕교전(王喬傳)」)

51 칼집 속에 별빛 빛나니 청룡검의 기세요[匣中星照青龍氣] : 나라를 걱정하는 충정을 나타낸 말이다. 갑중용(匣中龍)은 칼집 속에 든 명검(名劍)을 말하는데, 진(晉)나라 때 충신 장화(張華)가 두성(斗星)·우성(牛星) 사이에 항상 자기(紫氣)가 있음을 보고 그 자기가 나오는 곳을 발견하여 용천(龍泉)·태아(太阿) 두 명검을 얻었다.

52 백구와의 맹세[白鳥盟] : 백조(白鳥)는 갈매기를 가리킨다. 백조와의 맹세란 갈매기와 서로 벗이 되어 함께 수향(水鄉)에서 살겠다는 뜻으로, 전하여 관직을 버리고 은거하는 것을 의미한다.

기로 귀국에 왔습니다. 고아한 위의를 뵙게 되어 기쁨과 영광스러움을 뭐라 말할 수 있겠습니까? 저의 보잘것없는 시로 그대의 훌륭한 시에 보답하기 부족하지만 성의를 거절하기 어려워 변변치 못한 솜씨로 화답합니다.[53] 한 바탕 웃으시면 어떠실는지요?

만 리 멀리 사신 배 한객[54]을 태우고	萬里星槎乘漢客
아득히 먼 길 떠나 큰 바다 건넜네	迢迢行邁涉滄瀛
이 땅에 신선들 많다고 익히 들었듯이	慣聞玆地多仙子
제공들 속세의 정 아니어서 보기 좋구려	喜見諸公不俗情
관리들 백 년 동안 좋은 우의 맺었고	冠蓋百年修好義
산하는 천고에 깊은 맹약 굳게 지켰지	山河千古鞏深盟
장대한 유람 또한 장부의 뜻[55]에 걸맞아	壯遊且協桑蓬志
멀고 먼 여정의 거센 파도마저 잊었다오	忘却層波渺去程

---

53 변변치 못한 솜씨로 화답합니다[續貂] : 속초는 담비에 개꼬리를 잇는다는 구미속초(狗尾續貂)에서 나온 말로 여기서는 보잘것없는 자신의 시로 상대방의 좋은 시를 이었다는 뜻이다.

54 한객(漢客) : 조선 사신. 원래는 중국 한나라 사신을 뜻하나 여기서는 조선 사신을 가리킨다.

55 장부의 뜻[桑蓬] : 상봉은 상호봉시(桑弧蓬矢)의 줄인 말로, 뽕나무로 만든 활과 쑥대 줄기로 만든 화살을 가리킨다. 상고 때 사내아이가 출생하면 뽕나무 활로 쑥대 화살 여섯 개를 천지와 사방에 각각 쏘아날려 사나이의 뜻이 사방에 있다는 의미를 붙였다고 한다. 곧 사나이의 원대한 포부를 뜻한다. (『예기(禮記)』「내칙(內則)」)

강재께서 주신 시에 화답하다
奉和剛齋惠示韻

장소헌

저의 성은 성(成)이고 이름은 몽량(夢良)이며, 자는 여필(汝弼)이고 자호는 장소헌(長嘯軒)입니다. 지금 부사의 서기로 왔습니다. 귀국에 건너온 뒤로 산천의 승경을 실컷 보고 날마다 붓을 놀릴 줄 아는 선비들을 접하니 마치 봉래도에 올라와 수많은 신선들을 만난 것처럼 황홀하기만 합니다. 지금 여러 현인들께서 또다시 은혜롭게도 임하시어 화려한 시문으로 자리를 빛내주시고 맑은 담화로 저를 존중해주시니 실로 덧없는 세상의 훌륭한 일입니다. 얼마나 아름답고 다행스러운 일입니까?

장풍으로 물결 가르고자 한 종생[56] 사모하여	長風破浪慕宗生
아득히 채익선[57]으로 큰 바다 건너왔다오	鷁首迢迢涉大瀛
돛단배 맞이하는 섬 하나 몹시 아름답고	孤島迎帆偏秀色
안개 헤치고 온 신선들 기쁨이 넘치네	群仙披霧總歡情
한 자리에서 부평초 같은 모임 잘되었고	一堂好作水萍會
두 나라의 금석과 같은 맹약 이미 견고했네	兩國已堅金石盟
좋은 밤 촛대 잡고 편안히 담소 나누다	秉燭良宵談笑穩
육신이 겪었던 여정의 고단함마저 잊었네	頓忘形役困脩程

---

56 종생(宗生) : 긴 바람을 타고 만 리 물결을 부수는 것이 소원이라고 하였던 종각(宗慤)을 말한다. 남조 송(宋)의 좌위장군(左衛將軍) 종각이 소년 시절에 자신의 뜻을 이야기하면서 "장풍을 타고서 만 리 파도를 깨부수고 싶다.[願乘長風破萬里浪]"라고 했다는 고사가 있다. (『송서(宋書)』 「종각열전(宗慤列傳)」)

57 채익선[鷁首] : 익(鷁)이라는 물새의 형상을 선수(船首)에 그리거나 새긴 배. 익(鷁)이라는 새는 풍파를 잘 견디어 내므로 이 새로 장식하였다.

단숨에 써서 신청천께 드리다
走筆奉呈申青泉席上

강재

우창에 우연히 사신 배 머물렀는데	牛渚偶躔星客槎
부상에선 일찍부터 시연회 참석 우러렀지	扶桑夙仰躡珠華
오늘밤 부평초 모임 얼마나 다행인가	今宵萍會知何幸
문장의 대가를 면전에서 뵈올 수 있으니	面見文章一大家

강재께서 보내주신 시에 다시 화답하다
再和剛齋見贈

청천

참새는 나룻가의 찬 귤나무 뗏목을 쪼는데	雀啄津頭寒橘槎
돛대 구름과 수석 모두 가을빛이로다	帆雲水石共秋華
거문고 연주로 말하는 초나라 객을 만나니	相逢楚客琴中語
봉래산 그림 속 집으로 맞이하여 들이네	邀入蓬山畫裏家

석상에서 성소헌께 드리다
席上奉呈成嘯軒座右

강재

□□ 안개 속 몇 리 물가인가	□□鰞霧幾程濱
잠시 우포 나루에 사신 배 멈추네	暫駐星槎牛浦津

만난 이래로 서로 마음이 통해　　　　　　目擊由來存妙契

붓끝으로 두 나라의 진정을 펴네　　　　　筆端更發二邦眞

강재께서 보여주신 시에 화답하다
奉和剛齋示韻

소헌

한양의 객들 바다 동쪽 물가에서　　　　　漢陽客子海東濱

선랑을 만나 기뻐하며 다시 나루를 묻네　　喜遇仙郎更問津

두 지역 풍속과 토양 다르다고 어찌 싫어하랴　兩地何嫌風壤別

취해 담소 나누다보면 천진을 볼 수 있다오　醉來談笑見天眞

석상에서 장국계께 드리다
席上奉呈張菊溪座右

강재

멀리 사신 수레 타고 옛 맹약 다지러　　　遠伴使軺尋舊盟

동도 향하는 깃발 다행히 우창에 머물렀네　牛窓幸駐指東旌

글 마당의 왕성한 필력, 가을 감회[58] 충만하니　文場涵海充梧井

---

58 가을 감회[梧井] : 오정(梧井)은 곧 정오(井梧). 우물가의 오동나무를 가리키는데, 입추(立秋)가 되면 오동나무 잎이 가장 먼저 떨어진다 하여, 옛말에 "오동나무 한 잎이 떨어지면, 천하 사람이 다 가을임을 안다.[梧桐一葉落, 天下盡知秋。]"라고 한 데서 온 말로, 즉 가을 풍경에 대한 감회를 의미한다.

붓 끝에 나는 봉황새 울음[59] 아끼지 마오　　　　莫嗇毫端放鳳鳴

강재께서 주신 시운을 다시 써서 드리다
復用剛齋見贈韻奉呈詞案下

국계

강호에서 백구와의 맹세 헛되이 저버리고　　　江湖虛負白鷗盟
만 리 부상 바다에서 사신 깃발 좇았다오　　　萬里桑洋逐使旌
보아하니 일본에는 뛰어난 선비 많아　　　　　看取日東多俊彦
시로 한 시대를 연달아 울리고 있구려　　　　聯翩一代以詩鳴

다시 요(遙) 자를 써서 강재께 드리다
再疊遙字奉呈剛齋案右

국계

아득한 바다하늘 바라보니　　　　　　　一望海天遙
물가의 조수 이미 물러갔구나　　　　　　磯頭已退潮
서불의 약[60]은 풀 속에 묻혔고　　　　草埋徐市藥

---

59 봉황새 울음[鳳鳴] : 태평시대의 상서로운 조짐을 의미한다. 여기서는 훌륭한 시를 가리킨다. 『시경(詩經)』「대아(大雅)」〈권아(卷阿)〉에 "저 높은 산봉우리, 봉황이 울고, 동쪽 산등성이, 오동나무 서 있구나.[鳳凰鳴矣, 于彼高岡, 梧桐生兮, 于彼朝陽。]"라고 하였는데, 봉황은 태평시대에만 출현하고, 또 봉황이 깃드는 오동나무 역시 태평시대에만 산등성이에 난다고 한다.

60 서불의 약[徐市藥] : 서불(徐市)은 진(秦)나라 방사(方士). 삼신산(三神山)의 불로초를

조룡교에 놓인 돌[61] 퇴색하였네	石老祖龍橋
승경이 오직 이 땅에 있으니	勝境惟玆土
좋은 인연 오늘밤에 이루어지리라	良緣卽此宵
문득 시간 촉박함을 근심하며	却愁更漏促
고개 돌려 북두자루 바라보네	回首視璇杓

국계께서 요(遙) 자를 써서 부쳐온 시에 차운하다
奉次菊溪詞伯疊遙字所寄韻

강재

동도로 향하는 역로 아득한데	東程驛路遙
머물기 어려워 조수 따라 가시네	難駐去隨潮
멀리 파마주[62]의 바다 물결 건너고	遠涉播溟浪
수차례 섭진주[63]의 항구 다리 넘겠지	屢逾攝港橋

구해 온다고 진시황을 달래어 동남동녀(童男童女) 각 3천 명을 거느리고 배를 타고 떠난 뒤 돌아오지 않았다. 그의 일행은 일본에 건너갔으며, 화가산현(和歌山縣) 신궁(新宮)에 그의 유적이 있다고 전한다.

61 조룡교에 놓인 돌[石老祖龍橋] : 조룡교는 진시황이 동해에 해 뜨는 것을 보려고 놓은 진교(秦橋)를 말한다. 돌로 바다에 다리를 놓으려 하자, 신인이 돌을 채찍질하여 바다로 몰아넣으니 돌에 피가 흘렀다고 한다.

62 파마주(播磨州, 하리마슈) : 현재의 병고현(兵庫縣, 효고켄) 서남부 지역. 파마국(播磨國, 하리마노쿠니)·번마주(幡摩州, 하리마슈)·파주(播州, 반슈)라고도 한다. 통신사행 때 조선 사신이 머물렀던 실진(室津, 무로쓰)이 이곳에 속한다.

63 섭진주(攝津州, 셋쓰슈) : 대체로 현재의 대판부(大阪府, 오사카후) 북중부(北中部) 및 병고현(兵庫縣) 신호시(神戸市, 고베시) 수마구(須磨區, 스마쿠) 동쪽 지역. 통신사행 때 조선 사신이 머물렀던 섭진주의 병고(兵庫, 효고)·대판성(大坂城, 오사카조)이 이곳

이국 손님 만나 붓 휘두르는데　　　　　　　揮毫逢異客

좋은 밤 깊어감이 애석하구나　　　　　　　秉燭惜良宵

먼 길 떠날 괴로움 생각하며　　　　　　　　深思脩途苦

처연히 북두자루 바라보네　　　　　　　　　悽然仰旋枘

세 번째 요(遙) 자 운을 써서 강재께 드리다
三疊遙字呈上剛齋詩榻

　　　　　　　　　　　　　　　　　　　　　국계

멀리 조각구름 좇아　　　　　　　　　　　　身逐片雲遙

팔월 조수 타고 왔다오　　　　　　　　　　　乘來八月潮

옷은 적관[64]에 내린 비에 젖고　　　　　　　衣沾赤關雨

돛대는 소창[65]의 다리 스쳤지　　　　　　　帆拂小倉橋

시 짓는 저녁에 흥취 빼어나고　　　　　　　興逸題詩夕

촛불 잡은 밤에 이야기 맑구나　　　　　　　談淸秉燭宵

어느 날에나 돌아가려나　　　　　　　　　　歸期何日定

한 차례 임무로 세월만 흐르네　　　　　　　一任屢回枘

에 속한다.

64 적관(赤關) : 적간관(赤間關, 아카마가세키)을 말한다. 장문국(長門國)에 속하고, 현재의 산구현(山口縣, 야마구치켄) 하관시(下關市, 시모노세키시). 적마관(赤馬關, 아카마가세키 또는 세키바칸) 혹은 약칭으로 마관(馬關, 바칸)이라고도 일컬었다. 1811년 통신사행을 제외한 나머지 사행 때마다 조선 사신이 이곳에 머물렀다.

65 소창(小倉, 고쿠라) : 규슈(九州) 북부와 복강현(福岡縣, 후쿠오카켄) 동부에 위치.

석상에서 여러 문사들의 화운시에 감사하다
席上奉謝諸詞伯高和

강재

만 리 먼 길 배 타고 온 손님	萬里乘槎客
선린으로 태평시대 축하하네	善隣賀太平
계림에서 옥절을 꾸리더니	鷄林裝玉節
우저[66]에 채색 깃발 머물렀네	牛渚駐文旌
일찍부터 덕의 광채 바라오다가	夙望德輝秀
친히 맑고 고운 시 받았다오	親交手彩淸
편마다 주옥같은 화답시	每篇珠玉和
한 집안의 영예가 되겠구나	應作一家榮

삼가 신청천·강경목[67]·성소헌·장국계 등 여러 공들께 아뢰다
敬稟申靑泉姜耕牧成嘯軒張菊溪諸公案下

화전성재[68]

양국의 우호를 계승하기 위해 명을 받들고 만 리 멀리 거센 파도를 무릅쓰고 오셔서 잠시 우포(牛浦)[69] 해안에서 쉬고 계시겠지요. 가을

---

66 우저(牛渚) : 우창(牛窓, 우시마도)을 가리킨다. 현재의 강산현(岡山縣, 오카야마켄) 뇌호내시(瀬戸內市, 세토우치시) 우창정우창(牛窓町牛窓, 우시마도초우시마도). 강호 시대 비전국(備前國)에 속하고, 우주(牛洲)·우전(牛轉)이라고도 한다.

67 강경목(姜耕牧) : 강백(姜栢, 1690~1777). 조선 후기의 문신 겸 시인. 자는 자청(子靑), 호는 우곡(愚谷)·경목(耕牧)·경목자(耕牧子). 찰방을 역임하였다. 1719년 통신사 행 때 서기로 일본에 다녀왔다. 과시(科詩)에 능했으며 시풍(詩風)이 호탕하였다.

바람에 조수가 평온하여 사신 배가 무탈하니 참으로 잘 보중하셨습니다. 저의 성은 평(平)이고 씨는 화전(和田)입니다. 이름은 정윤(正尹)이고 자는 자온(子溫)이며 호는 성재(省齋)입니다. 비전주(備前州) 학궁(學宮)의 서생(書生)입니다. 주군의 명을 받들고 와 시모임 자리에서 붓을 잡고 다행히 한 차례 위의를 접하게 되어 기쁨을 이길 수 없습니다. 마침내 거친 시 한 수를 지어 공들께 드립니다. 화운시를 지어주신다면 영광이겠습니다.

사신이 사행 길에 올랐다는 말 듣고	聞說皇華旣啓行
높은 누각에서 며칠이나 서쪽 바다 바라보았던가	高樓幾日望西瀛
삼신산 물결 평온하고 신선 배 아득한데	三山浪穩仙帆遠
만 리 가을 맑아 사절이 분명하구나	萬里秋晴使節明
포구에서 맞이할 땐 한 마디 말도 없더니	浦口逢迎無一語
자리에서 창화할 땐 정이 넘치는구나	床頭唱和有餘情
희미한 등불 아래 반가운 눈빛 빛나며	靑眸相照淡燈下
시낭을 쏟아내어 성대한 명성 전하네	傾寫錦囊傳盛名

---

68 화전성재(和田省齋) : 화전정윤(和田正尹, 와다 마사타다, 1685~1739). 강호시대 중기의 유자(儒者). 비전(備前) 강산(岡山) 번사. 본성(本姓)은 재등(齋藤), 자는 자온(子溫), 통칭은 미병위(彌兵衛), 호는 성재(省齋). 편저로『사림구고(詞林舊稿)』·『비양국지(備陽國志)』등이 있다.

69 우포(牛浦) : 우창(牛窓, 우시마도)을 가리킨다. 주 66) 참조.

성재께서 주신 시에 수응하다
奉詶省齋贈韻

청천

은하수 부럽지 않은[70] 팔월 사행 길	不羨銀河八月行
객선은 가을날 삼신산[71]에 이르렀네	客帆秋日到蓬瀛
섬가에서 술 마주하는데 찬 안개 아득하고	洲邊對酒寒烟杳
객관에서 시를 짓는데 밤 등불 밝구나	館裏題詩夜火明
한 바탕 웃는 청산은 시원한 기운 열고	一笑青山開爽氣
천 년 된 백설은 고상한 정취 드러내네	千年白雪見高情
진인 찾고 불사약 캐는 것 평생소원이었는데	尋眞釆藥平生願
삼한의 학사 이름 절로 부끄럽구려	自愧三韓學士名

성재께서 주신 시에 화답하다
奉和省齋惠韻

성소헌

저의 성은 성(成)이고 이름은 몽량(夢良)이며, 자는 여필(汝弼)이고 호는 장소헌(長嘯軒)입니다. 지금 부사의 서기로 왔습니다.

---

70 은하수 부럽지 않은[不羨銀河] : 한(漢)나라 장건(張騫)이 서역에 사신으로 가면서, 뗏목을 타고 은하수에 이르러 직녀성을 만나고 왔다는 전설을 염두에 둔 표현이다.
71 삼신산[蓬瀛] : 봉래(蓬萊)와 영주(瀛洲)의 병칭으로, 방장(方丈)과 함께 바다 가운데 있다고 전하는 삼신산(三神山)을 가리킨다. 여기서는 일본을 염두에 둔 표현이다.

해질 무렵 안개 낀 섬에 사신 행차 멈추고	日暮烟洲駐客行
웃으며 신선들 따라 삼신산에 오르네	笑攀仙侶陟蓬瀛
맑은 술과 화려한 촛불 앞에서 마주하니	淸樽畵燭儼相對
규성과 수성[72] 교대로 밝게 비추는구나	奎宿壽星交映明
언어가 다른 습속 어찌 한탄하랴	何恨語音異習俗
훌륭한 분[73] 좇아 풍정을 얻어 기쁘도다	喜從眉宇得風情
졸시[74]로 감히 훌륭한 시에 보답하려니	碔砆敢報瓊琚韻
서툰 솜씨 참으로 높은 명성[75]에 부끄럽구려	拙技眞慙八斗名

---

72 규성[奎宿]과 수성(壽星) : 규성은 28수(宿)의 하나로, 옛날에 문운(文運)과 문장을 주관한다고 믿었던 별자리이고, 수성은 노인성(老人星)으로 이 별이 비치는 지방에 사는 사람은 장수한다는 전설이 있다.

73 훌륭한 분[眉宇] : 눈썹과 이마 부분을 가리키는 말인데, 대체로 용모를 가리킨다. 당(唐)나라 원덕수(元德秀)는 자가 자지(紫芝)이며 하남(河南) 사람으로 자질이 순후(淳厚)하여 가식이 적었다. 방관(房琯)이 그를 볼 때마다 탄식하기를 "자지의 미우(眉宇)를 보면 사람으로 하여금 명리(名利)의 마음이 말끔히 사라지게 한다."라고 하였다. (『신당서(新唐書)』「원덕수전(元德秀傳)」)

74 졸시[碔砆] : 무부(碔砆)는 옥과 비슷하면서도 옥이 아닌 돌을 말한다.

75 높은 명성[八斗名] : 재주가 많아 명성이 높다는 말. 『남사(南史)』「사영운전(謝靈運傳)」에 "영운이 말하기를 '온 천하의 재주가 모두 한 섬인데, 자건(子建) 조식(曹植)이 8두(斗)를 얻었고 내가 1두(斗)를 얻었으며 나머지는 고금(古今) 사람들이 차지했다.'라고 하였다."는 말이 있다.

성재의 맑은 시에 차운하니 한 바탕 웃으시오
奉次省齋淸韻以博一粲

국계

한 달이 다 되도록 동쪽으로 사행하여	浹月天東作此行
사신 배 홀연 깊은 바다 건너왔다오	星槎忽已過重瀛
오두[76]의 먼 산봉우리 돛단배 맞이해 푸르고	鰲頭遠岫迎帆翠
붕새 등[77]의 맑은 빛은 눈부시게 밝구나	鵬背晴暉照眼明
때로 나그네 회포 푸는 짧은 시구 지었고	時遣客懷題短句
몇 번이나 선비 만나 깊은 정 토해냈던고	幾逢佳士吐深情
사랑스럽게도 그대의 미간엔 신선 기운 많아	愛君眉睫多仙氣
삼신산이 실로 이름과 부합되는구려	始信三山實副名

석상에서 신청천께 드리다
席上奉呈申靑泉

성재

　진(晉)나라 저작랑(著作郞)의 조복(朝服)에 단의와 개책[78]을 사용하였
는데 지금 그것을 시에 빌려 쓴다.

---

76 오두(鰲頭) : 큰 자라의 머리에 얹혀 있다는 바다 속의 신선이 사는 산. 오산(鰲山)을
　가리킨다.
77 붕새 등[鵬背] : 『장자(莊子)』「소요유(逍遙遊)」에 붕새의 등은 몇 천리나 되는지 알
　수 없을 정도로 크고, 붕새가 남쪽 바다로 갈 적에는 회오리바람을 타고 9만 리나 올라가
　6개월을 가서야 쉰다는 고사가 있다.
78 단의(單衣)와 개책(介幘) : 단의(單衣)는 홑옷, 개책(介幘)은 중국 고대 전국시대에 헝
　겊으로 만들어 쓰던 관의 하나이다.

단의와 개책 차림 동한으로부터 와 　　　　單衣介幘自東韓

빼어난 기운과 높은 풍모 우러러 보네 　　　　秀氣高標仰面看

뱃길 삼천여 리의 물결 　　　　鷁路三千餘里浪

붓끝에서 용솟음치는 시구를 나르네 　　　　却輸詩句湧毫端

성재께 화답하다
奉和省齋

청천

바다 악어 천 년 동안 한유를 피해[79] 　　　　海鰐千年避老韓

문성과 남두[80] 웃으며 서로 바라보네 　　　　文星南斗笑相看

고맙게도 그대 거친 파도 수습해주어 　　　　感君收拾鯨濤色

외로운 돛배 바다 끝에 이를 수 있었소 　　　　贏得孤帆到水端

석상에서 국계 장선생께 드리다
席上奉呈菊溪張先生

성재

바람 잔잔한 날 사신 배 하늘가에 머무는데 　　　　星槎風穩下天涯

---

79 바다 악어 천 년 동안 한유를 피해[海鰐千年避老韓] : 백성들에게 해를 끼치는 악어를
　　쫓아내는 내용을 담은 한유의 「악어문(鰐魚文)」을 염두에 둔 표현으로 보인다.

80 문성(文星)과 남두(南斗) : 문성은 문창성(文昌星) 또는 문곡성(文曲星)이라 하는데,
　　문운(文運)을 맡은 별이다. 남두는 궁수자리에 속하는, 국자 모양의 여섯 개의 별로 여름
　　밤 남쪽 하늘에 보이며 별의 배치가 북두칠성을 닮은 데에서 붙은 이름이다.

가을비 갠 바다 관문에 구름안개 걷히네 秋霽海門雲霧開

오늘밤 객관 안에서 선객과 만났으니 館裏今宵會仙客

우리 땅에 봉래산 있음을 의심치 않네 不疑我土有蓬萊

즉석에서 시를 지어 성재께 화답하여 드리다
即席走艸奉和呈省齋詞伯梧下

국계

우창에 배 정박하고 포구가를 떠나 船泊牛窓別浦隈

홀연 가객과 만나 회포를 푸는구나 忽逢佳客好懷開

속세를 초월한 풍격 무엇과 같은가 超塵風格知何似

눈 속에 핀 매화라서 잡초와 다르다오 雪裏寒梅異草萊

절구 한 수를 지어 석상에 계신 여러 공들께 드리다
絶句一章奉呈座上諸公

성재

주연 자리 한창인데 밤은 더욱 깊어가니 酒闌會席向深更

창화시 읊는 중에 이별의 한 일어나네 唱和吟中別恨生

내일이면 바닷바람 속에서 그대 전송할 텐데 明日風潮送君處

여정을 헤아려 영예로이 돌아오길 기다리리 算程可待錦旋榮

성재께서 보여준 시에 차운하다
走次省齋示韻

소헌

함께 앉아 청담 나누고 종들 자주 바뀌는데	淸話連床僕屢更
맑은 가을날 높은 누각엔 밤기운 서늘하구나	秋晴高閣夜凉生
이별 뒤 멀어질 그리운 정 어이 견디리	別後可堪雲樹隔
다시 만날 기약하며 국화꽃을 가리키노라	前期更指菊花榮

붓을 휘둘러 성재께 화답하여 드리다
走筆奉和呈省齋梧前

국계

객지 생활에 시절이 자주 바뀌어	客裡光陰屢變更
침상 가까이 벌레소리 시름 자아내누나	近床蟲語喚愁生
그대의 좋은 말 듣고 나그네 회포 누그러졌으니	聽君佳話寬羇抱
날개 돋아 신선됨도 그다지 영화롭지 않다오	羽化登仙不足榮

부채에 시를 쓰다
題扇面

국계

대숲 속 두 누각에 깃든 새	竹上雙樓鳥
날개옷 더럽힐 먼지 없다네	無塵染羽衣

한 해 다가도록 날아가지 않으니 終年不飛去
그대 오래도록 속세 잊었음을 알겠네 知爾久忘機

또 쓰다
又

동(同, 국계)

잔풀 돋은 모래밭 언덕 細草平沙岸
먼 등불 한 점 밝구나 遙燈一點明
고기잡이 아이 비로소 낚시질 파하고 漁童初罷釣
돌아가는데 들리는 저녁 다듬이소리 歸趁暮砧聲

장국계께서 부채에 써주신 아름다운 시에 붓을 휘둘러 차운하다
走筆奉次謝張菊溪詞伯題扇面之瑤韻

성재

어찌 시구의 빼어남을 생각했으랴 豈惟詩句秀
붓 놀린 먹의 흔적 밝기도 하구나 運筆墨痕明
마침 계림의 손님 마주하게 되어 賴對鷄林客
처음으로 고상한 노래 듣네 初聞大雅聲

다시 '명(明)' 자를 써서 성재께 드리다
復疊明字奉贈省齋詞伯

국계

그대의 시를 보면 매우 묘하여	見君詩最妙
유난히도 눈이 부시구려	使我眼偏明
박자 맞춰 높이 읊고 난 뒤	擊節高吟罷
땅에 던지면[81] 금옥소리 낭랑하네	鏗鏘擲地聲

우창에서 밤에 재미로 시선께 시를 드리니 한 바탕 웃으시오
牛渚夜戲呈詩仙一粲

송포하소[82]

가을밤 길다고 누가 말했나	誰道秋宵永
처마 끝에 북두성 비껴있네	簷端玉斗橫
밤이 이미 깊었지만[83]	已看燭頻跋
시간 재촉하지 마시게	莫遣漏催更

---

81 땅에 던지면[擲地] : 글을 땅에 던지면 금석 같은 소리가 난다.[擲地作金石聲]"는 뜻으로 훌륭한 시를 말한다.

82 송포하소(松浦霞沼, 마쓰우라 가쇼, 1676~728) : 강호 중기의 대마도 유학자. 통칭 의좌위문(儀左衛門)이며, 파마국(播磨國) 출신이다. 이름은 윤임(允任)이고 자는 정경(禎卿)이고, 하소(霞沼)는 호이다.

83 밤이 이미 깊었지만[已看燭頻跋] : 촉발(燭跋)은 초의 심지가 다 타버린 상태를 말하며, 곧 밤이 깊었음을 뜻한다. 『예기(禮記)』「곡례상(曲禮上)」에 "초가 아직 밑둥치를 드러내지 않았다.[燭不見跋]"라고 하였다.

하소의 시에 수응하다
奉酬霞沼

청천

높은 누각에 청등 밝히고 이야기 나누는데	高閣靑燈語
긴 물가에 흰 이슬 가득 내렸네[84]	長洲白露橫
한 가닥 소리 어느 곳의 기러기이기에	一聲何處鴈
사위어가는 밤, 하늘 밖에서 우는가	天外叫殘更

하소께서 재미로 보여준 시에 차운하다
走次霞沼戱示韻

소헌

자그마한 누각 가을밤 고요한데	小樓秋夜靜
별은 돌고 은하수 가로질렀네	星轉絳河橫
시문과 한묵 겸한 훌륭한 모임이라	勝會詞兼翰
이백이요 또 구양순이로다[85]	靑蓮又率更

---

84 흰 이슬 가득 내렸네[白露橫] : 소식(蘇軾)의 〈적벽부(赤壁賦)〉에, "달이 동산 위에서 솟아나와, 북두와 견우의 사이를 배회할 제, 흰 이슬은 강물 위에 가득 내리고, 강물의 빛은 하늘과 맞닿았다.[月出於東山之上, 徘徊於斗牛之間, 白露橫江, 水光接天。]"라고 한 데서 온 말이다.

85 이백이요 또 구양순이로다[靑蓮又率更] : 청련은 이백을, 솔경(率更)은 당(唐)의 구양 순(歐陽詢)을 말한다. 구양순이 일찍이 솔경의 수령을 지냈으므로 그의 서체를 일러 솔경 체라고 한다.

하소께서 재미로 준 시에 차운하다
奉次霞沼戲贈韻

국계

시 지으니 운이 맑고 **빼어나며**	詩成韻淸絶
붓을 드니 기세 종횡으로 달리네	筆落勢縱橫
좋은 밤 이야기 끝나지 않았으니	未了良宵話
순라군이여, 시간을 알리지 마오	鷄人莫報更

하소의 운을 써서 자리에 있는 여러 현자들께 드리다
用霞沼韻呈座上諸賢

방주

뭇 신선들 오늘밤 모임에서	群仙今夜會
취중에 쓴 묵적 여기저기 어지럽구나	醉墨亂縱橫
담소 나눔에 여흥이 있으니	談笑有餘興
오경을 알린들 무슨 상관이랴	何妨報五更

하소께서 석상에서 재미로 보여준 시에 차운하다
奉次霞沼戲見示席上韻

강재

오늘밤 문사들 모임에서	今夜文奎會
붓 휘두르니 주옥같은 시 널려있네	揮毫珠玉橫
촛불 심지 여러 번 자를지라도	縱雖頻剪燭

밤이 깊었음을 알리지 마오 請莫報深更

하소께서 재미로 보여준 시에 화답하다
奉和霞沼詞伯之戲示韻

화전성재

등불 앞 주연에 모인 문사들 燈前文酒會
시 짓느라 붓 종횡으로 휘두르네 詩就筆縱橫
누가 물시계의 물을 덜었나 誰减銅壺水
새벽 알리자 홀연 놀라는구나 忽驚報曉更

향보 4년 기해년(1719) 겨울 11월 17일에 조선통신사가 다시 우창에 정박하였다. 물가에 머물며 빈관에 들지 않고 부사 황공(黃公)만 빈관에 올라갔다. 조금 뒤에 배를 띄워야 하기 때문에 학사와 세 분 서기 모두 빈관에 들지 않아 창화와 필담을 나눌 길이 없었다. 내가 황혼 무렵 상관의 관사에 이르렀는데, 학사 신청천이 우연히 그곳에 있다가 나를 보고는 빙그레 웃었다. 이에 함께 공손히 절을 하였다. 학사께서 필묵으로 아래와 같이 썼다.

필어
筆語

신청천

이별한 뒤로 가을빛이 이미 양생(陽生)하는 달이 되었습니다. 다행히 이번 행차에 변고 없이 이곳에 이르러 전에 묵었던 빈관에서 그대를 다시 뵐 수 있게 되어 매우 기쁩니다. 송정하락 옹의 기거는 어떠하십니까? 부탁하신 시권 서문은 이미 우삼씨[86]에게 전달해달라고 부탁하였는데 곧바로 도착했는지 모르겠습니다. 그때 당시 함께 창화했던 여러 군자들께서는 다행히 모두 무사하셔서 다시 저희들의 행색을 염려해주시고 계시겠지요? 정박해둔 배가 물가에 있어 빈관에 들 수 없습니다. 이번 이별은 곧 천추(千秋)의 일이 될 것입니다. 매우 한탄스럽습니다.

답서
答書

성재

주신 글이 매우 상세합니다. 풍상을 겪고 산천을 지나 동도(東都)의 대례를 마치고 옥절이 서쪽을 향하게 되어 경하드립니다. 방금 이곳 물가에 정박하여 다시 아름다운 필적을 볼 수 있게 되었으니 기쁨과 다행스러움을 무슨 말로 하겠습니까? 다만 유감스럽게도 우리나라에는 금지하는 법이 있어 하소(霞沼)와 방주(芳洲)가 없으면 창화와 필담을 허락하지 않으니 시구가 생각나도 묵연히 우러러 바라볼 뿐입니다. 실로 천 년의 한 번 있는 기회를 잃게 되었습니다. 하락(河樂)께서도 또한 비록 이 촌가에 계시긴 하지만 노쇠하여 걸음이 불편하다보니

---

86 우삼씨(雨森氏) : 우삼방주(雨森芳洲, 아메노모리 호슈, 1668~1755)를 가리킨다. 주 41) 참조.

이곳 빈관에 나와 뵙지 못하고 있습니다. 귀중한 서문 한 권은 방주가 이미 전달했으니 심려하지 마십시오. 외람되지만, 준주(駿州)[87]의 부사산은 우리나라의 제일 명산이니 선생께서 어찌 지으신 시가 없으시겠습니까? 써서 주신다면 이별 뒤에도 마치 뵙는 것처럼 대할 것입니다. 삼가 바라건대, 망설이지 않으셨으면 합니다. 아아, 날이 밝으면 돛을 달 텐데 다시 만날 기약도 없으니 지필묵 앞에서 슬픔을 감당할 수 없습니다. 헤아려주시기 바랍니다.

필어
筆語

청천

이별의 회포를 말로 감당할 수 없지만 일이 이미 이와 같이 되었으니 그것을 말한들 어쩌겠습니까? 방주와 하소께서는 오시지 않았고 오늘 밤 다시 모일 계획도 없으니 비록 시편이 있다 해도 있지도 않은 마을[88]에 부치는 꼴이 되었습니다. 이 또한 저를 몹시 슬프게 합니다.

---

87 준주(駿州) : 준하주(駿河州, 스루가슈). 현재의 정강현(静岡縣, 시즈오카켄) 중동부 지역. 준하국(駿河國, 스루가노쿠니)·준주(駿州, 슨슈)라고도 한다. 통신사행 때 휴식을 취하거나 묵었던 등지(藤枝, 후지에다)·준하부중(駿河府中, 스루가후추)·강고(江尻, 에지리)·길원(吉原, 요시와라) 등이 이 지방에 속한다.

88 있지도 않은 마을[烏有之鄉] : 오유(烏有)는 한나라 사마상여(司馬相如)가 〈자허부(子虛賦)〉에서 자허·오유선생·망시공(亡是公)이라는 가공의 세 인물을 설정하여 문답을 전개했는데, 자허는 '빈말'이라는 뜻이고 오유선생은 '무엇이 있느냐' 곧 없다는 뜻이며 망시공은 '이 사람이 없다'는 뜻이다. 후세에 허무한 일을 말할 때 이 말을 쓴다.

다만 제현들께서 연이어 써서 보배로 여겨 아껴주시길 바랄 뿐입니다. 만약 하옹(河翁)을 만나 저의 뜻을 전해주신다면 매우 다행이겠습니다. 지금 배를 띄워야만 하니 이만 줄입니다.

준하주를 지나는 길에 부사산을 바라보며 짓다
駿河道中望富士山口占

청천

부상 동쪽으로 가니 바다구름 아득하고	扶桑東去海雲賖
만 길 산봉우리에는 모래처럼 눈 쌓였네	萬仞峰頭雪似沙
지는 해 가을빛 속에 창망한데	落日蒼茫秋色裏
푸른 하늘에 옥련화 씻은 듯 솟아나왔네	青天洗出玉蓮花

또 짓다
又

소헌

부사산 바다 동쪽에서 웅장하게 솟구쳐	富山雄峙海之東
흰 눈 쌓인 높은 봉우리 하늘과 통하네	白雪峯高天可通
우뚝 솟은 기이한 모습 무엇과 같은가	突兀奇形何所似
자색 연기 속에 피어난 옥련화라네	玉蓮花發紫煙中

성재(省齋)

학사께서 통역을 통해 말하기를 "가슴속 회포를 읊은 시를 보여주
셨으면 합니다. 바쁜 때라서 비록 화운시를 지을 수는 없지만, 객수에
위안이 될 것입니다."라고 하였다. 이에 내가 묵은 원고의 시와 소서
(小序)를 꺼내 학사께 드렸다.

삼가 조선학사 신공께 아뢰다
謹啓朝鮮學士申公案下

차가운 바람과 휘날리는 눈발 속에서 파도치는 바다와 험난한 산길
을 넘느라 쌓인 피곤함을 말로 다 할 수 없을 것입니다. 이번 대례(大
禮)를 마치고 기거가 청승(淸勝)하시다니 매우 기쁩니다. 지금 또한 만
리에서 배를 돌려 이곳 물가에 정박하셨으니 얼마나 다행한 일인지
요? 다시 봉새와 같은 위의를 뵐 수 있어 뜻밖의 영광이었습니다. 이
에 스스로를 헤아리지 못한 채 속된 말로 율시 한 수를 지어 대방가(大
方家)의 웃음을 자아내게 합니다. 공께서 거친 말을 마다하지 않고 다
행히 화운시를 지어주신다면 이별 뒤에도 모습을 뵙는 듯할 것입니다.
은혜를 베풀어 주시기 바랍니다.

녹명[89] 노래 부르던 연회 파하고 　　　　　　　　鹿鳴公宴罷

---

[89] 녹명(鹿鳴) : 『시경』 「녹명(鹿鳴)」은 잔치를 베풀어 주며 부르는 노래.

약수[90]에 돌아가는 배 띄우네	弱水泛歸橈
부사산 앞은 멀기만 하고	富士山前遠
부상 나무 아래는 아득하도다	扶桑樹下遙
역로의 매화 피지 않았는데	驛程梅未發
바닷길 눈발 처음 날리는구나	海路雪初飄
주머니 속 시구 보여주길 청하여	請示囊中句
낭송하다보니 하룻밤이 지났네	朗吟度一宵

학사께서 말씀하시기를, "아름다운 시편을 감격스럽게 읊조려 보았습니다. 매우 감사합니다. 선창하면 화답을 하는 것이 반드시 지켜야 할 예(禮)입니다만 지금 배를 띄우려고 하니 배 안에서 화운하여 우삼씨(雨森氏)에게 부탁하여 보내드리겠습니다. 전달될지는 모르겠습니다."라고 하였다. 통역하는 사람이 이 말을 전하여 내가 고개를 끄덕였다. 드디어 서로 인사를 나누고 헤어졌다.

묻다
問

비전주 대롱산(大瀧山) 복생사(福生寺)[91]의 승려 원윤(圓贇)이 송정

---

90 약수(弱水) : 신선이 살았다는 중국 서쪽의 전설적인 강. 서해(西海)의 이칭(異稱)으로도 쓰인다. 삼신산의 하나인 봉래산(蓬萊山)과는 거리가 3만 리나 떨어져 있어 지극히 먼 거리를 표현할 때 봉래약수(蓬萊弱水)라고 한다. 여기서는 일본과 조선 사이의 바다를 뜻한다.

하락 옹에게 부탁하길, 한인에게 신라 최치원과 김지장[92]에 대한 사적(事蹟)을 물어보라고 하였다.

최치원 『현수전(賢首傳)』의 작가이다.

김지장 부상(扶桑) 하주(河州) 본정(本淨)의 비구가 물러나 쉬던 구화산(九華山)에 있는 절을 지장사(地藏寺)라고 이름한 것은 김지장의 사적을 사모했기 때문이다.

답하다
答

국계 장필문

최치원은 자가 고운(孤雲)으로 최충(崔冲)의[93] 아들입니다. 신라 말엽 사람으로 12세에 중원에 들어갔습니다. 당나라 희종(僖宗)조에 과거에 급제하여 고변(高駢)의 종사관[94]이 되었습니다. 「토황소격문(討黃

---

91 대롱산(大瀧山, 오타키산) 복생사(福生寺, 후쿠쇼지) : 복생사는 강산현(岡山縣) 비전시(備前市) 대내(大內)에 있는 고야산(高野山) 진언종(眞言宗)의 사원이다. 대롱산은 산호(山號)이다.

92 김지장(金地藏) : 신라의 승. 지덕(至德) 연간에 바다를 건너가 청양(靑陽)의 구화산(九華山)에 살았다. 일찍이 바위틈에 있는 흰 흙을 밥과 섞어 먹어 사람들이 기이하게 여겼다. 나이 99세에 갑자기 대중들을 불러 모은 다음 이별을 고하였는데, 산이 울고 바위 떨어지는 소리가 들리더니, 잠시 뒤에 함 속에서 입적(入寂)하였다. 3년이 지난 뒤에 탑 속에 넣으면서 보니 얼굴이 마치 살아 있는 사람 같았고, 마주들 때에는 골절이 모두 쇠사슬이 흔들리는 것 같았다고 한다. 『속문헌통고』『전당시(全唐詩)』에, "김지장은 신라국의 왕자이다. 지덕(至德) 초에 바다를 건너와 구화산(九華山)에서 살았다."라고 하였다.(『해동역사(海東繹史)』 32권, 「석지(釋志)·명승(名僧)」)

93 최충(崔冲) : 최치원의 아버지는 최견일(崔肩逸)이다. 국계가 착각한 것으로 보인다.

巢檄(文)」을 지었는데, 황소가 그 글을 보고 자신도 모르는 사이에 걸상
에서 떨어졌다고 합니다. 황소의 난이 평정되자 다시 당나라 조정에
서 벼슬을 하였습니다. 노모가 본국에 계셨기 때문에 21세에 동쪽으
로 금의환향하여 삼군(三郡)을 두루 맡았습니다. 신라의 운이 점점 쇠
하는 것을 보고 가야산으로 들어갔는데 죽은 곳은 알 수 없습니다. 어
떤 사람들은 신선이 되었다고 말하기도 합니다. 문창후로 추봉되었고
공자의 묘정에 배향되었습니다.

　김지장은 신라 경순왕 김부(金傅)의 아들입니다. 신라에 쇠망의 기
운이 드리우자 종묘사직이 무너지는 것을 차마 보지 못하고 금강산
백천동에 들어갔습니다. 바위에 집을 지어 오래도록 속세와의 인연을
끊은 채 몸을 숨기고 도를 닦았습니다. 나라 사람들이 잊지 못하고 성
을 쌓아 그를 지켰는데, 백천동 안에는 훼손된 성가퀴가 있어서 이름
을 성현(城峴)이라고 했다고 합니다. 속성은 김씨이고 지장은 산에 들
어간 뒤의 자호입니다. 그 이름은 세상에 전해지지 않습니다.

---

94 고변(高騈)의 종사관 : 고변은 당나라 말기의 문신으로 중국 섬서성 유주인(幽州人)이
　다. 글을 좋아하여 선비를 친구로 삼았는데, 황소의 난 등 여러 차례 반란군을 진압하였
　다. 고변의 종사관은 신라 최치원을 가리킨다. 최치원은 고변의 종사관이 되어, 황소(黃
　巢)를 성토하는 격서를 지었다.

桑韓唱酬集　敍

　方回萬里曰："周宦有象胥、舌人之職，遠人慕化而來，使人將命而出，以柔以撫。"三韓聘我邦也舊矣。今茲享保己亥之秋，又令使臣來聘問，而我邦之詩人，遠而有寄，面而有贈，寄贈酬答，不爲不多矣。剞劂氏輯以爲帙，名曰:《桑韓唱酬集》。觀之則將足以見家邦有道，隣國慕化之盛也。如其詩工拙精麤者，俟其能知詩者。因敍。

　享保己亥臘日

　坂陽河間正胤長孫書

桑韓唱酬集　卷一

浪華河閒正胤校閲

奉呈青泉菊溪嘯軒諸公鈞座前　　　　　　　　　　　松井河樂

謹啓諸公鈞座前，平安先祝錦牙船。備前州主命臣等，齋戒奉迎韓國賢。

僕是備前學校官，品階司業老辭官，今般貴客遠來會，主命逢迎擬當官。

吾名良直氏松井，問字謹呈丹懇影。伏禱貴邦學與詩，筆談規格是欣幸。

右三首韓客無和

殊邦兩境遙，星使越高潮。淺浪黿爲足，遠濤風作橋。蜃奇濃復淡，鯨異夙還宵。遊歷不勞意，仙槎任斗杓。

奉酬河樂惠贈　　　　　　　　　　　　　　　　　　申青泉

萬里客行遙，三秋乘海潮。感君留月館，邀我度雲橋。筆落棲鴉暮，樽開旅雁宵。文星映南斗, 隨興看回杓。

奉訓河樂惠贈韻仰塵詞案　　　　　　　　　菊溪張弼文

千里路非遙, 雲帆趁暮潮。自能超鰐窟, 何必假鼉橋。仙客回淸眄,
高談度永宵。不妨侵曉散, 直到斗移杓。

謹次何樂公惠示韻　　　　　　　　　　　　蕭軒成夢良汝弼

仙賞不辭遙, 風帆趁晚潮。窮河隨漢節, 觀日過秦橋。邂逅童顏叟,
留連畫閣宵。凄然話壬戌, 歲月幾璇杓。

再疊原韻奉和謝三雅公之芳和　　　　　　　　　　　河樂

陵來曠海遙, 牛轉暫辭潮。卑唱蛙羞井, 高酬鵲傲橋。初逢先在暮,
終會欲通宵。佳詠拜吟盆, 詩師準建杓。

又奉呈三雅公之几前

萬里波濤萬里舟, 遠帆無恙達蓬丘。仰看風俗箕封美, 衆客儀容都
一閭。

右詩靑泉無和

奉次河樂淸韻　　　　　　　　　　　　　　　　　菊溪

重溟秋色載孤舟, 歷盡東州水與丘。墨壘交兵眞戲劇, 少時行樂憶
藏閭。

謹和河樂公淸韻　　　　　　　　　　　　　　　　嘯軒

蓬嶋仙人蓮葉舟, 客星中夜耀靑丘。喜君老筆猶强健, 妙句拈來看

捶闥。

再疊原韻奉和謝菊溪嘯軒二公之妍和　　　　　　　　　河樂

殊域唱酬筆作舟，兩情通處更無丘。奇哉敏捷如飛電，句句精工不
用闥。

嘯軒以筆語問予官職及辭官之年序，予乃以韻語答之

吾本壯强武事勤，國黌司業復遷文。六旬餘歲病辭職，權授這回會
雅君。

奉和河樂答示辭官年序韻　　　　　　　　　　　　　　嘯軒

東武緇塵十載勤，北山歸興誦《移文》。幾人猶走鐘鳴後，暮境投閑
獨有君。

復重原韻奉謝嘯軒公之寵和　　　　　　　　　　　　河樂

徒窮精力不才勤，無績只羞武與文。老境辭官吾適分，投閑衾寵却
疑君。

走次河樂公疊示韻【僕今曉於海中見南極老星故云云。】　　嘯軒

清宵來訪意辛勤，細雨燈前對廣文。船上纔看南極老，神仙標格果
逢君。

用同韻奉謝嘯軒公祝壽之惠　　　　　　　　　　　　河樂

待賓於我更無勤，望外拜觀賢謝文。況復丁寧祝吾壽，深恩沒世不
忘君。

別構一絕以賀河樂公眉壽　　　　　　　　　　　菊溪

日東眞境卽殊庭，更道天文近壽星。今夕見君顏貌古，不煩修鍊到遐齡。

奉謝菊溪公祝僕壽之惠詩　　　　　　　　　　　河樂

仰看日角與珠庭，吟韻若雷眸若星。却是惠情祝吾壽，詠辭懇懇比仙齡。

復疊庭字仰呈河樂梧下　　　　　　　　　　　　菊溪

更深風露滿虛庭，林表低垂幾點星。席上癯容眞不俗，正如仙鶴壽千齡。

奉答謝菊溪公疊庭之佳吟　　　　　　　　　　　河樂

先欣在我訓逢庭，更感於君使應星。重疊韻辭仙壽祝，其徵須引極衰齡。

奉祈愚製長律集之賢序之韻語靑泉雅公鈞坐前　　河樂

拙吟長律集中辭，自識凡庸無一奇。雖避同音兼異韻，難模周體與唐姿。可羞過接非其友，只願性情是厥師。誠敬丹祈賢者序，健毫貶下九淵慈。

奉詶河樂惠贈　　　　　　　　　　　　　　　　靑泉

僕姓申，名維翰，字周伯，號靑泉。年今三十九。以乙酉進士，癸巳甲科及第。時任秘書省著作，忝叨公選，遠涉滄海。所過峯嶼雲林，種種仙境，玆又仰覯耆英，奉惠什朗誦之，知三山藥艸亦自有詩助矣。感幸之極, 略以巴人報春雪, 當不滿一粲笑耳。承有屬稿之命, 令人愧不敢言。昔左大沖求序於玄晏, 玄晏豈能勝若人? 迄于今而天下稱左氏自敍, 不佞戒之在斯。然豈違盛托, 方與之偕? 待舟車少暇, 或得片言, 俛卷而歸之, 是爲期耳。

梁園賦雪馬卿辭, 蕭瑟瑤琴耿自奇。髯上霜花仍古貌, 囊中詩草亦仙姿。敢論玄晏三都序, 曾許靑雲一代師。天地卽今波浪靜, 太平歌曲荷恩慈。【天地一作東海。】

奉謝申公愚製長律序文許諾之惠語　　　　　　　河樂
愚詠汗呈踈拙辭, 咄嗟卽賜和章奇。擬鱗變態維龍貌, 比羽舞容是鳳姿。坐上接毫和作友, 心頭取法敬爲師。因欣長律加冠願, 巨海納涵慈上慈。

奉謝靑泉公見示及官位姓名年齒之筆語　　　　　　河樂
官位姓名年齒言, 貴毫傳達刻丹魂。別來萬里滄溟隔, 朝暮拜顏此墨痕。

奉祈嘯軒公於愚作東山日記見加賢序　　　　　　　河樂
東山驛路日吟辭, 疎放偶然堪自嗤。猶是拙篇不能棄, 伏祈賢丈冠語慈。

謹次河樂公惠示韻　　　　　　　嘯軒成夢良汝弼
卷裏篇篇絶妙辭, 佛頭加糞得無嗤。再三圭復靑燈下, 醫却沉痾勝左慈。

再賡原韻奉謝嘯軒公於愚作東山日記序文惠示之諾　　　　　河樂

《東山日記》極卑辭，幸入賢眸得免嗤。已許拙篇冠語約，又添高和
惠頌慈。

對州刺史家臣儒官松浦氏見愚詩曰："嘯軒詩中，無序文許諾之語，
宜切問之？" 予曰："嘯軒雖如無序文許諾之語，其意隱然在言外，不
待更問之，而自分明。"松浦氏猶不敢首肯，於是改前詩第三四句而呈
之。如左。

《東山日記》極卑辭，幸入賢眸得免嗤。伏禱拙篇冠語約，分明筆跡
是鴻慈。

筆語　　　　　　　　　　　　　　　　　　　　　　　　　嘯軒

《東山日記》旣有辨卷之敎，則雖文拙敢辭？但夜短行迫，當從頌搆
呈耳。

奉謝嘯軒公於東山日記序文金諾之惠　　　　　　　　　　河樂

山道吟篇冠語祈，慈涵欣躍足如飛。墨蹤投賜其期約，再惠只傒東
武歸。

對州儒官雨森芳洲於予有懇情之惠，因謝之如左，
謹謝芳洲丈詩席懇情之佳麻　　　　　　　　　　　　　　河樂

舊交滄海深，再會昔爲今。詩席荷恩感，發生戴雨森。

奉和河樂老丈韻　　　　　　　　　　　　　　　　　　　芳洲

知君學海深，轢古又超今。落筆堆珠玉，篇篇詩律森。

右芳洲和韻。翌朝來及呈再和，船已出。

奉呈申姜成張諸公詞案下　　　　　　　　　　山田剛齋

鶏林衝三伏之炎，馬州凌千層之波，冲霄遙擊，雖人之所羨，賢勞羇難，亦胡堪言之？忽喜彩鷁無恙，就次登瀛。仙槎今日暫躎牛窓，幸得通鄙名、接芝眉，珍重萬福，至祝至祝。惟夫兩邦異言，四海同情，目擊之際，神交卽存。況筆話代舌，不必緣譯氏。僕姓藤，氏松木，今呼山田。名定經，字孟賚，別號剛齋，自稱樂樂子。備陽國侯小史，今祇役來牛窓。因善隣之美事，得識韓之妙契，一對懿範，仰向英風，何慶尚旅？第羞區區微才，不勝應接。恭裁蕪詩，敢瀆電矚。伏願海涵不廢俚辭，辱賜高和。多多仰君子諒納耳。

彩鷁聯翩輝日域，三韓仙客共登瀛。遙逾馬島千層波，親接牛窓一夜情。金節捧來修舊約，玉毫揮處結新盟。遠遊元是男兒事，何厭長風萬里程。

奉詶剛齋惠贈　　　　　　　　　　　　　　　申青泉

僕姓申，名維翰，字周伯，號青泉。官今秘書著作郎，忝承公選，而來海山神仙窟，得奉君子款宵之會。是三生宿緣，感喜何量。木瓜報瓊琚，自顧慙柭。惟高義不以卑鄙之，留作別後顏面，幸甚。

蓬萊玉鳥千年事，自喜仙緣泛大瀛。天地得君雙把袂，海山留客一含情。匣中星照青龍氣，竿外秋尋白鳥盟。最惜今宵難繫得，片帆雲水卽王程。

奉次剛齋惠示韻　　　　　　　　　　　　　　菊溪居士

僕姓張，名應斗，字弼文，自號菊溪居士。行年五十。以從事官記室來到貴國。獲覩雅儀, 喜幸何言? 拙詩不足以仰答高韻, 而重違盛意, 聊此續貂, 一粲如何?

萬里星槎乘漢客, 迢迢行邁涉滄瀛。慣聞玆地多仙子, 喜見諸公不俗情。冠蓋百年修好義, 山河千古鞏深盟。壯遊且協桑蓬志, 忘却層波渺去程。

奉和剛齋惠示韻 長嘯軒

僕姓成, 名夢良, 字汝弼, 自號長嘯軒。今以副使記室來。自涉貴地, 飽看山川之勝, 日接翰墨之彦, 恍若陟蓬島而遇列仙也。今者諸賢, 又肯惠然臨之, 貺之以華製, 重之以淸話, 實浮世之勝事也。嘉幸如何如何?

長風破浪慕宗生, 鷁首迢迢涉大瀛。孤島迎帆偏秀色, 群仙披霧總歡情。一堂好作水萍會, 兩國已堅金石盟。秉燭良宵談笑穩, 頓忘形役困脩程。

走筆奉呈申靑泉席上 剛齋

牛渚偶躔星客槎, 扶桑夙仰躡珠華。今宵萍會知何幸, 面見文章一大家。

再和剛齋見贈 靑泉

雀啄津頭寒橘槎, 帆雲水石共秋華。相逢楚客琴中語, 邀入蓬山畫裏家。

席上奉呈成嘯軒座右 剛齋

□□鰌霧幾程濱, 暫駐星槎牛浦津。目擊由來存妙契, 筆端更發二邦眞。

奉和剛齋示韻　　　　　　　　　　　　　　　　　嘯軒

漢陽客子海東濱，喜遇仙郎更問津。兩地何嫌風壤別，醉來談笑見
天眞。

席上奉呈張菊溪座右　　　　　　　　　　　　　　剛齋

遠伴使軺尋舊盟，牛窓幸駐指東旌。文場涵海充梧井，莫嗇毫端放
鳳鳴。

復用剛齋見贈韻奉呈詞案下　　　　　　　　　　　菊溪

江湖虛負白鷗盟，萬里桑洋逐使旌。看取日東多俊彥，聯翩一代以
詩鳴。

再疊遙字奉呈剛齋案右　　　　　　　　　　　　　菊溪

一望海天遙，磯頭已退潮。草埋徐市藥，石老祖龍橋。勝境惟茲土，
良緣卽此宵。却愁更漏促，回首視璇杓。

奉次菊溪詞伯疊遙字所寄韻　　　　　　　　　　　剛齋

東程驛路遙，難駐去隨潮。遠涉播溟浪，屢逾攝港橋。揮毫逢異客，
秉燭惜良宵。深思脩途苦，悽然仰旋杓。

三疊遙字呈上剛齋詩楊　　　　　　　　　　　　　菊溪

身逐片雲遙，乘來八月潮。衣沾赤關雨，帆拂小倉橋。興逸題詩夕，
談清秉燭宵。歸期何日定，一任屢回杓。

席上奉謝諸詞伯高和 剛齋

萬里乘槎客, 善隣賀太平。鷄林裝玉節, 牛渚駐文旌。夙望德輝秀,
親交手彩淸。每篇珠玉和, 應作一家榮。

敬稟申靑泉姜耕牧成嘯軒張菊溪諸公案下 和田省齋

繼好兩邦奉辭, 萬里遙衝鯨海波, 暫憩牛浦岸。秋風潮穩, 錦帆無
恙, 珍重萬萬。僕姓平, 氏和田, 名正尹, 字子溫, 號省齋, 備前州學宮
書生也。承寡君之命來, 秉文筵筆硯, 幸得一接芝宇, 不勝欣悚之至。
卒裁蕪韻一章, 以汚尊靑, 得賜斤和, 孔幸。

聞說皇華旣啓行, 高樓幾日望西瀛。三山浪穩仙帆遠, 萬里秋晴使
節明。浦口逢迎無一語, 床頭唱和有餘情。靑眸相照淡燈下, 傾寫錦
囊傳盛名。

奉訓省齋贈韻 靑泉

不羨銀河八月行, 客帆秋日到蓬瀛。洲邊對酒寒烟杳, 館裏題詩夜
火明。一笑靑山開爽氣, 千年白雪見高情。尋眞采藥平生願, 自愧三
韓學士名。

奉和省齋惠韻 成嘯軒

僕姓成, 名夢良, 字汝弼, 號長嘯軒。今以副使記室來。

日暮烟洲駐客行, 笑攀仙侶陟蓬瀛。淸樽晝燭儼相對, 奎宿壽星交
映明。何恨語音異習俗, 喜從眉宇得風情。砥礪敢報瓊琚韻, 拙技眞
慙八斗名。

奉次省齋清韻以博一粲　　　　　　　　　　　　菊溪

浹月天東作此行，星槎忽已過重瀛。鰲頭遠岫迎帆翠，鵬背晴暉照
眼明。時遣客懷題短句，幾逢佳士吐深情。愛君眉睫多仙氣，始信三
山實副名。

席上奉呈申青泉　　　　　　　　　　　　　　　省齋

晉著作郎朝服，用單衣介幘，今假用之。

單衣介幘自東韓，秀氣高標仰面看。鷁路三千餘里浪，却輸詩句湧
毫端。

奉和省齋　　　　　　　　　　　　　　　　　青泉

海鰐千年避老韓，文星南斗笑相看。感君收拾鯨濤色，贏得孤帆到
水端。

席上奉呈菊溪張先生　　　　　　　　　　　　省齋

星槎風穩下天涯，秋霽海門雲霧開。館裏今宵會仙客，不疑我土有
蓬萊。

卽席走艸奉和呈省齋詞伯梧下　　　　　　　　菊溪

船泊牛窓別浦隈，忽逢佳客好懷開。超塵風格知何似，雪裏寒梅異
草萊。

絕句一章奉呈座上諸公　　　　　　　　　　　省齋

酒闌會席向深更，唱和吟中別恨生。明日風潮送君處，算程可待錦
旋榮。

走次省齋示韻　　　　　　　　　　　　　　　　嘯軒

清話連床僕屢更，秋晴高閣夜涼生。別後可堪雲樹隔，前期更指菊
花榮。

走筆奉和呈省齋梧前　　　　　　　　　　　　　　菊溪

客裡光陰屢變更，近床蟲語喚愁生。聽君佳話寬羇抱，羽化登仙不
足榮。

題扇面　　　　　　　　　　　　　　　　　　　　菊溪

竹上雙樓鳥，無塵染羽衣。終年不飛去，知爾久忘機。

又　　　　　　　　　　　　　　　　　　　　　　仝[95]

細草平沙岸，遙燈一點明。漁童初罷釣，歸趁暮砧聲。

走筆奉次謝張菊溪詞伯題扇面之瑤韻　　　　　　　省齋

豈惟詩句秀，運筆墨痕明。賴對鷄林客，初聞大雅聲。

復疊明字奉贈省齋詞伯　　　　　　　　　　　　　菊溪

見君詩最妙，使我眼偏明。擊節高吟罷，鏗鏘擲地聲。

牛渚夜戲呈詩仙一粲　　　　　　　　　　　　　　松浦霞沼

誰道秋宵永，簷端玉斗橫。已看燭頻跋，莫遣漏催更。

---

95 원문에는 '全'으로 되어 있으나 '仝'으로 바로잡는다.

奉酬霞沼　　　　　　　　　　　　　　　　　　　　青泉

高閣青燈語, 長洲白露橫。一聲何處鴈, 天外叫殘更。

走次霞沼戲示韻　　　　　　　　　　　　　　　　嘯軒

小樓秋夜靜, 星轉絳河橫。勝會詞兼翰, 靑蓮又率更。

奉次霞沼戲贈韻　　　　　　　　　　　　　　　　菊溪

詩成韻淸絶, 筆落勢縱橫。未了良宵話, 鷄人莫報更。

用霞沼韻呈座上諸賢　　　　　　　　　　　　　　芳洲

群仙今夜會, 醉墨亂縱橫。談笑有餘興, 何妨報五更。

奉次霞沼戲見示席上韻　　　　　　　　　　　　　剛齋

今夜文奎會, 揮毫珠玉橫。縱雖頻剪燭, 請莫報深更。

奉和霞沼詞伯之戲示韻　　　　　　　　　　　和田省齋

燈前文酒會, 詩就筆縱橫。誰減銅壺水, 忽驚報曉更。

　享保四年已亥冬十一月十七日, 朝鮮信使復泊于牛窓。 在渚不就館, 獨副使黃公上賓館。少頃而下船, 故學士、三書記共不就館, 無由爲唱和筆語矣。予及黃昏, 到上官舍, 學士申靑泉偶在于此, 望予莞然, 乃共拜揖。學士據筆硯書云:

筆語　　　　　　　　　　　　　　　　　　　　申靑泉

　別來秋色已作陽生之月。幸此行無恙到此, 得復見君於舊館, 欣喜欣喜。松井河樂翁, 起居何似? 所託詩卷序文, 已屬雨森氏傳達, 未知

卽到否。當日所與唱和諸君子，幸皆無事，能復念我行色耶? 泊船在
渚，不能就館。此別便作千秋事，恨歎恨歎。

答書　　　　　　　　　　　　　　　　　　　　　　　　　　　　省齋

高諭詳悉。侵凌風霜，跋涉山川，竣東都之大禮，玉節向西，敬賀敬
賀。方今泊此渚，得復挹手彩，欣幸何言乎? 只憾邦家有禁，無霞沼、
芳洲，則不許唱和筆語，徒懷詩句，默然仰望，實失千歲之一機會耳。
河樂亦雖在此村家，老衰蹣跚，不能卒就此館而見。高文一卷，芳洲旣
傳達之，勿煩心思。瀆者，駿州富士山者，我東第一之名嶽，先生豈無
逸作乎? 書賜則爲別後之容顔，伏丐勿慳。嗟，明發開帆，再會無期，
臨楮不堪悵然。亮察。

筆語　　　　　　　　　　　　　　　　　　　　　　　　　　　　靑泉

別懷不堪言，事已如此，言之奈何? 芳洲、霞沼旣不來，今宵更會無
計，雖有詩篇，付之烏有之鄕。此亦大令人感慨處也。但冀諸賢連用
珍愛。如遇河翁，爲傳鄙意，幸甚。今將下船矣，不盡。

駿河道中望富士山口占　　　　　　　　　　　　　　　　　　　靑泉

扶桑東去海雲賒，萬仞峰頭雪似沙。落日蒼茫秋色裏，靑天洗出玉
蓮花。

又　　　　　　　　　　　　　　　　　　　　　　　　　　　　嘯軒

富山雄峙海之東，白雪峯高天可通。突兀奇形何所似，玉蓮花發紫
煙中。

省齋

學士依譯氏言曰:"請示懷中之詩。走卒之際, 雖不能和韻, 尙慰客愁。"於玆, 予出宿稿之詩幷小序, 以呈學士。

謹啓朝鮮學士申公案下

寒風雨雪, 海濤山險, 勞倦多多, 不可勝言。伏承竟此大禮, 而起居淸勝, 欣懽欣懽。今也回舟萬里, 泊于此渚, 僕何幸? 再諧鳳覿, 榮踰望外。玆不自揣, 成俚語一律, 以博大方家之笑, 公無棄蒭蕘語, 幸賜高和, 則爲別後容顏。是荷是祈。

《鹿鳴》公宴罷, 弱水泛歸橈。富士山前遠, 扶桑樹下遙。驛程梅未發, 海路雪初飄。請示囊中句, 朗吟度一宵。

學士言曰:"佳篇感吟, 多謝多謝。有唱則有和, 禮之必然者也。然今將下船矣, 船中而和韻, 託雨森氏以贈之, 不知能達否。"譯氏傳此言, 予頷之。遂相揖而別。

問

備前大瀧山福生密寺僧圓贇託松井河樂翁, 而問新羅崔致遠、新羅金地藏事蹟於韓人矣。

崔致遠【《賢首傳》之作者。】

金地藏【扶桑河州本淨比丘, 所以名退休地於九華山地藏寺者, 慕金地藏事蹟也。】

答

菊溪張弼文

崔致遠, 字孤雲, 崔冲之子。新羅末葉人, 十二歲入于中原。唐僖宗朝登第, 爲高騈從事。作《黃巢檄》, 巢見其文, 不覺下床。巢賊旣平, 復仕于唐朝。以老母在於本國, 故二十一歲, 衣錦東還, 歷典三郡。見

羅運漸衰, 去入伽倻山, 不知所終。或謂之仙化云。追封文昌侯, 配享
孔子廟庭。

金地藏, 新羅敬順王金傳之子。新羅垂亡, 不忍見宗社之覆墜, 去入
金剛山百川洞, 倚岩爲屋, 永斷俗緣, 隱身修道。國人不能忘, 築城以
護之。百川洞中猶有毁堞, 名曰城峴云。俗姓卽金氏, 地藏入山後自
號也。其名則不傳於世云。

상한창수집 지

桑韓唱酬集 地

상한창수집 권이

낭화(浪華) 하간정윤(河間正胤) 교열(校閱)

　일본과 조선이라는 국가는 그 땅이 비록 둘 다 동쪽에 있지만 서로의 거리가 반 만 리나 되기 때문에 풍마우(風馬牛)[1]로도 미칠 수가 없다. 그러나 조선의 군주께서 선린의 옛 맹약을 지켜 우리 조정의 대군(大君)이 작위를 물려받는 경사가 있을 때면 일찍이 사신들을 보내와 축하하지 않은 적이 없었다. 『시경』에, "바로 오늘이 아니겠는가? 예부터 이와 같았으니."[2]라고 하였는데, 이것을 말함인가! 향보(享保) 기해년(1719) 가을에 또 사신들이 이곳에 임한 적이 있어 만국에 두루 명을 내려 빈관의 지공(支供)이 있지 않은 곳이 없었다. 이에 우리 이기성(尼崎城)의 주군[3]께서 먼저 군신들에게 명을 내리기를, 서로 의논한 뒤 병

1　풍마우(風馬牛) : 『좌전』 희공(僖公) 4년에, "군(君)은 북해(北海)에 살고, 과인(寡人)
　은 남해(南海)에 있으니, 풍마우(風馬牛)도 서로 미치지 못하는 처지다."라고 하였다.
2　『시경(詩經)』 「주송(周頌)」 〈재삼(載芟)〉.
3　이기성(尼崎城)의 주군 : 송평충교(松平忠喬, 마쓰다이라 다다타카, 1682~1756). 강
　호시대 전-중기 대명(大名, 다이묘). 초명(初名)은 구무(俱武, 도모타케), 통칭은 여칠랑

고(兵庫)⁴에 하도포(河桃圃)⁵를 파견하고 그 일을 전적으로 맡아 지휘하
도록 하였다. 우리 부자 또한 명을 받들어 천역(賤役)을 기꺼이 하면서
사신의 깃발을 기다렸다. 하루는 도생(桃生: 河桃圃)이 나에게 말하기를
"이번 사행에서 학사와 해후하는 것은 천 년 만의 기이한 만남으로 보
잘것없는 시를 주고 훌륭한 시를 구할 수 있을 것입니다. 생각건대,
군자가 이곳에 이르는 날은 매우 분주하고 어수선하여 수창할 길이 없
을지도 모릅니다. 만약 기회를 놓치게 되면 반드시 지척이 천 리가 되
고 마는 후회가 있을 것입니다. 먼저 실진(室津)⁶에서 시를 드려 화운
시를 얻는 것이 나을 것입니다."라고 하였다. 이에 각자 거친 시를 지
어 그것을 서신에 담아 대마도의 대학자 우삼씨(雨森氏)와 송포씨(松浦
氏) 두 사람에게 부탁하여 학사에게 이르게 하였다.⁷ 9월 2일에 사신들

(與七郎). 1696년 14세 때 신농(信濃, 시나노) 반산번주(飯山藩主, 이야마한슈)가 되었
고, 1711년 섭진(攝津) 이기(尼崎)로 이봉(移封)되어 초대 번주가 되었다. 막부의 명으로
1719년 통신사행 때 조선통신사의 접대역을 맡았다.

4 병고(兵庫, 효고) : 섭진국(攝津國)에 속하고, 현재의 병고현(兵庫縣, 효고켄) 신호시
(神戶市, 고베시) 병고구(兵庫區, 효고쿠) 병고정(兵庫町, 효고초)이다. 12차례 통신사
행 가운데 마지막을 제외한 나머지 사행 때마다 조선 사신이 이곳 다옥(茶屋, 챠야)에
머물렀다.

5 하도포(河桃圃) : 하징정실(河澄正實, 가와즈미 마사미). 강호시대 전-중기 희로번(姬
路藩, 히메지한) 번사. 섭주(攝州) 이성(尼城) 출신. 자는 백영(伯榮), 호는 도포(桃圃).

6 실진(室津, 무로쓰) : 파마국(播磨國)에 속하고, 현재의 병고현(兵庫縣, 효고켄) 다쓰
노시(たつの市) 어진정실진(御津町室津, 미쓰초무로쓰)이다. 12차례 통신사행 가운데
마지막 사행을 제외한 나머지 사행 때마다 조선 사신이 이곳에 묵었다.

7 각자 거친 시를 지어…… 학사에게 이르게 하였다[因各賦蕪言, 托諸雙鯉, 憑對府鴻儒
雨、松二子, 以要轉致於學士也.] : 신유한의 『해유록(海遊錄)』상(上) 9월 2일에 "섭진
(攝津)의 모든 문인(文人)들이 자기들의 긴 편지와 짧은 율시(律詩)를 우삼동에게 부탁하
여 전달하였다. 그들은 아마 내가 앞으로는 더욱 여가가 없어서 수응(酬應)할 조용한 기

이 실진에 머물렀다. 다음날 3일에 물귀신[8]이 노하지 않아 장풍(長風)
을 타고온 사신 배가 오후 서너 시 무렵[9] 병고 물가에 닿았다. 비단
닻줄과 상아 돛이 아름다워 사방에서 구경하는 사람들 중에는 포대기
로 아이를 업고 온 사람도 있었다. 이때 세 분 사신께서 각자 수레에
오르자 따르는 사람들이 구름과 같았다. 깃대를 세우고 생황을 불며
위풍당당하게 수많은 사람들이 다함께 손님 맞는 자리로 나아갔다. 얼
마 후 우방주(雨芳洲)께서 내가 기다리고 있던 여관으로 와 비로소 그
얼굴을 접하게 되었다. 미처 자리를 깔고 앉기도[10] 전에 학사에 대한
이야기가 나왔다. 이때 학사와 서기들이 어지럽게 뒤섞여 들어와 누가
누구인지 알 수 없었다. 방주께서 학사를 보자 끌어당겨 세우고서는
도생과 우리 부자로 하여금 뵙도록 하였다. 학사께서 소매 속에서 무
엇인가를 꺼내주셔서 무릎을 꿇고 살펴보니 우리들이 전날 부쳐드렸
던 글에 대한 화답이었다. 그 언어가 확실하였고 시 또한 평이하여 일
창삼탄(一唱三嘆)할 정도로 훌륭하였다. 이에 학사께서는 늘 이락(伊
洛)[11]에 잠심하여 시는 곧 여사(餘事)이었음을 알 수 있었다. '덕이 있는

회를 얻을 길이 없을 줄 알고 먼저 이렇게 보내는 것이라고 여겨져 우스웠다. 밤에는
배 안에서 잤다.[攝津諸文人, 各以長書短律, 托雨森東達之. 蓋知余前路酬應, 日益無
暇, 恐未得從容, 故先發而圖, 可笑。夜宿舟中。]"라고 하였다.

8 물귀신[海若] : 해약은 북해약(北海若)의 준말. 해약은 원래 북해 귀신의 이름인데 주
  로 수신(水神)을 지칭하는 말로 쓰인다.

9 오후 서너 시 무렵[晡時] : 포시(晡時)는 오후 3~5시 사이.

10 자리를 깔고 앉기도[班荊] : 반형은 옛 친구를 만난 기쁨을 표현할 때 쓰는 말. 춘추
  시대 초(楚)나라 오거(伍擧)가 채(蔡)나라 성자(聲子)와 세교(世交)를 맺고 있었는데, 두
  사람이 우연히 정(鄭)나라 교외에서 만나 형초(荊草)를 깔고 앉아서 옛날이야기를 주고받
  았다는 고사에서 유래하였다. (『춘추좌전(春秋左傳)』「양공(襄公)26년」)

사람은 반드시 훌륭한 말이 있다[12]라고 하였는데 그렇지 아니한가? 감사하고 기쁜 나머지 도생과 우리 부자 모두 일어나 다시 절을 올리니 학사 또한 답례를 하고 자리로 갔다. 온 좌중이 놀라워하고 구경하는 사람들이 담장처럼 둘러 있었다. 도생이 방주에게 "저희들이 다행스럽게도 수준 낮은 시나마 몇 수 가지고 왔습니다. 학사와 세 분 서기께 아뢰어 주셨으면 합니다."라고 하자, 방주께서 "물 따라 정처 없이 떠다니는 부평초처럼 우연히 서로 만나는 것은 진실로 훌륭한 유람이며 사람들이 하고자 하는 바입니다. 지금 여러분들로 하여금 조용히 뵐 수 있도록 할 수 있다면 이 또한 제가 진실로 원하는 바입니다. 비록 그렇긴 하지만 세 분 사신께서 숙소에 가서 좀 쉬셔야만 합니다. 오늘 밤은 순풍이어서 이미 각자 노를 저어 출항할 약속이 있으니 총총함을 어찌할 수 없군요. 설령 드린다 해도 필시 화답할 겨를이 없을 테니 무슨 소용이 있겠습니까? 지난번에 헤아릴 수 없는 보배를 얻으셨으니 이것으로 만족하시면 좋겠습니다."라고 하였다. 이에 억지로 할 수 없어 다만 방주에게 재차 화답한 시 여러 편을 맡기고 물러났다. 조선 사신 또한 밤이 깊지 않아서 출항하였다. 새벽녘에 대판(大坂)에 도착해 전례대로 머물렀다. 이로부터 역로 천 리 길을 사모(四牡)[13]를 타고

---

11 이락(伊洛) : 정주학(程朱學)을 말한다. 이수(伊水)·낙수(洛水) 사이에서 북송의 학자 정호(程顥)·정이(程頤) 두 정자(程子)가 강학(講學)을 한 데서 유래하였다.

12 '덕이 있는 사람은 반드시 훌륭한 말이 있다[有德者, 必有言]' : 문집을 통해서 훌륭한 덕에 걸맞은 훌륭한 말을 후세에 남겼다는 말이다. 『논어』「헌문(憲問)」에 "덕을 소유한 사람은 반드시 이에 합당한 말을 하게 마련이지만, 그럴듯한 말을 한다고 해서 그 사람에게 꼭 덕이 있다고는 말할 수 없다.[有德者, 必有言, 有言者, 不必有德。]"라는 공자의 말에서 나왔다.

달려 동도(東都: 강호)에 이르렀다. 시월 초하루에 대군(大君)을 뵈었다.
빙문의 예를 마치고 왕명을 받든 사신이 고국으로 돌아가기 위해 서쪽
을 향하였다. 동짓달 6일에 낭화에 관소를 정하고 예전대로 머물렀다.
진작 하구에 배를 대었고 연일 배에 계셨지만 쉬이 출발하지는 못했
다. 이 때문에 우리들은 한가함을 틈타 다시 대마도의 두 서기에게 부
탁하여 별도로 보잘것없는 원고를 드리며 사신들의 화운시를 강요하
다시피 했다. 우삼씨가 알리기를 "한객(韓客)들이 이미 시 빚을 많이
지고 있습니다. 생각건대 여러분들이 사시는 곳이 가까이에 있고 일찍
이 거룻배도 용납하지 못할 정도로 건너기 쉬우니[14] 다른 날 사신들이
이르기를 기다려 직접 드리십시오."라고 하면서 끝내 원고를 돌려주었
다. 그 후 얼마 되지 않아 여섯 척의 채익선이 고국으로 돌아가다가[15]
병고에 들렀는데, 바로 이 달 보름 저물 무렵이었다. 이때 날씨가 오락
가락해서 떠나야할지 말아야할지 결정을 내리지 못하고 있었기[16] 때문

---

13 사모(四牡) : 네 필의 수말. 『시경』「소아(小雅)」의 편명 가운데 하나로 왕명을 봉행하
　는 사신을 위로하기 위해 지어진 시이다.

14 일찍이 거룻배도 용납하지 못할 정도로 건너기 쉬우니[曾不容刀] : 도(刀)는 작은 배
　를 가리킨다. 하수(河水)는 넓고 거룻배는 작으니, 어찌 용납하지 못할 리가 있겠는가라
　는 의미로 곧 건너기 쉬움을 말한다. 『시경』「위풍(衛風)」〈하광(河廣)〉에 "誰謂河廣,
　曾不容刀."라고 하였다.

15 여섯 척의 채익선이 고국으로 돌아가다가[六鷁退飛] : 육익퇴비(六鷁退飛)는 새 여섯
　마리가 날다가 바람을 받아 뒤로 물러난다는 말이다. 육익(六鷁)은 조선 사신이 타고 온
　여섯 척의 배를 말한다.

16 결정을 내리지 못하고 있었기[摸稜] : 모릉(摸稜)은 책상 모서리를 만진다는 뜻으로,
　일이 잘못되면 자신에게 그 책임이 돌아올까 두려워 가부를 결단하지 못하는 상태를 비유
　한 말이다. 당(唐)나라 소미도(蘇味道)가 재상이 되었을 때 누가 "천하의 일이 많은데
　공은 어떻게 다스리겠소?" 하자, 그는 아무 말 없이 책상 모서리만 만지고 있었다고 한다.

에 곧장 지나갈 수 없어 이곳에 배를 매어 두고 있었다. 사신 이하 모두가 배 안에서 서로 몸을 베고 누운 채로 잠이 들어 마치 사람이 없는 것처럼 고요하기만 했다. 밤이 오경을 향하자 서리가 하늘에 가득하였다. 이 무렵 갑자기 포화를 터트리니 메아리가 적막한 물가를 뒤흔들었고, 또 갖가지 피리로 군악을 연주하니 그 소리가 아득한 바다로 퍼져나갔다. 무슨 연고인지 알 수 없었다. 닻줄을 풀려고 하는 것인지, 관사에 닿으려고 하는 것인지, 소리를 들은 자 모두들 의아해 하였다. 우리들도 쫓아가 보니 배가 흔들흔들 가볍게 떠있어 멀리서 바라보기만 할 뿐 다시 어쩔 도리가 없었다. 북두성과 견우성 사이에서 배회하는 것으로는 오직 하늘 가득한 밝은 달만 있을 뿐이었다. 매우 유감이었다. 대략 그 전말을 서술하여 스스로 위로하며 말할 뿐이다.

향보 기해년(1719) 섣달 상순에 이주(尼洲)에서 노보(老甫) 전중묵용(田中默容)[17] 쓰다.

'육익퇴비(六鷁退飛)'는 『인경(麟經)』에 보인다. 지금 또한 돌아가는 배이기 때문에 '퇴(退)'라고 하였다. 뜻이 본래의 말과 다르다.

---

17 전중묵용(田中默容, 다나카 모쿠요) : 강호시대 전–중기 유학자. 성은 전중(田中), 이름은 묵용(默容), 자는 언흥(言興), 호는 절헌(節軒). 전절헌(田節軒)이라고도 한다. 섭진국(攝津國) 이기성(尼崎城) 출신. 1719년 통신사행 때 이기성 번주의 명을 받들어 병고(兵庫)에 와서 조선 사신을 대접하였다.

신학사께 드리다
奉呈申學士榻下

도포(桃圃)

소신은 섭진주 이기성 출신으로 성은 하징(河澄)이고 이름은 정실(正實)이며 자는 백영(伯榮), 호는 도포(桃圃)입니다. 때마침 빈관의 일을 맡기 위해 병고진(兵庫津)에서 사신 배를 기다리고 있습니다. 근래 자라가 사는 큰 바다 물결이 평온하고 신물(神物)이 수호해주어 이미 동쪽으로 향하셨다고 들었습니다. 보중하십시오. 미리 거친 시 두 편을 드려 훗날 좋은 만남이 되기를 원합니다. 만약 맑은 화운시를 받아보게 된다면 조나라 구슬 화씨벽[18]과 수후가 얻었다는 명월주[19]라 한들 어찌 이와 같이 영예롭겠습니까?

강가 서늘한 바람에 가을빛 맑은데	江上凉風秋色淸
서쪽 바라보며 영웅호걸 고대하네	西望引領待豪英
훌륭한 예법 갖춘 손님[20] 지나가는 날	周冠殷輅經過日
누굴 통해 형주장사 한 번 뵐 수 있을까[21]	不識憑誰一識荊

---

18 조나라 구슬 화씨벽[趙璧] : 춘추 전국 시대에 최고의 보옥(寶玉)으로 일컬어졌던 조(趙)나라의 구슬 화씨벽(和氏璧)을 말한다.

19 수후가 얻었다는 명월주[隋珠] : 춘추시대 한수(漢水) 동쪽에 있던 수나라 임금이 얻었다는 매우 보배로운 명월주(明月珠)를 말한다.

20 훌륭한 예법 갖춘 손님[周冠殷輅] : 주관은 주나라 의관을, 은노는 은나라 수레를 말한다. 곧 예법을 갖추었음을 뜻한다.

21 형주장사 한 번 뵐 수 있을까[一識荊] : 형주(荊州)는 당(唐)나라 때 형주의 장사(長史)였던 한조종(韓朝宗)을 가리키는데, 이백(李白)의 「여한형주서(與韓荊州書)」에 "생전에 만호후에 봉해지는 것 쓸모없고, 오직 한 번 한 형주를 만나는 것이 소원이다.[生不用封

조선과 일본 오천 리 길 떨어져 있는데 　　　箕桑相去五千程

객지에서 몇 번이나 차오른 달 맞이할까 　　　客裏幾回逢月盈

강산에는 곳곳마다 명승지가 많아 　　　　　處處江山名勝夥

아마도 추흥이 시정을 일으켰으리 　　　　　料知秋興動詩情

　　　　　　　　　　　　　　　　　　기해년(1719) 늦가을에

도포께서 준 시에 수응하다
奉訓桃圃惠贈

　　　　　　　　　　　　　　　　　　　　　　청천[22]

가을날 영주에 묵으니 달빛 맑은데 　　　　瀛洲秋宿月華清

꿈속에 뭇 신선들 아름다운 시 지어주네 　　夢裏群仙贈玉英

청조[23]가 아침에 빼어난 소리 전해줌은 　　青鳥朝來傳逸響

천 년의 백설가[24] 남쪽 땅에서 나와서라오 　千年白雪起南荊

萬戶侯, 但願一識韓荊州。]"라고 하였다.

22 청천(青泉) : 1719년 기해 사행 때 제술관 신유한(申維翰, 1681~1752)의 호. 조선 후기 문신 겸 문장가. 자는 주백(周伯), 호는 청천(青泉). 연천현감 · 부안현감 등을 역임. 시문 으로 명성이 자자하여, 그의 시를 받기 위해 수많은 일본문사들이 모여들었고, 대단한 칭송을 받았다. 이때 남긴 『해유록(海遊錄)』은 문장이 유려하고 관찰이 돋보이는 기행문 으로, 박지원의 중국 기행문인 『열하일기』와 비교되곤 한다.

23 청조(青鳥) : 삼족조(三足鳥)라고도 한다. 한(漢) 무제(武帝) 고사(故事)에 의하면 7월 7일에 홀연히 청조(青鳥)가 날아와 궁전(宮殿) 앞에 모여 들자 동방삭(東方朔)이 말하기를 "이는 서왕모(西王母)가 찾아오려는 것이옵니다."라고 하였다. 조금 후에 서왕 모가 오는데 청조 세 마리가 곁에서 서왕모를 모시고 왔다. 그래서 후세 사람들이 사자(使 者)를 가리켜 청조라고 하였다.(『사기』 「사마상여전(司馬相如傳)」)

24 백설가[白雪] : 〈백설〉은 춘추시대 초(楚)나라의 가곡 이름으로, 〈양춘(陽春)〉과 함께

신선 섬 높은 구름 객로를 따라 　　　鰲首高雲引客程
은하수 바라보니 물결이 넘실넘실 　　　銀河一望水盈盈
동쪽 오니 자색 기운 누굴 기다렸나 　　東來紫氣誰相待
석양 무렵 주신 서신에 객정을 부치네 　落日瑤函寄遠情

　　　　　　　　　　　　　기해년(1719) 늦가을에

외람되이 청천 신공의 시운을 다시 받들다
再奉瀆青泉申公尊韻

　　　　　　　　　　　　　　　　　　　도포

지난번 방주(芳洲) 형 덕분에 다행히 한 차례 뵐 수 있었습니다. 실로
천 년 만의 기이한 인연이요 백 년 만의 영광스런 일이라 다시 비견할
것이 없습니다. 또한 소매 속에서 화운시 두 편을 꺼내 보여주셔서 참
으로 기뻤는데, 무엇으로 감사드려야 할지요? 마땅히 열 겹으로 잘 봉
하여 집안에 대대로 전하는 보배로 삼겠습니다. 앞서 주신 시에 거듭
차운하여 저의 회포를 폈으니 잠시나마 살펴보셨으면 합니다.

무수한 신선 배 그림자 또한 맑으니 　　無數仙帆影亦清
세상사람 놀라며 아름다운 구름 우러러보네 　人間驚起仰雲英
기이한 향기 가득한 하늘 꽃[25] 홀연 보니 　天葩忽見奇芬滿

남이 따라 하기 어려운 고상한 시를 가리킨다.
25 하늘 꽃[天葩] : 천파는 천연의 아름다운 꽃이란 뜻으로, 전하여 아름다운 시문(詩文)
을 의미한다.

난초와 가시나무의 만남이라 스스로 부끄럽네 　　　相遇自慙蘭與荊

긴 여정 체류하며 풍월을 실컷 읊으셨으니 　　　飽題風月滯長程
시주머니[26] 속에 아름다운 시[27] 가득하겠네 　　　知是奚囊戞玉盈
묻건대 근래 집안 소식은 전해 들으셨는지 　　　借問近傳家信否
남쪽으로 온 새 기러기, 고향 생각 어쩔거나 　　　南來新雁奈鄕情

대마도의 우삼·송포 두 분께 드리다
奉呈對府雨松二詞兄案下

전절헌(田節軒)[28]

무성(武城, 동도)에 전해지기로 　　　傳聞之武城
이응과 곽태가 탄 배[29] 가벼웠다지 　　　李郭一舟輕

---

26 시주머니[奚囊] : 시초(詩草)를 넣는 주머니. 당(唐)나라 시인 이하(李賀)가 명승지를
　　돌아다니며 지은 시를 해노(奚奴 : 종)가 가지고 다니는 주머니에 넣었던 고사에서 유래
　　하였다. (『당서(唐書)』「이하전(李賀傳)」)
27 아름다운 시[戞玉] : 옥돌이 서로 부딪쳐 쟁그랑 소리를 낸다는 뜻으로, 문장의 표현이
　　훌륭한 것을 말한다.
28 전절헌(田節軒) : 섭진국(攝津國) 이성(尼城) 출신, 성은 전중(田中), 이름은 묵용(默
　　容), 자는 언흥(言興), 호는 절헌(節軒).
29 이응과 곽태가 탄 배[李郭一舟] : 이응은 자(字)가 원례(元禮)로, 사람들이 그의 영접
　　을 받기만 해도 "용문에 올랐다.[登龍門]"고 자랑할 정도로 명망이 높았는데, 그런 그가
　　부융의 소개로 곽태를 만나보고는 사우(師友)의 예로 대접하자 곽태의 명성이 경사(京
　　師)를 진동했다고 한다. 그 뒤에 곽태가 고향에 돌아가려 하자 강가에 나와 전송한 제유
　　(諸儒)의 수레가 수천 대나 되었으며, 이응과 곽태 두 사람이 타고서 건너가는 배를 바라
　　보며 모든 빈객들이 신선과 같다고 찬탄하면서 부러워했다는 이곽선주(李郭仙舟)의 고사
　　가 전하고 있다. (『후한서(後漢書)』「곽태열전(郭泰列傳)」)

어찌 할계[30]의 다스림을 쓰랴　　　　　　　　　何用割鷄治

봉황이 와서 울도록 하려네　　　　　　　　　　欲敎來鳳鳴

아이들도 일찍이 두 분 알아보았고　　　　　　兒童曾識面

초목 또한 그 명성 알고 있다오　　　　　　　　艸木亦知名

예의 갖춘 모임[31]에 참석해　　　　　　　　　宜列衣裳會

두 나라의 태평 축원해야 하리　　　　　　　　兩邦祝太平

　　　　　　　　　　　　　기해년(1719) 중추 상순에

전절헌께 수응하다
奉酬田節軒案下

　　　　　　　　　　　　　　　　　대마도의 하소(霞沼)

　저는 절헌공과는 전에 교분을 가진 적이 없었는데 어느 날 아침 뜻밖에도 은혜를 베푸시어 저에게 아름다운 시[32]를 많이 주셔서 고아한 후덕을 비길 데가 없습니다. 다만 비유한 것이 높고 가탁한 바가 지나

---

30 할계(割鷄) : 자신의 재능을 조금이나마 발휘할 수 있는 기회를 갖는 것을 말한다. 공자의 제자 자유(子游)가 무성(武城)의 수령으로 있을 때, 조그마한 고을에서 예악(禮樂)의 정사를 펼치는 것을 보고는, 공자가 웃으면서 "닭을 잡는 데에 어찌 소 잡는 칼을 쓰랴.[割鷄焉用牛刀]"라고 말했던 고사가 있다. (『논어』「양화(陽貨)」)

31 예의 갖춘 모임[衣裳會] : 의상회란 춘추시대에 국제(國際) 간에 예의로 서로 교제(交際)하던 것을 이르는 말. 『춘추곡량전(春秋穀梁傳)』 장공(莊公) 27년 조(條)에, "의상의 모임이 열한 번 있었는데, 일찍이 피를 마시는 맹약을 한 적이 없었고, 신의와 후덕으로 한 것이었다.[衣裳之會十有一, 未嘗有歃血之盟也, 信厚也。]"라고 하였다.

32 아름다운 시[瓊琚] : 경거는 보배로운 구슬로 훌륭한 시문을 뜻한다. 『시경』「위풍(衛風)」〈모과(木瓜)〉에 "나에게 모과를 던져주니 경거로 갚네.[投我以木瓜, 報之以瓊琚。]"라고 한 데서 유래하였다.

쳐 제 모습 같지 않은데, 어찌 그런 과찬을 듣고 사양하지 않을 수 있
겠습니까? 몹시 부끄럽습니다. 하물며 행장을 꾸려야 하는 바쁜 일정
속에서 주신 시에 대해 일일이 답을 받들 수 없으니 이러한 제 마음의
불편함이 어떠하겠습니까? 그리하여 삼가 주신 시운을 잇는 것으로
저를 알아주신 것에 대해 조금이라도 보답할 뿐입니다.

우리 일행 백성(白城)에서	我行從白城
옅은 바다 안개 속에 돛 달았다오	帆掛海烟輕
잎 지니 가을매미 물러나고	木落寒蟬謝
하늘 높으니 기러기가 멀리 날며 우네	天高旅雁鳴
천 리 떠나온 나그네 신세 탄식하며	嗟余千里客
한 시대 이름 날린 그대를 만났네	逢子一時名
지난날 문장 좋아했던 마음	宿昔好文意
끓어올라 억누를 수 없구려	飛騰未肯平

백성(白城)은 우리 고을의 포구이다.

기해년(1719) 늦가을에

방주의 화답시가 없다.

한객 제술관께 드리다
奉呈韓客製述官榻下

절헌

저는 섭진주 이기성 출신으로 성은 전중(田中)이고 이름은 묵용(默容)

이며 자는 언흥(言興), 호는 절헌(節軒)입니다. 주군의 명을 받들어 병고
에 와서 거실과 대청을 쓸고 장차 사신을 맞이할 준비를 하고 있습니
다. 고명(高明)께서 귀국의 공선(公選)에 응하시어 멀리 사행을 좇아 산
과 바다를 건너 이곳 일본에 오셨다고 삼가 들었습니다. 지금은 늦가을
로 때맞추어 비가 오고 볕이 들어 마치 태항산[^33]도 평탄한 것 같고 무협
(巫峽) 또한 잔잔하게 흐르는 것 같습니다. 한강 남쪽에서 독보적이고
북방[^34]에서 위엄을 떨치더니 점차 만 리나 되는 자연경관을 지나 이미
산양(山陽)[^35]의 실진(室津)에 도착하셨습니다. 실로 천의(天意)가 도와주
신 바요 하민(下民)이 편안한 바로 무궁한 경사라고 할 수 있습니다.
뛸 듯이 기쁩니다. 무릇 실진과 병고 두 나루 사이를 거룻배 한 척으로
건너오신다니 경모하여 우러러봄이 간절하여 마치 가뭄이 심할 때 구
름과 무지개를 바라는 마음[^36]과 같습니다. 머지않아 한형주(韓荊州)와

---

[^33] 태항산(太行山) : 중국 산서성(山西省)과 하북성(河北省)의 경계를 이루는 험준한 산맥.

[^34] 북방[河朔] : 하삭(河朔)은 옛날 황하(黃河) 이북 지방을 두루 가리키는 말로 보통 북방을 뜻한다.

[^35] 산양도(山陽道, 산요도) : 율령제에서의 오기칠도(五畿七道) 중 하나로, 본주(本州) 서부의 뇌호내해(瀨戶內海, 세토나이카이)가 있는 지역을 가리키는 행정구분. 영면도(影面道, 가게토모노미치)·광면도(光面道, 가게토모노미치)·중국(中國, 주고쿠)이라고도 한다. 중국(中國)지방 산지(山地)의 남측에 위치하며 뇌호내해에 접한 지역으로, 파마국(播磨國, 하리마노쿠니)·미작국(美作國, 미마사카노쿠니)·비전국(備前國, 비젠노쿠니)·비중국(備中國, 빗추노쿠니)·비후국(備後國, 빈고노쿠니)·안예국(安藝國, 아키노쿠니)·주방국(周防國, 스오노쿠니)·장문국(長門國, 나가토노쿠니) 등 8개국이 속한다. 산양도는 외교사절의 입경로(入京路)로 원칙적으로 역마(驛馬) 20~30필이 상비되어 있고, 역수는 30리(약16㎞)마다 역가(驛家, 우마야)를 설치하여 총 54역(驛)이 있다.

[^36] 가뭄이 심할 때 구름과 무지개를 바라는 마음[大旱之望雲霓] : 『맹자』「양혜왕(梁惠王)」에 "백성들이 고대하기를 큰 가뭄에 운예를 고대하듯 하였다.[民望之, 若大旱之望雲霓也。]"라고 하였다.

만날 수 있기를 바랍니다. 비록 그렇다 해도, 공께서 이곳에 이르게 되면 빈틈없이 채비하느라 바쁘실 테니 쉬이 조용해지지는 않을 것입니다. 그렇지 않아도, 저도 혹 천역(賤役)으로 분주하다보면 모시고 앉아 있을 겨를이 없을 것 같습니다. 혹 이 중 한 가지라도 발생하게 된다면, 평소 소원을 저버리고 반가운 만남[37]에 차질이 생겨 스스로 후회해도 소용이 없을 것[38]입니다. 이에 비록 손양(孫陽)[39]의 돌봄을 입지 못했지만 감히 높은 위의를 두려워하지 않고 기어이 변변치 못한 시를 지어 공께 드립니다. 삼가 모과와 같이 보잘것없는 시를 지어 고루함을 꾸몄으니, 한 차례 살펴보시고 꾸짖지 않으셨으면 합니다. 혹시 잘못된 점을 바로잡아주시고[40] 주옥같은 시를 지어주신다면, 이는 곧 크나큰 은혜로 종신토록 영광이 될 것이니 가난뱅이가 갑자기 부자가 된 것을 이를 뿐만이 아닐 것입니다. 응당 주신 서함을 잘 싸서 소중히 간직하여 자손에게 전수함으로써 그 시를 암송하게 하고 그 어짊을 우러르게 하여 오래도록 자랑스러운 법식으로 삼도록 하겠습니다. 설령 본받아 완전할 수 없더라도 이른바 '고니를 새기다가 이루지 못해도 집오리와

---

37 반가운 만남[靑昐] : 청안(靑眼)과 같은 의미. 곧 손님을 반갑게 맞이하는 마음.

38 스스로 후회해도 소용이 없을 것[噬臍] : 사향노루가 사람에게 잡혀 죽게 될 때 제 배꼽의 향내 때문이라 하고 배꼽을 물어뜯는다는 말로, 일이 잘못됨을 후회해도 소용없다는 말이다.

39 손양(孫陽) : 춘추시대 진(秦) 목공(穆公) 때 말을 잘 알아보던 백락(伯樂)의 성씨.

40 잘못된 점을 바로잡아주시고[郢斲] : 영착(郢斲)은 영(郢) 땅 사람이 백토(白土) 가루를 자기 코끝에 바르되 파리 날개처럼 엷게 하고 장석(匠石)으로 하여금 깎아내게 하니, 장석은 큰 자귀를 휘둘러 바람을 일으켜 깎아내리어 백토가 다 벗겨지고 코는 상하지 않았다고 한다. (『장자』「서무귀(徐無鬼)」)

비슷하게 된다는 것'과 거의 같을 것입니다. 깊이 자비심을 드리워주신다면 참으로 다행이겠습니다. 널리 헤아려주시고 용서해주십시오.

들자하니, 한양의 군자다운 사람	聞道漢陽君子人
풍류 고아하여 속세를 벗어났다지	風流儒雅出凡塵
금낭[41] 지나는 곳마다 구름안개 아름답고	錦囊過處雲烟美
옥절 향하는 때 태산북두 자주 빛났으리	玉節向時泰斗頻
술잔 돌리다보면 진실로 반가운 옛 벗 같고	酬酒眞如靑眼舊
문장 논하다보면 서먹함[42]조차 사랑스럽겠지	論文還愛白頭新
내 마음의 병 맡기러 용문에 왔으니	龍門來托吾心病
한담으로 자리에 봄기운[43] 소생했으면	閑話願蘇座上春

전중절헌께서 주신 시에 감사하다
奉謝田中節軒惠贈

청천

제가 배를 타고 동쪽으로 오면서 지나온 명산과 아름다운 물가마다

---

41 금낭(錦囊) : 비단으로 만든 주머니로, 주로 시고(詩稿)나 중요한 문서를 넣는 주머니.

42 서먹함[白頭新] : 백두신은 백두여신(白頭如新)의 준말로, 흰머리가 되도록 오래 사귀었는데도 불구하고 서로 깊이 알지 못한 나머지 항상 처음 만난 사람처럼 관계가 서먹서먹한 것을 말한다.

43 자리에 봄기운[座上春] : 정호(程顥)의 제자 유정부(游定夫)가 선생이 있던 곳으로부터 와서 양구산(楊龜山)을 방문했을 때 양구산이 온 곳을 묻자, 유정부가 말하기를 "봄바람의 온화한 기운 가운데 석 달 동안 앉았다가 왔다."라고 대답하였다. (『송원학안(宋元學案)』 권14 「명도학안(明道學案)」)

여러 군자들을 뵈었는데, 길에서 잠시 만났으나 오래 사귄 듯 기뻤습니다. 매번 삼생(三生)의 묵은 빚이 해 뜨는 고을[44]에 매어 있다고 말하곤 했지만, 그저 속인의 발길과 눈길로 안개와 노을을 헛되이 써버렸을 뿐, 마치 동정호의 물고기와 새가 고상한 음악을 듣고 새는 날아가고 물고기는 굴에 숨어버린 것[45]처럼 망망하여 사람들의 뜻에 하나도 부합하지 못한 듯싶습니다. 저물 무렵 실진에 배를 매고 있는데, 홀연 주옥으로 된 상자가 푸르고 서늘한 안개 낀 바닷물 사이에서 나왔습니다. 처음에는 낭원의 청조가 서왕모의 반도화[46]를 입에 물고 있는 것 같았는데, 어느새 다시 인어가 되어 밤 포구에서 진주 눈물을 한없이 흘리고 있었습니다. 맑은 관문이 눈앞에 있고 거룻배 한 척으로 건널 수 있어 이 물건을 기다렸는데 획연히 이르러 한 바탕 풍류 모임을 이루었습니다. 고명(高明)께서 급히 회포를 쏟아내어 반가운 마음[47]을 미리 편지로 부쳐주셨으리라고는 전혀 생각지도 못했습니

---

44 해 뜨는 고을[浴日之鄕] : 희화(羲和)가 감연(甘淵)에서 해를 목욕시켜 가뭄을 막았다는 전설에서 유래한 것으로 일본을 뜻한다.(『열자(列子)』「탕문(湯問)」)

45 동정호의 물고기와 새가 고상한 음악을 듣고 새는 날아가고 물고기는 굴에 숨어버린 것[洞庭魚鳥聽咸韶而飛且下] : 『장자』「자락(至樂)」에 "함지나 구소의 음악을 동정의 들판에서 연주했다면 새는 이를 듣고 날아가고 짐승은 이를 듣고 달려 도망가며 물고기는 이를 듣고 물속으로 깊이 들어가 숨어버린다.[咸池九韶之樂, 張之洞庭之野, 鳥聞之而飛, 獸聞之而走, 魚聞之而下入。]"라고 하였다. 함소(咸韶)는 궁중의 정통 음악인 요(堯)의 악(樂) 함지(咸池)와 순(舜)의 악 소무(韶舞)를 말한다.

46 낭원의 청조가 서왕모의 반도화[閬苑青鳥口含王母蟠桃花] : 낭원은 신선이 산다는 곳이고, 청조는 선녀 서왕모(西王母)의 사자(使者)인 청색(青色)의 신조(神鳥)를 가리키며, 반도화는 서왕모가 한나라 무제(武帝)에게 준 삼천 년에 한 번 열매를 맺는다는 복숭아꽃을 말한다.

47 반가운 마음[苹鹿之思] : 『시경(詩經)』「소아(小雅)」〈녹명(鹿鳴)〉에 "사슴이 우우 기

다. 어찌 그리 생각이 깊고 어찌 그리 말이 은근하신지요? 참으로 보
배롭고 귀중하기만 합니다. 옛날에는 반드시 예물을 가지고 가 경의
를 표하고서야 사람을 만났는데 지금 그대 또한 그러한 것입니까? 가
령 훌륭한 풍모를 한 차례 접함으로써 다시 난초 향기를 맡을 수 있다
면 공사(公事)가 많아 좋은 날들이 쉽게 지나가버리는 것은 논하지 않
겠습니다. 그대의 훌륭한 문장을 우러러 암송하니 갈고 다듬은 솜씨
가 매우 정묘하여 진귀한 옥돌⁴⁸이 되기에 족합니다. 시 또한 우뚝 빼
어나 마경(魔境)으로부터 크게 벗어나 있어 장미 이슬을 찾아 손을 씻
고⁴⁹ 나서야 읽을 수 있을 것입니다. 저와 같은 경우는 잘못된 명성에
팔려 발걸음이 여기까지 온 것에 불과하니 스스로 돌아보면 가슴속이
덤불로 막힌 듯 답답합니다. 마침내 사람들을 만나 학사(學士)로 불리
면 곧바로 얼굴이 붉어지고 등에 땀이 나 족하께서 길거리에서 들은
것과 합치되는 것이 하나도 없을 테니 저를 어떤 사람이라고 하겠습
니까? 서로 만나는 날 저녁에 석 자 되는 조심경(照心鏡)⁵⁰을 잘 들고
저의 속을 살펴보시면, 제가 어떤 사람인지 반드시 그 텅 빈 것을 보

쁘게 울면서, 들판에서 쑥을 뜯네. 나에게 반가운 손들 모여, 비파 뜯고 피리도 부노라.
[呦呦鹿鳴, 食野之苹。我有嘉賓, 鼓瑟吹笙。]"라고 한 데서 온 말이다.

48 진귀한 옥돌[連城] : 연성은 연성벽(連城璧)의 준말로, 전국시대 때 진(秦)나라 소왕(昭
王)이 15성(城)과 바꾸자고 청했던 조(趙)나라의 화씨벽(和氏璧)을 말한다.

49 장미 이슬을 찾아 손을 씻고[薔薇露盥手] : 벗에게서 온 편지를 공경하여 읽는다는
뜻. 『운수잡기(雲水雜記)』에 "장미꽃 이슬로 손을 닦고 나서 서신을 읽는다.[先以薔薇露
灌手然後讀。]"라고 하였다.

50 조심경(照心鏡) : 마음을 비춰보는 거울. 진시황(秦始皇)이 네모난 거울 하나를 가지고
있었는데 사람의 뱃속을 훤히 비출 수 있었다고 한다. (『서경잡기(西京雜記)』)

실 수 있을 것입니다. 그대가 주신 호의를 거슬리기 어려워 저의 보잘
것없는 화답시를 외람되이 편지 끝에 거칠게나마 썼습니다. 이는 좌
태충이 아름다운 반랑의 용모를 흉내 낸 꼴입니다.[51] 편지가 별 탈 없
이 빨리 도착했으면 좋겠습니다.

안개 자욱한 요대[52]에서 가인을 바라보면	瑤臺烟霧望佳人
자라 섬 신선 거처 속세와 멀겠지	鰲背仙居逈俗塵
역사의 매화[53] 편지와 함께 쉬 이르고	驛使梅花書到易
안기생의 오이만한 대추[54] 꿈속에서 자주 보네	期生瓜棗夢看頻
미천한 이름은 금문의 적선[55]에게 부끄럽고	微名自愧金門謫
고상한 가락 〈백설〉 신곡에 수응하기 어렵네	高調難詶白雪新

---

51 이는 좌태충이 아름다운 반랑의 용모를 흉내 낸 꼴입니다[此左太沖效潘郎爲美容耳。]
 : 좌태충(左太沖)은 진(晉)나라 문사 좌사(左思)를, 반랑(潘郎)은 진(晉)나라 시인 반악
 (潘岳, 247~300)을 말한다. 좌태충은 외모가 추한 반면에 반랑은 용모가 매우 아름다웠
 다고 한다.

52 요대(瑤臺) : 옥으로 장식한 누대로 신선이 거처하는 곳.

53 역사의 매화[驛使梅花] : 남조(南朝) 송(宋)의 육개(陸凱)가 강남에 있을 때 교분이
 두터웠던 범엽(范曄)에게 매화 한 가지를 부치면서, "매화를 꺾다 역사를 만났기에, 농
 두 사는 그대에게 부치오. 강남에는 아무 것도 없어, 애오라지 한 가지 봄을 보낸다오.
 [折梅逢驛使, 寄與隴頭人。江南無所有, 聊贈一枝春。]"라는 시를 함께 부친 데서 유래
 하였다.

54 안기생의 오이만한 대추[期生瓜棗] : 안기생(安期生)은 진시황(秦始皇)이 동유(東
 游)할 때 함께 대화를 나누다가 자신을 보고 싶으면 수십 년 뒤에 봉래산(蓬萊山)으로
 찾아오라고 한 뒤 자취를 감췄다는 선인(仙人)의 이름. 크기가 오이만한 대추를 먹었다
 고 한다.

55 금문의 적선[金門謫] : 금문은 궁궐문 혹은 금마문(金馬門)의 준말. 이백(李白)의
 〈옥호음(玉壺吟)〉에 "세인은 동방삭을 알지 못하는데, 금문 안에 있는 적선임에라[世人
 不識東方朔, 大隱金門是謫仙。]"라고 하였다.

태평시대에 기상 나뉘가짐을 함께 기뻐하니　　　　共喜太平分氣象

내일이면 한 동이 술에 취해 봄기운 피어나겠지　　一樽明日醉生春

　　　　　　　　　기해년(1719) 늦가을 상현에

지금 이곳에서 기쁘게 만나, 구름을 헤치고 새로운 세계를 접하고 싶었던 소원을 이루었습니다. 더구나 맑은 화운시를 지니고 와 진심에서 우러나 보여주시니 감사한 나머지 원운(原韻)을 이어 사의를 표합니다

今良覯於此, 遂披雲之願, 剩携清和來, 而中心貺之, 感戢之餘, 又賡原韻, 以抒鄙謝

　　　　　　　　　　　　　　　　　　　　　절헌

금란전[56]에 계신 분 한 차례 뵙고　　　　　　一見金鑾殿上人

갈망으로 가슴속에 가득했던 먼지[57] 쓸어내네　掃除渴望滿襟塵

임금의 은혜로 옥절 지닌 마음 굳세지만　　　　主恩持節寸心勁

고향 생각에 누대 올라 눈물 자주 쏟겠지　　　鄕思登樓雙淚頻

옥구슬과 모과[58] 비록 취향 다르지만　　　　瓊玖木瓜雖趣異

---

56 금란전(金鑾殿) : 당(唐)나라 때 한림학사(翰林學士)들이 머물던 관각(館閣)으로 금란파(金鑾坡) 위에 세워졌기 때문에 금란전(金鑾殿)으로 일컫게 되었다.

57 갈망으로 가슴속에 가득했던 먼지[渴望滿襟塵] : 애타는 그리움으로 가슴이 바짝 말라붙어 먼지가 일어난다는 뜻인 갈진(渴塵)이나 갈심생진(渴心生塵)과 관련된 표현으로 보인다.

58 옥구슬과 모과[瓊玖木瓜)] : 경구는 훌륭한 시문을, 모과는 보잘것없는 시문을 뜻한다. 『시경』「위풍(衛風)」〈모과(木瓜)〉에 "나에게 모과를 주거늘 경거로 갚는다.[投我以木瓜, 報之以瓊琚。]"라고 한 데서 유래하였다.

겸가와 옥수[59] 새로 알아 즐겁다오 　　　　　　　蒹葭玉樹樂知新

그대 「대아」의 맑은 시풍 전하였는지 　　　　　　君傳大雅淸風否

붓 끝에 꽃 피어 유난히 봄기운 도네 　　　　　　筆下生花別有春

제술관 신공께 드리다
奉呈製述官申公梧右

의상(衣尙)

삼씨를 주워 모은다는 가을[60] 9월에 조선 빈객께서 장차 병고(兵庫)를 지나시기에 제가 미리 천역(賤役)을 받들고 이곳에 머문 지 수일이 되었습니다. 문득 사신 배가 파양(播陽: 播磨州) 실진(室津)에 이르렀다는 말을 듣고 기뻐 잠을 이루지 못했습니다. 대마도의 거유(巨儒) 우삼씨(雨森氏)와 송포씨(松浦氏) 두 사형(詞兄)을 통해 삼가 보잘것없는 시 한 수를 드려 문후를 여쭙니다. 삼가 글을 바로잡아 주셨으면 합니다. 외람되지만 화운시를 지어주신다면 매우 다행이겠습니다.

패옥 차고 금띠 두른 상국의 손님 　　　　　　　　拖玉腰金上國賓

---

59 겸가와 옥수[蒹葭玉樹] : 겸가는 볼품없는 사람을, 옥수는 빼어난 사람을 비유. 풍모가 워낙 현격하게 차이가 나는 두 사람을 말한다. 삼국시대 위(魏)나라 명제(明帝) 때 하후현(夏侯玄)과 황후의 동생 모증(毛曾)이 함께 자리에 있는 것을 보고는 사람들이 "억새풀이 옥나무 옆에 기대어 있는 것과 같다.[蒹葭倚玉樹]"고 평했다는 고사가 있다. (『삼국지』 「하후현전(夏侯玄傳)」)

60 삼씨를 주워 모은다는 가을[叔苴之秋] : 『시경』 「빈풍」 〈칠월(七月)〉에 "팔월이면 박을 따서 쪼개고, 구월에는 삼씨를 주워 모으네.[八月斷壺, 九月叔苴。]"라고 하였다.

만나기도 전에[61] 마음 먼저 친해졌네 　　　　未傾孔蓋意先親

시낭 가득 좋은 시구는 사람 놀랠 만한 솜씨요 　滿囊好句驚人手

만 리 길 고생은 임금께 보답하는 몸이어라 　　萬里辛勤報主身

목란 삿대 실진에 매었다고 들었는데 　　　　蘭槳方聞維室浦

비단 돛대 또다시 이곳 병고로 향했다지 　　　錦帆又向是兵津

사신께서 언젠가 우리 고을 지나게 되면 　　　使星異日過吾土

광채 우러르며 애타는 그리움[62] 풀리라 　　　瞻仰彩光掃渴塵

　　　　　　　　　　　　　기해년(1719) 늦가을에

우삼 방주공께 드리다
奉呈雨森芳洲公詞案

　　　　　　　　　　　　　　　　　　전인(前人)

우삼공의 재주와 명성 평소 사모했는데 　　　雨公才譽素葵傾

대마도 바람 안개 속에서 만 리 길 떠나왔네 　馬島風烟萬里程

그리워도 만나지 못해 정 더욱 간절하니 　　　相憶未逢情更切

반갑게 만나[63] 한 마디 말이라도 했으면 　　只求一語坐班荊

---

61 만나기도 전에[未傾孔蓋] : 공개(孔蓋)는 공작(孔雀)의 깃털로 만든 수레의 덮개를 가
　리킨다. 전하여 흉금을 터놓고 이야기하는 것을 뜻한다. 공자가 담(郯)으로 가는 도중에
　제(齊)의 정목자(程木子)를 만나. 수레의 덮개를 걷고 종일토록 담론했다는 고사에서 온
　말이다.

62 애타는 그리움[渴塵] : 가슴이 바짝 말라붙어 먼지가 일어난다[渴心生塵]는 말로, 간절
　한 그리움을 뜻한다.

63 반갑게 만나[坐班荊] : 옛 친구를 만난 기쁨을 표현할 때 쓰는 말. 춘추시대 초(楚)나라
　오거(伍擧)가 채(蔡)나라 성자(聲子)와 세교(世交)를 맺고 있었는데, 두 사람이 우연히

송포 하소공께 드리다
奉呈松浦霞沼公吟榻

전인(前人)

한묵에서의 성대한 명성 홀로 으뜸이라	翰墨盛名獨占魁
섭진 물굽이에서 며칠이나 기다렸던가	企望幾日攝津隈
알고 있다오, 시낭 속에 가득한 풍월로	預知囊裡飽風月
삼한의 시 짓는 노장들 접반하러 왔음을	接伴三韓詩老來

의상께서 주신 시에 수응하다
奉誦衣尚惠贈

청천

서신으로 시[64] 보내와서 가빈께 회답하니	書來玉案報佳賓
지척의 선랑과 시어로 친할 만하구려	咫尺仙郎語可親
구름바다에서 천 리 나는 그대 부러운데	雲海羨君千里翮
천지간에 기껏 백 년 사는 이 몸 우습네	乾坤笑我百年身
청산의 달빛은 마고선녀의 집만큼 멀고	青山月迥麻姑室
금궐의 가을 하늘은 직녀 나루처럼 높구나	金闕秋高織女津
진중한 관문에서 자색 기운 맞이하여	珍重關門迎紫氣

정(鄭)나라 교외에서 만나 형초(荊草)를 자리에 깔고 앉아서 옛날이야기를 주고받았다는 고사에서 유래하였다. (『춘추좌전(春秋左傳)』「양공(襄公)」26년)

64 시[玉案] : 장형(張衡)의 시 〈사수(四愁)〉에 "미인이 나에게 금수단을 주었으니, 어찌 하면 청옥안으로 갚을 수 있을까.[美人贈我錦繡段, 何以報之青玉案。]"라고 한 데서 온 말이다.

이미 시와 필묵으로 수레 먼지 씻었다오　　　　　　　　　已將詩墨洒行塵

기해년(1719) 늦가을에

　저의 성은 신(申)이고 이름은 유한(維翰)이며 자는 주백(周伯), 호는 청천(青泉)입니다. 올해 39세입니다. 을유년(1705)에 진사가 되었고 계사년(1713)에 갑과로 급제하였습니다. 지금 벼슬은 비서저작랑입니다. 외람되이 공선(公選)에 응해 이곳에 왔으나 사람이 변변치 못해 일마다 비웃을 만하니 무슨 말을 늘어놓을 수 있겠습니까? 외람되이 여러 공들께서 안부를 물어주셨습니다만 말이 통하지 않아 이처럼 이력을 거칠게나마 써서 편지 끝에 두었습니다. 여러 군자들께서 번갈아가며 두루 살피시길 바랍니다.

차운(次韻)

의상공께서 주신 시를 보고 화답하다
衣尚公見贈却呈

하소(霞沼)

그대 시단에서 으뜸임을 아는데　　　　　　　　　騷壇知子占時魁

집은 이주의 안개 낀 물굽이에 있다지　　　　　　家在尼洲烟水隈

언젠가 바다 세상 그리우면　　　　　　　　　　　海天他日相思處

꿈속 나비처럼 절로 왔다갔다하리라　　　　　　　蝶夢自應去又來

기해년(1719) 늦가을에

방주(芳洲)의 화운시가 없다.

제술관 신공께서 주신 화운시에 감사하다
奉謝製述官申公賜高和

의상

　얼마 전에 우삼씨와 송포씨 두 사람을 통해 실진 빈관으로 저의 보
잘것없는 율시 한 편을 보내드렸는데 황공하게도 훑어봐주셨습니다.
정신없이 바쁘신 중에도 화운시를 지어 주셔서 세수와 양치질로 몸을
단정히 하고 하염없이 완상하였습니다. 감격스러운 마음 뼛속 깊이
새기며, 삼가 마땅히 열 겹으로 싸서 영원히 문방(文房)의 쌍남금[65]으
로 삼겠습니다. 기왕에 훌륭하신 존안을 뵈었는데 또 이처럼 후의를
입었으니, 생각지도 않게 동우와 상유[66] 둘 다 얻게 되었습니다. 아,
하찮고 쓸모없는 선비가 어찌 이러한 영광에 이를 수 있겠습니까? 두
터운 은혜를 입었으니 가만히 있을 수 없어 거듭 앞 시의 운자를 이어
감사한 마음을 폅니다. 높은 가르침을 주시기 바랍니다.

---

65 쌍남금(雙南金) : 보통의 금보다 두 배의 가치가 나가는 남쪽 지방에서 나는 황금을
　말한다.

66 동우(東隅)와 상유(桑楡) : 동우(東隅)는 해가 뜨는 곳이고 상유(桑楡)는 해가 지는 곳
　이라 한다. 마원(馬援)이 "처음에는 비록 회계에서 날개를 드리웠지만 마침내 민지에서
　날개를 떨칠 수 있었으니, 동우에서는 잃었지만 상유에서 거두었다고 이를 만하다.[始雖
　垂翅回谿, 終能奮翼黽池, 可謂失之東隅, 收之桑楡。]"라고 하였다. (『후한서』 권24, 「마
　원열전(馬援列傳)」)

태산북두와도 짝할 수 없는 이국의 손님 　　泰斗無雙異域賓

비단 띠와 모시옷 오가며[67] 친해져 기쁘네 　　歡將縞苧正相親

훌륭한 풍모로 마음 간절히 기울였고 　　偉然容貌切傾意

탁월한 문장으로 일찍부터 입신하였지 　　卓爾文章早致身

천 년의 은나라 기풍이 밝게 빛나고 　　千載商風光赫赫

기자의 팔조법금[68]으로 은택이 흘러넘치네 　　八條箕敎澤津津

붓 휘둘러 나에게 준 좋은 시구 　　揮毫投我好詩句

한 줌 여의주라 속진에 물들지 않았네 　　一握驪珠不染塵

방주 우삼공께 드리다
奉贈芳洲雨公案下

전절헌

지난번에 뵙고 답답한 회포를 오래도록 풀었습니다. 근래에는 공의 기거가 만복하시고 긴 여정에 막힘없이 동도에 이르러 〈황화(皇華)〉[69]로 홀[圭]을 잡고 〈녹명(鹿鳴)〉[70]으로 연회를 마치고 나서 지금 귀로에

---

67 비단 띠와 모시옷 오가며[縞帶苧衣] : 호대(縞帶)는 흰 비단 띠이고 저의(苧衣)는 모시 옷으로 서로 주고받는 예물을 말한다. 오(吳)나라 계찰(季札)이 정(鄭)나라 자산(子産)에 게 흰 비단 띠를 보내니, 자산이 또한 계찰에게 모시옷을 보낸 고사에서 유래하였다.

68 팔조법금 : 기자(箕子)는 은(殷)나라 주왕(紂王)의 숙부로서, 은나라가 망한 뒤 주(周) 나라 무왕(武王)으로부터 조선(朝鮮)에 봉해져 예의・전잠(田蠶)・방직을 가르치고 팔조 법금을 행하였다고 한다.

69 황화(皇華) : 『시경(詩經)』「소아(小雅)」〈황화(皇華)〉. 사신(使臣)으로 가는 것을 읊 은 시.

70 녹명(鹿鳴) : 임금이 사신을 보내면서 그 노고를 위로한 시로 『시경(詩經)』〈녹명(鹿

올라 다시 낭화성 밖에서 잠시 머무신다는 소식을 들었습니다. 얼마나 고되셨는지 그 노고를 말로 할 수 없겠습니다만, 그러나 만 리에서 오신 사신들로 하여금 대례(大禮)를 잘 마치도록 하셨으니 또한 기쁘지 아니하겠습니까? 접때 밤에 저희들이 청천공을 뵙고 또 귀한 시문을 얻을 수 있었던 것은 실로 모두 공께서 앞서 봐주셨기 때문입니다. 저에게 덕을 두텁게 베풀어주셨으니 죽는 날까지도 은혜를 족히 다 갚을 수 없을 것입니다. 지난번에 여러 공들께서 각각 화운시를 주셨는데 유독 공의 수응시만 없어서 의아하게 생각하였습니다. 관청의 많은 일을 관장해야 한다고 말씀하셨는데, 제가 비록 불민하긴 하지만 애초에 그러한 상황을 모르는 것은 아닙니다. 생각건대 소매가 길면 춤추기 쉽고 돈이 많으면 장사하기 쉬운 법[71]이니 비록 급작스런 상황에 처해 있다 할지라도 어찌 할 수 없음을 근심하겠습니까? 이른바 태산을 겨드랑이에 끼고 북해를 뛰어넘는 것과 같은 유형[72]의 어려운 일이 아님은 분명합니다. 대개 사람들은 혹 나뭇가지를 꺾는 것과 같이 쉬운 일[73]

鳴)〉 장(章)을 말한다.

71 소매가 길면 춤추기 쉽고 돈이 많으면 장사하기 쉬운 법[長袖易舞, 多錢易買] : 『한비자(韓非子)』「오두(五蠹)」에 "소매가 길수록 춤을 잘 추고, 돈이 많을수록 장사를 잘 한다.[長袖善舞, 多錢善賈。]"라고 하였다.

72 태산을 겨드랑이에 끼고 북해를 뛰어넘는 것과 같은 유형[挾泰山而超北海之類] : 태산을 겨드랑이에 끼고 북해를 뛰어넘는 것과 같이 어려운 일. 『맹자(孟子)』「양혜왕(梁惠王)」에 "왕께서 왕도정치를 하지 못하는 것은 태산을 겨드랑이에 끼고 북해를 뛰어넘는 것과 같이 어려운 일이 아니라, 어른의 명에 따라 초목의 가지를 꺾는 것처럼 쉬운 일이다.[王之不王, 非挾太山以超北海之類也, 王之不王, 是折枝之類也。]"라고 하였다.

73 가지를 꺾는 것과 같이 쉬운 일[折枝] : 위의 주72) 참조. 나뭇가지를 꺾는 것과 같이 쉽다는 뜻으로, 절지지이(折枝之易)의 준말.

이라고 여깁니다만 그 또한 제 마음에 들지 않으니 공께서 살펴주셨으면 합니다. 혹 오색이 빛나는 안개노을이라도 곤륜산의 신선 거처인 현포[74] 언덕에 잠겨 있다면 인간 세상에서 우러러볼 수 없을 것입니다. 수많은 주옥같은 시편 가운데 한 수 주시는 것을 아까워하지 마십시오. 날이 차니 가시는 길에 자애하시기 바랍니다. 이만 줄입니다.

달빛 어슴푸레한 지난 밤 만났는데	逢場前夜月黃昏
이별 후 그대와의 담소 잊을 수 없구려	別後不忘君笑言
청련거사 돌아간 곳으로 소식 전하려고	爲報靑蓮歸去處
또다시 학문 바다에서 번뇌를 씻는다오	又隨學海洗煩襟

동지달 상순에

강공[75]께 드리다
奉呈姜公詞伯吟壇

전인(前人)

남쪽하늘 바람 쌀쌀하여 길 지나기 어려운데	楚天驚發路難過
게다가 다시 함관[76]이라 몹시 험난하리라	況復函關險阻多

---

74 곤륜산의 신선 거처인 현포[崑丘玄圃] : 곤구(崑丘)는 곤륜산(崑崙山)을, 현포(玄圃)는 곤륜산 정상에 있는 신선이 사는 곳을 가리킨다. 다섯 금대(金臺)와 열두 옥루(玉樓)가 있다고 전해진다.

75 강공(姜公) : 강백(姜柏, 1690~1777). 조선 후기의 문신 겸 시인. 자는 자청(子靑), 호는 우곡(愚谷)·경목(耕牧)·경목자(耕牧子). 찰방을 역임하였다. 과시(科詩)에 능했으며 시풍(詩風)이 호탕하였다. 1719년 통신사행 때 서기로 일본에 다녀왔다.

듣건대, 강공 집안은 송백 같은 자질이라 聞說姜家松栢質
부사산의 서리와 눈, 그대를 어찌 하겠소? 士峯霜雪奈君何

위나라 공강(共姜)[77]이 〈백주(栢舟)〉[78]시를 지은 일을 빌려 내용을 바꾸어 시구를 이루었다. 부인을 남자에게 비유한 것은 생각건대, 두보(杜甫)의 〈증왕유(贈王維)〉[79]시를 본받은 것인데 맞는지 모르겠다.

---

76 함관(函關) : 중국의 험준한 것으로 유명한 함곡관(函谷關)을 가리키는 동시에 일본의 함령(函嶺, 간레이)을 가리킨다. 함령은 상근(箱根, 하코네)·상근령(箱根嶺, 하코네레이)·상근상(箱根峠, 하코네도게)이라고도 한다. 이두주(伊豆州)에 속하고, 현재의 신내천현(神奈川縣, 가나가와켄) 족병하군(足柄下郡, 아시가라시모군) 상근정(箱根町, 하코네마치)이다. 예로부터 동해도(東海道, 도카이도)의 요충지이며, '천하의 험지(天下の險)'라고 알려진 험난한 상근상의 기슭에는 숙장(宿場, 슈쿠바, 역참)이라는 관소(關所, 세키쇼, 관문)가 있었다. 12차례 통신사행 가운데 2차, 12차를 제외한 나머지 사행 때마다 조선 사신이 이곳에서 낮에 잠시 휴식을 취하였다.

77 위(衛)나라 공강(共姜) : 춘추시대 위(衛)나라 세자(世子) 공백(共伯)의 아내.

78 백주(栢舟) : 〈백주(栢舟)〉는 『시경』 「패풍(邶風)」의 편명(篇名)으로, 위(衛)나라 태자 공백(共伯)의 처(妻) 공강(共姜)이 남편이 죽었는데도 재가(再嫁)하지 않고 절조를 지킨 내용을 읊은 시이다.

79 증왕유(贈王維) : 〈봉증왕중윤유(奉贈王中允維)〉 "중윤 왕유의 명성 들은 지 오래인데, 지금은 멀리 떨어져 만나지 못했네. 유신이 양나라에 등용된 것처럼 전해져도, 진림을 얻은 것과는 비교 안 되네. 한결같이 병으로 임금 섬겼고, 삼년 동안 유독 이 마음 지녔네. 깊은 시름에 시 지어, 시험삼아 〈백두음〉 읊네.[中允聲名久, 如今契濶深. 共傳收庾信, 不比得陳琳. 一病緣明主, 三年獨此心. 窮愁應有作, 試誦《白頭吟》."(『두시상주(杜詩詳註)』 권6)

성공[80]께 드리다
奉呈成公詞宗吟案

전인(前人)

바다 동쪽 만 리 길 여정 다하면	行盡海東萬里程
원룡[81]의 호기조차 가볍게 여기겠지	元龍豪氣一毛輕
가인은 고국으로 돌아갈[82] 꿈에	佳人成大刀頭夢
한밤중 베갯머리 객정 위로되리라	半夜枕邊良慰情

장공께 드리다
奉呈張公詞仙吟榻

전인(前人)

구름 너머 멀리 조선[83]과 친교를 맺으니	雲外遙修鰈域親
무릉도원의 물줄기[84] 다시 흘러넘치는구나	武陵源水更津津

---

80 성공(成公) : 성몽량(成夢良, 1718~1795). 조선 후기의 문신 겸 시인. 자는 여필(汝弼)), 호는 소헌(嘯軒) 혹은 장소헌(長嘯軒). 1719년 기해 사행 때 서기로 일본에 다녀왔고, 이때 일본 학자들로부터 받은 시와 편지 등을 모아 편찬한 『한원청상(翰苑淸賞)』이 있다.

81 원룡(元龍) : 동한(東漢) 진등(陳登)의 자(字). 허사(許汜)가 찾아왔을 때 자기는 높은 침대 위에 눕고 허사는 아랫자리에 눕게 하였으므로, 허사가 유비(劉備)에게 "진원룡(陳元龍)은 호해지사(湖海之士)로서 호기(豪氣)가 여전하다."고 말한 고사가 있다. (『삼국지(三國志)』「위지(魏志)·진등전(陳登傳)」)

82 돌아갈[大刀頭] : 돌아온다[還]는 말의 은어(隱語). 대도두는 칼머리에 달린 고리[環]를 이르는데, 환(環)과 환(還)의 음이 서로 통하여 이처럼 쓴 것이다.

83 조선[鰈域] : 접역은 우리나라의 다른 이름. 동해에 가자미가 많이 산출되었기 때문에 이처럼 부른 것이다.

84 무릉도원의 물줄기[武陵源水] : 도연명(陶淵明)의 『도화원기(桃花源記)』에, 어부가

풍정이 햇살처럼 널리 퍼져 수레 기울이니[85]　　　　風情張日傾華蓋
가는 곳마다 북두성 우러르는 사람[86] 만나리라　　　　到處應逢斗仰人

세 분 선생께 드리다
兼簡三鴻生

전인(前人)

봉황들 동경을 하직하고　　　　　　　　　　群鳳謝東京
역정 몇 개나 날아서 돌아가는가　　　　　　歸飛幾驛程
매화는 이른 봄빛을 머금었고　　　　　　　梅含春色早
대나무는 맑은 눈빛 띠었구나　　　　　　　竹帶雪光清
안분지족하며 지낸 장한[87]의 용기요　　　安坐張生勇
영광스럽게 돌려온 인상여[88]의 명예로다　　榮旋藺子名

복사꽃 떠내려 오는 물줄기를 따라 올라가서 이상적인 세계를 발견했다는 이야기가 실려 있다.

85 풍정이 햇살처럼 널리 퍼져 수레 기울이니[風情張日傾華蓋] : 공치규(孔稚珪)의 「북산 이문(北山移文)」에 "멋스런 마음은 햇살처럼 널리 퍼지고, 서릿발 같은 기상은 가을하늘을 가로질렀다.[風情張日, 霜氣橫秋。]"라고 하였다. 경개(傾蓋)는 수레를 멈추고 일산을 기울인다는 뜻으로, 길에서 잠깐 만남을 뜻한다.

86 북두성 우러르는 사람[斗仰人] : 『당서(唐書)』 「한유전찬(韓愈傳贊)」에 "한유가 죽고 한 뒤로 그의 말이 크게 행해져서, 학자들이 그를 태산북두처럼 우러러 받들었다.[自愈沒, 其言大行, 學者仰之如泰山北斗云.]"라고 하였다.

87 안분지족하며 지낸 장한(張翰)[安坐張生] : 장한은 일찍이 대사마 동조연(大司馬東曹掾)이 되었다가, 가을바람이 일어남을 보고는 자신의 고향인 오중(吳中)의 순채국[蓴羹]과 농어회[鱸魚膾]를 생각하여 말하기를 "인생은 자기 뜻에 맞게 사는 것이 중요한데, 어찌 수천 리 밖에서 벼슬하면서 명예와 작위를 구하겠는가!"라고 하고, 즉시 벼슬을 그만두고 고향으로 가버렸던 고사에서 온 말이다.

바라건대 부평초 모임에서   願言萍水會

모시고 앉아 시맹을 맺었으면   陪席結詩盟

지난밤에 울면서 나를 스쳐 날아갔는데[89], 그 기이한 모습을 볼 수가 없었기 때문에 결
구에 이와 같이 언급한 것이다.

11월 상순에

신학사께 거듭 감사하다
奉疊謝申學士詞案

전인(前人)

예전에 관소에서 보잘것없는 시를 드렸는데 하늘이 기이한 인연을
빌려주어 다행히 내처지지 않았습니다. 반갑게 맞이해 주시면서 훌륭
한 화답시를 지어 주셨고, 매우 고상한 몇 마디 말씀까지 곁들여주셔
서, 희대(希代)의 경사를 감격하여 받들지 않을 수 없습니다. 그러나
저의 천박함과 용렬함으로는 감히 받들기 어려웠고, 받들어 읽는 사
이에도 얼굴이 붉어졌습니다. 보잘것없는 저의 시가 공의 평을 받으
리라고는 생각지도 못했습니다. 진준(陳遵)의 척독[90]조차도 족히 영예

---

88 영광스럽게 돌려온 인상여(藺相如)[榮旋藺子] : 전국시대 조(趙)나라 인상여(藺相如)
    가 화씨벽(和氏璧)을 가지고 진(秦)나라에 갔다가, 온갖 어려움 끝에 다시 그 구슬을 온전
    히 보전하여 조나라로 돌려온 고사가 있다.

89 지난밤에 울면서 나를 스쳐 날아갔는데[疇昔之夜, 飛鳴過我] : 이 구절은 소식(蘇軾)
    의 〈후적벽부(後赤壁賦)〉에 나오는 "지난밤에 울면서 나를 스쳐 날아간 것이 그대가 아닌
    가?[疇昔之夜, 飛鳴而過我者, 非子也耶?]"를 인용한 것이다.

90 진준(陳遵)의 척독 : 진준(陳遵)은 서한(西漢) 말 두릉(杜陵) 사람이다. 자는 맹공(孟
    公). 벼슬이 대사마 호군에 이르렀다. 글씨를 잘 썼고, 글 역시 잘 지었다. 그리하여 사람

롭게 여기지 않는데, 육가(陸賈)의 천금[91]을 어찌 보배라고 자랑할 수 있겠습니까? 예전에 마땅히 열 겹으로 싸서 자손에게 전하여 그들로 하여금 그 어짊을 길이 법으로 삼도록 하겠다고 했는데, 제가 어찌 거 짓말을 하겠습니까? 공께서는 이미 성례(盛禮)를 마치고 수레를 타고 서쪽으로 돌아가시다가 지금 다시 낭화의 사원에 머물고 계십니다. 수개월 동안 산을 넘고 물을 건너셨으니 그 노고가 어떠하시겠습니 까? 비록 그렇다 해도 사명[92]을 수식하는 아름다움은 행인(行人) 벼슬 을 지낸 자우(子羽)에 비견될 수 있고, 아니라면 또한 동리(東里)에 살 았던 자산(子産)[93]일 것입니다. 윤색의 명예가 있지 않으리라는 것을 어찌 알겠습니까? 참으로 대단하십니다. 삼가 관하(館下)에 절구 2수 를 부치면서 화운시를 지어달라고 여러 차례 번거롭게 하였습니다. 돌아보건대, 고명께서는 저를 탐욕스러워 만족할 줄 모르는 사람이라

들이 진준의 척독을 보관하는 것을 영예롭게 여겼다.

91 육가(陸賈)의 천금 : 한(漢) 고조(高祖) 때 변사(辯士) 육가(陸賈)가 한나라에 복종하지 않은 남월왕(南越王) 위타(尉他)를 회유하기 위해 사신으로 찾아가 목적을 달성하고 위 타로부터 금은보화 등 값진 보물을 많이 받았다는 데서 나온 것으로, 외국에 나간 사신의 여행 경비를 뜻한다. 훗날 이 천금은 오랑캐로부터 받은 것이라 하여 불명예로 여기기도 하였다. (『사기(史記)』 「육가열전(陸賈列傳)」)

92 사명(辭命) : 사신이나 사자가 명령(命令)을 받들어 외교(外交) 무대(舞臺)에서 응대 (應對)하는 말.

93 행인(行人) 벼슬을 지낸 자우(子羽) …… 동리(東里)에 살았던 자산(子産) : 공자가 이 르기를 "사명을 만드는 데 있어 비심이 이를 초하여 짓고, 세숙이 이를 토론하고, 행인 자우가 이를 수식하고, 동리 자산이 이를 윤색하였다.[爲命, 裨諶草創之, 世叔討論之, 行人子羽修飾之, 東里子産潤色之。]"라고 한 데서 온 말이다. (『논어』 「헌문(憲問)」) 자 우(子羽)의 이름은 공손휘(公孫揮), 정(鄭)나라의 유명한 정치가이면서 외교가. 벼슬은 행인(行人). 자산(子産)은 정(鄭)나라의 현대부(賢大夫)인 공손교(公孫僑)를 말하는데 정자산(鄭子産)으로 더욱 일컬어졌고 동리(東里)에 거하였다.

고 생각할 것입니다. 청컨대, 손 안에 있는 주옥같은 시를 아까워하지
마십시오. 다만 탐내는 마음이 한없다[94]는 기롱이 있을까 싶습니다.
바다와 같은 넓은 마음으로 이해해주시길 바랍니다.

기일(其一)

멀리 관산을 넘어 무릉[95]에 이르렀을 땐	遠越關山到武陵
국화 피는 시절이라 더위 피하셨겠지	菊花時節避炎蒸
모르겠구나, 오늘 때 늦은 단풍나무 숲	不知今日楓林晚
가을 단풍 보러 수레 멈추면[96] 흥이 오를지	霜葉停車興可乘

---

94 탐내는 마음이 한없다[得隴望蜀] : 후한(後漢) 광무제(光武帝)가 잠팽(岑彭)에게 농서
(隴西) 땅을 공격해서 뺏게 한 뒤에 다시 계속해서 촉 땅으로 진격하도록 하자, "농서를
평정하였는데 또 촉 땅까지 원하는가.[旣平隴, 復望蜀]"라고 탄식하였다는 고사가 전한
다. (『동관한기(東觀漢記)』 「잠팽전(岑彭傳)」)

95 무릉(武陵) : 강호(江戶, 에도)를 가리킨다. 현재의 동경도(東京都, 도쿄토) 천대전구
(千代田區, 지요다쿠) 천대전(千代田, 지요다)에 위치. 동무(東武)·동도(東都)·무주(武
州)·무성(武城)·강관(江關)·강릉(江陵)이라고도 하였고, 강호성(江戶城, 에도조)·천
대전성(千代田城, 지요다조)·동경성(東京城, 도케이조)·황거(皇居, 고쿄)를 뜻하기도
한다.

96 가을 단풍 보러 수레 멈추면[霜葉停車] : 당(唐)나라 시인 두목(杜牧)의 〈산행(山行)〉
시에 "멀리 차가운 산 비스듬한 돌길을 따라 오르니, 흰 구름 깊은 곳에 인가가 있네.
수레 멈추고 잠시 늦가을 단풍 완상하니, 가을 단풍잎이 이월 꽃보다 더 붉네.[遠上寒山石
逕斜, 白雲深處有人家。停車坐愛楓林晚, 霜葉紅於二月花。]"라고 한 데서 나왔다.

기이(其二)

만 리 오고가다 도중에 쉬면서	萬里去來休半塗
풍류로 객수 읊조리는 일 주저하지 마오	風流吟欛莫踟躕
바닷가에서 그대 바라보며 짐짓 기다림은	海濱望子故如待
달빛 밝은 누대 앞 파도 아래 주옥[97] 때문이오	月白樓前波底珠
	11월 상순에

신학사께 드리다
謹呈申學士芸案下

의상(衣尙)

저는 청천공과 태어난 곳이 다르고, 사귄 정도 오래되지 않았는데, 하물며 어찌 사행으로 소란스럽고 정신없는 때에 저를 반갑게[98] 돌아봐 주시고, 종이에 빼곡하게 쓴 주옥같은 시구를 한 아름 주셨는지요? 하룻밤 담소를 나누는 사이에 이처럼 막역해질 것이라고는 생각지도 못했습니다. 『시경』에 '마음으로 사랑하니 어찌 말하지 않으랴! 마음속에 담고 있으니 어느 날인들 잊으리오!'[99]라고 말하지 않았습니까? 베풀어주신 두터운 보살핌을 개인적으로 마음속 깊이 새겨두고 있습

---

97 주옥 : 상대방의 아름다운 시를 뜻한다.

98 반갑게[阮眼之靑] : 완안은 완적(阮籍)의 눈빛. 진(晉)나라 죽림칠현(竹林七賢)의 한 사람인 완적이 모친상을 당하였을 때 혜강(嵇康)이 술을 가지고 와 조문하자, 크게 기뻐하며 반가운 표정을 지었다는 고사에서 온 말이다. (『진서(晉書)』「완적전(阮籍傳)」)

99 「소아(小雅)」〈습상(隰桑)〉에서 나왔다.

니다. 어느 날인들 잊을 수 있겠습니까? 다만 손님께서 덮은 담요가
채 따뜻해지지도 않았는데 지금 갑자기 〈위성곡〉[100]을 부르며 헤어지
게 되어 한스럽습니다. 3월이면 물고기와 기러기를 통한 서신은 끊어
지고 다만 나비가 되어 날아오르는 꿈만 꾸게 될 것입니다. 근자에 듣
건대, 전대(專對)[101]하는 예를 마치고 사신 수레가 서쪽을 향하는데 멀
리 떨어져 있는 역정(驛亭)의 풍상도 종자(從者)들의 근심이 되지 않은
채 다시 섭진주의 이기성(尼崎城) 밖에서 쉬고 계신다니 축하하는 마
음 가눌 수 없습니다. 다시 만날 기약이 있어 날을 손꼽아 보고 있지
만 더디기만 합니다. 삼가 거친 시 두 수를 올려 부족하나마 그대로
정성을 드립니다. 바라건대, 한 자 곁들여 통렬하게 비평을 가해주신
다면 영광과 은혜가 어찌 끝이 있겠습니까? 앞서 얻었던 것과 함께 한
쌍의 백옥으로 삼아 보배롭게 잘 간직하여 그 아름다움을 영원히 전
하고자 합니다. 부끄럽게도 저의 보잘것없는 재주로 고명(高明)을 여
러 차례 번거롭게 하였습니다. 어찌 강변에서 물을 파는 것[102]에 비유
할 뿐이겠습니까? 메추라기가 구름 위를 나는 붕새와 크기를 다투는
것이요, 연산의 옥돌이 화씨벽[103]과 아름다움을 논하는 것과 같습니

---

100 위성곡(渭城曲) : 석별의 노래. 당나라 왕유(王維)의 〈송원이사안서(送元二使安西)〉
　시에 "위성의 아침 비 가벼운 먼지 적시니, 객사에는 푸릇푸릇 버들 빛도 싱그럽네. 그대
　에게 권하노니 다시 한 잔 드시오. 서쪽으로 양관을 나서면 친구가 없다오.[渭城朝雨浥
　輕塵, 客舍青青柳色新。勸君更進一杯酒, 西出陽關無故人。]"라고 하였다.
101 전대(專對) : 타국에 사신으로 가서 모든 대답을 묻는 즉시 곧바로 지혜롭게 응대하는
　것을 말한다.
102 강변에서 물을 파는 것[江頭賣水] : 『광주헐후어소집(廣州歇後語小輯)』에 "강변에
　서 물을 파는 것은 장사하는 비법이 아니다.[江頭來賣水, 不是生意經。]"라고 하였다.

다. 그 조롱은 비록 면할 수 없습니다만 그러나 덕을 사모하여 우러르는 마음은 또한 헛되이 할 수 없습니다. 말은 버리시고 그 뜻만 취하시기 바랍니다.

기일(其一)

바다 성곽 이미 추워지고	海城歲已寒
사신들 잠시 머물러 있네	使節少盤桓
구름 너머 기러기는 변새를 떠나고	雲外雁離塞
하늘가의 길손은 조선으로 돌아가네	天涯客返韓
문장은 지혜의 달처럼 원숙하고	詞源圓智月
글 짓는 자리엔 준재들이로다	文席是才冠
어제 용문에 오른 일 생각해보니[104]	憶昨登龍處
너무 바빠 기쁨 다하지 못하였구려	怱怱未罄歡

---

103 연산의 옥돌이 화씨벽[燕石之與和璞] : 연석(燕石)은 연산(燕山)에서 나오는 돌로 옥과 비슷하면서도 사실은 옥이 아니기 때문에 사이비(似而非)의 뜻으로 쓰이고, 화박(和璞)은 변화(卞和)의 박옥(璞玉)으로 좋은 옥을 말한다. 초(楚)나라 사람인 변화가 옥덩어리 하나를 얻어 여왕(勵王)과 무왕(武王)에게 바쳤으나 거짓말을 하였다고 하여 두 다리가 잘렸는데, 그 뒤에 문왕(文王)이 즉위하자 변화가 또다시 옥덩어리를 안고 형산(荊山) 아래에서 통곡하자, 왕이 사람을 시켜서 그 옥덩어리를 쪼개 보라고 하였는데, 과연 그 속에 아름다운 옥이 들어 있었다고 한다.(『한비자(韓非子)』「화씨(和氏)」)

104 용문에 오른 일[登龍] : 한나라 이응(李膺)이 명성이 높아 선비로서 그의 접대를 받으면 용문(龍門)에 올랐다라고 한다.

기이(其二)

좋아하고 친할 만한 조선 빈객	可好可親鰈域賓
덕의와 문채 둘 다 빛나는구나	德儀文彩兩彬彬
어리석은 사람이라 콩과 보리 구분 못하니	癡人未辨菽兼麥
시 한 편 남겨 도의 참모습 보여주오	留與一篇示道眞

기해년(1719) 동짓달에

청천 신선생께 드리다
奉呈靑泉申先生玉案

하도포(河桃圃)

선생께서 존후가 맑고 태평하며 기거가 만복하시어 이미 동도를 하
직하고 지금 낭화에 정박하고 계시다니 거듭 경하드립니다. 지난번
저희 고장을 지나시던 날, 규범을 갖추신 위의를 직접 뵈었고 게다가
주옥과 같은 귀한 시까지 주셔서 마음속 깊이 새겨 오래도록 기억하
고 있습니다. 어찌 잊을 수 있겠습니까? 저는 또한 병고에서 지난번처
럼 천역(賤役)에 종사하고 있으니, 다시 뵐 길이 있어 은근히 기쁩니
다. 삼가 보잘것없는 거친 시 한 편을 지어드리니 뛰어난 안목으로 살
펴주신다면[105] 매우 다행이겠습니다.

---

105 뛰어난 안목으로 살펴주신다면[岩電] : 진(晉)나라 왕융(王戎)의 안광(眼光)이 워낙
번쩍거렸으므로 배해(裴楷)가 보고 "마치 어두운 바위 밑에서 번쩍이는 전광(電光)과 같
다."라고 하였다.

빼어난 문장 솜씨 이역을 울렸는데	絶代才華鳴異域
어느 때나 부평초 모임 다시 이어지려나	幾時萍水再因依
긴 모래밭에 잠든 기러기 날개에 얼음 맺히고	長沙氷結宿鴻翮
석양 무렵 먼 길손 옷자락에 추위 떨치네	落日寒威遠客衣
공자의 자리 동서로 분주해 따뜻해지지 않아[106]	孔席東西猶未暖
적인걸 문하의 인재[107] 오래도록 서로 어긋났네	狄門桃李久相違
고향 산천 바라보니 갈 길 멀지만	家山望處路迢遞
봄빛 좇아 도성으로 돌아가겠구려	知趁春光歸帝畿

기해년(1719) 동짓달 상현에

강·성·장 세 분께 드리다
奉呈姜成張三詞宗

전인(前人)

　제군들께서 동도에서 예를 마치셨다는 말을 듣고 자나 깨나 청복
(淸福)을 기원했는데 조만간에 저희 병고에 들르신다니 뛸 듯이 기쁜

---

106 공자의 자리 동서로 분주해 따뜻해지지 않아[孔席東西猶未暖] : 동한(東漢) 반고(班
　固)의 「답빈희(答賓戱)」에 "공자가 앉은 자리는 따스해질 틈이 없었고, 묵자의 집 굴뚝은
　검어질 틈이 없었다.[孔席不暖, 墨突不黔。]"라고 한 말에서 나온 것으로 공자는 도(道)
　를 행하기 위해 급급히 천하(天下)를 주유(周遊)하느라 오래 앉아 있을 겨를이 없었다는
　뜻이다.
107 적인걸(狄仁傑) 문하의 인재[狄門桃李] : 당(唐)나라 때의 현신(賢臣)인 적인걸(狄仁
　傑)은 관직에 재임하는 동안에 어진 사람을 적극적으로 추천하였는데, 그가 천거한 장간
　지(張柬之)·환언범(桓彦範)·경휘(敬暉)·요숭(姚崇) 등이 모두 명신(名臣)이 되었다.
　도리(桃李)는 남이 천거한 훌륭한 인재를 비유하는 말이다.

마음 감출 수 없습니다. 지난번에는 불행히도 사신들께서 저희 관소
에 머물지 않으셔서 저희들 모두 좋은 인연을 잃고 아쉬움이 가슴속
가득했음을 말로 다할 수 없었습니다. 고명(高明)께서 자비를 베푸시
어 한 차례 허락해 주신다면 어찌 황금 백 근에 비할 뿐이겠습니까?
거친 시 한 수를 삼가 여러 공들께 드리니 훗날 살펴보셨으면 합니다.
웃으면서 받아주신다면 매우 다행이겠습니다.

농두의 흐르는 물[108], 맑은 빛 차가운데	隴頭流水晴光冷
이별가 부르며 돌아가는 손님 전송하네	當唱離歌送客歸
천 년의 묘한 솜씨 훌륭한 시에 남아있고	妙手千年餘錦繡
만 리의 어진 명성으로 밝은 빛 우러르네	賢聲萬里仰明輝
올 때는 숲속에 가을바람 불었는데	來時林樹金風起
떠나는 날엔 강관에 흰 눈 날리는구나	去日江關白雪飛
겸가와 옥수[109] 등불 앞에서 서로 기댄다면	蒹葭玉燈前若相倚
가을 토끼털 붓 적셔 먼저 휘두르리라	正濡秋兎爲先揮

기해년(1719) 동짓달 상순에

---

108 농두의 흐르는 물[隴頭流水] : 한(漢)나라 때 횡취곡(橫吹曲)의 이름인 이별가 〈농두
수(隴頭水)〉를 말한다.
109 겸가와 옥수[葭玉] : 가옥(葭玉)은 겸가옥수(蒹葭玉樹)의 준말. 겸(蒹)과 가(葭)는
하찮은 수초(水草)를 말하며 자신을 낮추는 겸사로 쓰이고, 옥수(玉樹)는 훌륭한 자제(子
弟)나 훌륭한 인물로 상대방을 높이는 말로 쓰인다.

양의 권국수[110]께 드리다
奉呈權國手良醫館下

전인(前人)

저에게는 갑오(甲午, 1713)년에 태어난 아이가 있습니다. 점차 자라 4세가 되던 봄 2월에 걸어 다니며 놀 무렵 오른쪽 다리에 갑자기 통증이 생겼습니다. 바로 그날 밤 열이 나더니 이틀이 지나서야 열이 내렸습니다. 여러 의원들 모두 뼈가 부러진 것이라 여겨 안팎을 교대로 섭양하였지만 효험이 없었습니다. 그때부터 독활기생탕(獨活寄生湯)[111]·팔미지황환(八味地黃丸)[112]·대방풍탕(大防風湯)[113]·서근입안산(舒筋立安散)[114] 등을 잇달아 복용했고, 또 온천욕을 20일 남짓 했지만 모두 효험이 없었습니다. 마침내 다리가 부어 작년 정월부터 피부가 썩어 문드

---

110 권국수(權國手) : 권도(權道). 조선 후기의 의원(醫員). 자는 대원(大原), 호는 비목(卑牧)·비목재(卑牧齋). 1719년 통신사행 때 양의(良醫)로 일본에 다녀왔다.

111 독활기생탕(獨活寄生湯) : 간(肝)과 신(腎)이 허하거나 풍습으로 허리와 다리 무릎 등이 아프고 힘이 없으며 차고 저릴 때 복용한다. 약재로는 따두릅·당귀·집함박꽃 뿌리·뽕나무 겨우살이·찐지황·궁궁이·인삼·흰솔풍령·쇠무릎풀·두충·진교·방풍·족두리풀뿌리·육계·감초·생강 등을 쓴다.

112 팔미지황환(八味地黃丸) : 팔미환(八味丸). 신양 부족으로 허리와 무릎이 시리고 아프며, 다리에 힘이 없고 허리 아래가 늘 찰 때 주로 복용한다. 약재로는 찐 지황·마·산수유·모란 뿌리껍질·흰솔풍령·택사·육계·포부자 등을 쓴다.

113 대방풍탕(大防風湯) : 학슬풍이나 허벅다리와 무릎이 아플 때, 뼛속이 저리고 아플 때, 이질을 앓은 뒤에 정강이와 무릎이 아프고 걷지 못할 때 복용한다. 약재로는 찐지황·흰삽주·방풍·당귀·집함박꽃 뿌리·두충·단너삼·부자·궁궁이·쇠무릎풀·강호리·인삼·감초·생강·대추 등을 쓴다.

114 서근입안산(舒筋立安散) : 약재로는 현호색·당귀·계심·두중(杜仲)·귤핵(橘核) 등을 쓴다. 접질려서 어혈이 생겨 허리가 아픈 데, 어혈로 배가 아픈 데, 한사를 받아 다리가 아픈 데 쓴다.

러지고 고름이 새어나온 지 50일쯤 되었습니다. 이에 고름을 제거[115]
하는 약을 자주 복용하고, 상처 외부에 고약을 붙였더니 나았습니다.
이 아이는 다른 아이들 못지않게 체중도 나가고 기운도 있어서 앉아
있는 모습만 보면 혹 건강하다고 생각할 수도 있습니다. 비록 그렇긴
하지만 일어나 걸을 때면 여전히 절뚝거리며 걷습니다. 지금은 오른
쪽 팔뚝에 또한 부종이 있습니다만 아직 피고름이 생기지는 않았습니
다. 우리나라의 모든 의원들이 어찌하지 못하고 있습니다. 공께서 만
약 처방 하나를 내려주신다면, 잘못되어 끝내 잘 걸을 수 없게 된다
하더라도, 평생 한이 없을 것입니다. 잘 헤아려 주셨으면 합니다.

기해년(1719) 동짓달 상현에

답하다
答

권도

승습병자(勝濕餅子)[116] : 흑축(黑丑)[117] 2냥(兩)[118] 두말(頭末)[119] 5돈중[120]을 취

---

115 고름을 제거하는[內托] : 내탁법(內托法). 창양(瘡瘍) 치료법의 하나. 창양이 곪았을
때, 기혈을 보하는 약으로 정기를 보하고 독을 밖으로 몰아내서 속으로 들어가지 못하게
하는 방법. 탁독투농법과 보탁법이 있다.

116 승습병자(勝濕餅子) : 오래된 각기(脚氣)나 족종(足腫) 혹은 다리가 붓는 부종 등을
치료할 때 사용한다. 약재로는 흑축(黑丑) · 백축(白丑) · 감수(甘遂) 등을 쓴다.

117 흑축(黑丑) : 메꽃과의 한해살이풀인 나팔꽃의 여문 씨를 말린 것 중 검은색을 가리
킨다. 설사를 나게 하고 소변을 잘 보게 하며, 그밖에 부기 · 복수 · 변비 · 회충증 · 전간
등에 쓴다.

함, 백축(白丑)[121] 2냥(兩) 두말(頭末) 5돈쭝을 취함, 감수(甘遂)[122] 면척외(糆裹煨)[123] 5돈쭝.

위의 것을 매우 곱게 가루 내고, 교면면(蕎麪麵)[124] 1냥 반을 써서 물과 섞어 약으로 만들되, 반죽하여 떡처럼 만듭니다. 3돈쭝 크기만큼 잘라 밥 위에 올려놓고 쪄서 익힙니다. 매번 떡 1개를 빈속에 다청(茶淸)[125]과 함께 씹어 먹는데, 설사가 날 때까지를 한도(限度)로 삼습니다.

이 아이는 지나치게 잘 먹어서 상한 것으로 습열(濕熱)[126]이 삼음(三陰)[127]에 머물러 있어 각기(脚氣)[128]가 생긴 것인데, 강한 처방약이 아니면 치료하기 어렵습니다. 다만 어린아이라 기혈이 아직 실하지 않으니, 이 약을 반드시 삼분의 일로 조제하여 적절하게 써보는 것이 어떻

---

118 냥(兩) : 무게의 단위. 1냥은 한 근의 16분의 1로 37.5그램에 해당한다.

119 두말(頭末) : 맏물가루. 약을 가루 낼 때, 제일 처음에 채로 쳐서 나온 가루.

120 돈쭝[錢] : 1냥(兩)의 10분의 1.

121 백축(白丑) : 나팔꽃의 여문 씨를 말린 것 중 검지 않은 것을 가리킨다.

122 감수(甘遂) : 여러해살이풀의 일종인 감수의 뿌리를 말린 것. 설사를 나게 하고 적취를 없애며, 소변을 잘 보게 하고 담을 삭이는 데 쓴다.

123 면척외(糆裹煨) : 면외(糆煨). 젖은 종이나 밀가루 반죽에 약재를 싸서 굽는 '외'를 달리 부른 이름.

124 교면면(蕎麪麵) : 메밀과 밀가루 종류.

125 다청(茶淸) : 찻물. 차를 끓여 만든 약재.

126 습열(濕熱) : '습'과 '열'이 겹쳐서 생긴 여러 가지 병증.

127 삼음(三陰) : 태음(太陰)·소음(少陰)·궐음(厥陰)의 3경맥의 총칭.

128 각기(脚氣) : 다리 힘이 약해지고 저리거나 지각 이상이 생겨 제대로 걷지 못하는 병증.

겠습니까? 답서(答書)가 예양(藝陽) 포예(蒲刈)[129]에서 이르렀다.

·판부(坂府)의 대곡씨(大谷氏)의 어린 딸이 '채국동리하(採菊東籬下),
유연견남산(悠然見南山)'[130]이라는 두 시구를 붓으로 썼는데, 조선 문사
가 이것을 보고 찬(贊)을 지었기 때문에 지금 여기에 붙인다.

옛날에 채문희[131]는 시문과 해서·초서에 능하여 쓰고자 하는 대로
썼고, 위부인[132] 또한 글씨를 잘 써서 왕희지가 배우기까지 하였다. 부
인들 가운데 뛰어난 재예로 칭송을 받는 자는 오직 이 두 사람뿐인데
이는 오히려 장년(壯年)의 일이다. 지금 대곡씨의 여아는 나이가 겨우
10살인데 필법의 성취가 이와 같으니 채문희·위부인보다도 훨씬 낫
다. 만약 위부인이 이것을 본다면 필시 눈물을 흘릴 것이다. 참으로
기이하구나! 기해년(1719) 동짓달 조선 장국계[133] 쓰다.

---

129 예양(藝陽) 포예(蒲刈) : 예양(藝陽)은 안예(安藝)를 가리키고, 포예(蒲刈)는 안예국
   (安藝國)에 속하는 겸예(鎌刈, 가마가리)를 가리킨다. 12차 통신사행 중 1차와 12차를
   제외한 나머지 사행 때마다 조선 사신이 이곳에서 묵었다.
130 도연명(陶淵明)의 〈음주(飮酒)〉시구이다. "동쪽 울 아래에서 국화꽃을 따다가, 유연
   히 남산을 바라보노라.[採菊東籬下, 悠然見南山。]"
131 채문희(蔡文姬) : 채문희는 후한 때 학자 채옹(蔡邕)의 딸로 이름은 염(琰), 자는 문
   희 또는 명희(明姬). 글과 글씨, 음률(音律)에 능하였다.
132 위부인(衛夫人) : 왕희지의 스승인 위무의(衛茂猗). 이름은 삭(鑠). 위관(衛瓘)의 딸
   이자 이구(李矩)의 아내. 종요(鍾繇)에게 사사하여 예서(隸書)와 정서(正書)를 잘 썼다.
133 장국계(張菊溪) : 장응두(張應斗, 1670~1729). 조선 후기 문신. 자는 필문(弼文),
   호는 국계(菊溪). 1719년 통신사행 때 서기(書記)로 일본에 다녀왔다.

대곡씨 모(某)공께 드리다
奉呈大谷氏某公

하도포

향보 기해년	享保己亥年
사행원 중에 재자들 많은데	星査多才子
서기 장국계는	書記張菊溪
신학사[134]와 어깨 나란히 하였지	並肩申學士
문장의 광채는 왜와 조선에 두루 미쳤고	文光遍倭韓
명성은 폐백보다 귀하였네	聲價貴朝幣
뭇 사람들 모두 형주장사 경모하듯[135] 했고	衆人皆慕荊
제군들은 이응의 어자[136] 되고자 하였지	諸子欲御李
수레는 이미 쉬 지나갔고	馹馬已易過
깃발은 조금도 멈추지 않았다네	旌旗不少止
해내에서 부평초 만남 찾았건만	海內覓萍逢
왕왕 뜻을 이루지 못했다오	往往不遂志
아상이라는 여아가 있는데	有女名阿常
바로 대곡씨라네	正是大谷氏
집은 낭화 물굽이에 있고	家在浪速隈

---

134 신학사(申學士) : 제술관 청천(靑泉) 신유한(申維翰).

135 형주장사 경모하듯[慕荊] : 당(唐) 원종(元宗) 때 인망이 높았던 한조종(韓朝宗)이 형주장사(荊州長史)로 갔는데, 이백(李白)이 그에게 보낸 편지에, "만호후 봉하는 것을 원하지 않고, 다만 한형주(韓荊州)를 알기 원한다.[生不用封萬戶侯, 但願一識韓荊州。]" 라고 한 데서 유래하였다.

136 이응의 어자[御李] : 어리(御李)는 현자(賢者)를 경모(敬慕)하는 일. 후한(後漢)의 순상(荀爽)이 이응(李膺)의 어자(御者)가 된 것을 기뻐하였다는 고사가 전하고 있다.

열 살인데 초서를 잘 쓴다오	十歲善草字
새로 도연명의 시를 썼는데	新寫淵明詩
필법이 진실로 비길 데 없다네	筆法固罕比
다행스럽게 국계에게 보이니	幸令菊溪看
펼쳐보며 진위를 의심할 정도였지	披展疑眞僞
용과 뱀이 차가운 샘에서 달리는 듯	龍蛇走寒泉
구름안개가 책상 가득히 일어나는 듯	雲烟生滿几
마침내 서법[137]의 성취를 찬탄하며	終嘆臨池成
곧장 일인자, 이인자에 견주었지	直把比一二
채문희와 위부인이	文姬衛夫人
어떻게 그 기예를 자랑하랴	奈何誇厥技
조선인이 어찌 헛되이 칭찬했겠는가?	韓人豈虛譽
이는 시험해 본 바가 있어서라네	斯其有所試
그대 집안에 보배 넉넉하니	君家足珍藏
우리들이 무엇을 더하랴!	我曹復何以

기해년(1719) 섣달 상순에

---

137 서법[臨池] : 후한(後漢) 때 초성(草聖)으로 일컬어졌던 장지(張芝)가 일찍이 글씨를 익힐 적에 의백(衣帛)에다 글씨를 쓴 다음에 못에 붓을 빨곤 했으므로, 그를 일러 "못가에 서 글씨를 연습하여 못물이 다 검어졌다.[臨池學書, 池水盡黑]"라고 한 데서 온 말로, 전하여 못가에 임하다[臨池]는 곧 서법을 배워 익히거나 글씨를 쓰는 것을 말한다.

桑韓唱酬集 卷二

《桑韓唱酬集》地

《桑韓唱酬集》卷二

浪華河間正胤校閱

　　夫桑、韓之爲國也，其地雖同在東服，而相距半萬里，所以風馬牛之不及也。然韓主每尋善隣之舊盟，方我朝大君有紹襲之慶，則未嘗不使冠蓋來而賀焉。《詩》曰："匪今斯今，振古如玆。"其斯之謂也歟！時享保己亥之秋，又有使星之照臨於此者，是以遍命萬國，無處不有賓館之供矣。於是乎我尼城主先令群臣，以相議之而後，遣河桃圃於兵津，俾之專司其事而指揮之。僕等父子，亦奉命往祇賤役，以俟文旆矣。一日桃生謂余曰："此行邂逅乎學士，乃是千載之奇遇也，蓋投木瓜以求瓊瑤哉。意者方君子至於斯之日，鞅掌絲棼，無由唱酬也，亦不可知焉。若夫失機，則必有咫尺千里之悔耳。不如先呈於室浦，以得其和之愈矣。"因各賦燕言，托諸雙鯉，憑對府鴻儒雨、松二子，以要轉致於學士也。暮秋二日，使星蹕乎室口。越翼日朏，海若不怒，長風送槎，逮於哺時，便臨兵濱，而錦纜牙檣之美，四方觀者，襁負其子而至。於是乎，三使相各自乘輿，其從如雲。建旗旄，吹笙簧，濟濟堂堂，

咸就賓筵。旣而雨芳洲來僕所待之館, 始接其芝眉, 未及班荊, 而語及
學士矣。時學士書記輩, 紛然雜入, 不知其孰爲某人。芳洲見學士, 援
而止之, 使桃生及僕父子見之, 學士有袖中之賜, 跪而閱之, 卽僕等前
日所寄之和章也。其言確實, 而詩亦平易, 足以爲一唱三嘆焉。仍知
學士常潛心於伊洛, 而詩乃其餘事也。所謂'有德者, 必有言', 不其然
乎? 感喜之餘, 桃生、僕父子皆興再拜, 學士亦答拜就席。滿座愕然,
觀者如堵。桃生謂芳洲曰: "兒輩幸携《下里》若干首來, 請奉奏於學士
及三書記矣。" 芳洲曰: "萍水相逢, 寔是勝遊, 而人之所欲也。今使諸
君得從容, 則又是吾所固願也。雖然, 三使就館少休而已。今夕順風,
已各有鳴橈之約, 莫奈悤悤何? 縱有贈呈, 必不暇和答, 何益之有? 向
所得不測之珍, 以是爲足, 則可也歟!" 於是不能强, 但屬再和數篇於
芳洲而退。韓使亦夜未央而發焉。黎明到坂府, 濡滯如例。自是驛路
千里, 四牡騑騑, 達乎東都。十月朔, 且見於大君, 聘問禮訖, 而玉節
西向, 將歸故國。仲冬六日, 乃館浪華, 留止亦然。旣而雖艤于河口,
連日在舟, 不輒發棹歌。是以僕等時其間暇, 復憑對府二書記, 而別奉
鄙稿, 强要諸仙之和矣。雨生報云: "韓客已多詩債, 想者貴境在邇, 曾
不容刀, 他日待其至而面呈焉", 遂還之。爾后未幾, 六鷁退飛, 過兵
浦, 實本月望日之晚也。時天氣兩端, 頗似摸稜之手, 故不能直過, 以
維於此, 使君以下, 皆相與枕藉乎舟中, 各自就睡, 闃若無人矣。夜向
五更, 有霜滿天。及斯時也, 欻放一星砲火, 而響動寂寞之濱, 又奏數
角旅樂, 而聲徹渺茫之海, 不知是何故。將解纜歟, 將臨館歟, 聞者皆
訝之。僕等趨而見之, 舟搖搖以輕颺, 更無如瞻望之遠何焉。其俳徊
於斗牛間者, 獨有一天之明月也耳。遺憾遺憾。略敍其顚末, 以自慰
云爾。

享保己亥臘月上浣尼洲老甫田中默容識

【'六鷁退飛'見《麟經》。今也歸帆故曰退，意異于本語。】

奉呈申學士榻下 桃圃

攝州尼城，小臣姓河澄，名正實，字伯榮，號桃圃。時奉賓館之事，待星槎於吾兵庫津。近聞鰲波平穩，神物護持，道已東矣。珍重萬萬。豫奉呈野詩二篇，以願他日之良覿。若見惠淸和，趙璧隋珠，何榮如之？

江上凉風秋色淸，西望引領待豪英。周冠殷輅經過日，不識憑誰一識荊。

箕桑相去五千程，客裏幾回逢月盈。處處江山名勝夥，料知秋興動詩情。

己亥季秋

奉詶桃圃惠贈 靑泉

瀛洲秋宿月華淸，夢裏群仙贈玉英。靑鳥朝來傳逸響，千年白雪起南荊。

鰲首高雲引客程，銀河一望水盈盈。東來紫氣誰相待，落日瑤函寄遠情。

己亥暮秋

再奉瀆靑泉申公尊韻 桃圃

向因芳洲兄，幸被一顧，實千載之奇緣，百年之榮華，更無可比者。且袖高和二篇來，而見惠示之，拜嘉欣抃，何以謝之？當十襲爲傳家之珍。疊次前韻，以申鄙悰。岩電惟幸。

無數仙帆影亦淸，人間驚起仰雲英。天葩忽見奇芬滿，相遇自慙蘭與荊。

飽題風月滯長程, 知是奚囊戞玉盈。借問近傳家信否, 南來新雁奈鄉情。

奉呈對府雨松二詞兄案下　　　　　　　　　　　　田節軒

傳聞之武城, 李、郭一舟輕。何用割鷄治, 欲敎來鳳鳴。兒童曾識面, 艸木亦知名。宜列衣裳會, 兩邦祝太平。

　　　　　　　　　　　　己亥中秋上澣

奉酬田節軒案下　　　　　　　　　　　　　　　對陽霞沼

僕之於節軒公, 固非有疇昔之契, 而一旦意外, 惠然賜我以瓊琚之盛, 來雅之厚無以云喩。第其引喩之高, 所借之過, 以僕之無似, 何能當之而不辭哉? 感媿極矣。況行李倥傯之間, 又未緣一一仰答來貺, 此心之歉抑何如也? 因謹賡來韻, 少酬知我云爾。

我行從白城, 帆掛海烟輕。木落寒蟬謝, 天高旅雁鳴。嗟余千里客, 逢子一時名。宿昔好文意, 飛騰未肯平。　　　　【白城我州開洋之地也。】

　　　　　　　　　　　　己亥暮秋, 芳洲無和。

奉呈韓客製述官榻下　　　　　　　　　　　　　節軒

攝州尼城腐儒, 姓田中, 名默容, 字言興, 號節軒。過蒙主命, 來於兵庫, 洒掃室堂, 將邀皇華。恭聞高明應貴邦公選, 而遠隨使星, 梯航扶桑。卽今暮秋, 雨暘時若, 太行如坦途, 巫峽亦安流。獨步漢南, 鷹揚河朔, 漸經過萬里之風月, 已到乎我山陽之室浦。實是天意之所祐, 而下民之所安也, 可謂無窮之慶而已。不勝雀躍。夫室、兵兩津一葦杭之, 是以景仰之切也, 猶大旱之望雲霓, 庶幾不日識韓荊州焉。雖然, 君子之至於斯, 也恐嚴裝恩恩, 不易從容。不然, 僕或奔走賤役,不遑侍坐。苟有一於此，則孤負素願，差池青盼，以自噬臍耳。於是，雖未蒙孫陽之顧，不敢畏盛威，卒爾賦巴章，奉寄之左右。謹以擬木瓜，豫以飾固陋。伏冀電眸一過，勿有叱擲，倘枉施郢斲，加以瓊琚，是乃非常之惠，而終身之榮也，不啻貧兒暴富之謂矣。應須巾襲愛護，以傳子孫，但俾之誦其詩、仰其賢，而長有所矜式焉。縱效而不得全，庶乎所謂'刻鵠不成尙類鶩'者也歟。深垂慈念，珍幸萬萬。丕計亮恕。

聞道漢陽君子人，風流儒雅出凡塵。錦囊過處雲烟美，玉節向時泰斗頻。酬酒眞如青眼舊，論文還愛白頭新。龍門來托吾心病，閑話願蘇座上春。

奉謝田中節軒惠贈 青泉

不佞自皷柁而東，所過名山麗洲，輒奉諸君子，傾蓋而驩。每道三生宿債，系在浴日之鄉，只以塵蹤俗眼，枉殺烟霞，茫茫如洞庭魚鳥聽咸韶而飛且下，恐亡能一當人意。卽暮維舟室津，得琅玕寶械，忽從烟水蒼凉間出來。初猶閬苑青鳥口含王母蟠桃花，已復作鮫人夜浦錯落眞珠淚耳。清關在眼，一葦可杭，待此物，劃然戾止，做了一場風流會。便可朝夕不料高明急於披寫，預托雙魚，以寄萃鹿之思。何念之深，何語之勤？珍重珍重。古者必執贄而見人，今子亦爲是而然乎？從可以一接芝眉，再嗅蘭馥，不須論公事如毛，勝日易徂矣。仰誦高文，磋琢甚精，便足連城。詩亦矯矯，大離魔境，可覓薔薇露盥手以讀矣。如僕不過爲狂聲，所賣跋涉至此，自顧胸臆間，榛茅已塞。到頭逢人，有以學士見稱，卽面頳背汗，無一可饜足下之所聞於道路者，謂僕當作何狀人？邂逅之夕，好把照心鏡三尺，以索我于方寸之地，必見其空空如也。拙和重違惠好，瀆草紙末。此左太冲效潘郞爲美容耳。速卑陽侯，無令汚篋，幸甚。

瑤臺烟霧望佳人，鰲背仙居迥俗塵。驛使梅花書到易，期生瓜棗夢
看頻。微名自愧金門謫，高調難謝白雪新。共喜太平分氣象，一樽明
日醉生春。

己亥暮秋上弦

今良覿於此，遂披雲之願，剩携淸和來，
而中心眈之，感戢之餘，又賡原韻，以抒鄙謝　　　　節軒

一見金鑾殿上人，掃除渴望滿襟塵。主恩持節寸心勁，鄕思登樓雙
淚頻。瓊玖木瓜雖趣異，蒹葭玉樹樂知新。君傳大雅淸風否？筆下生
花別有春。

奉呈製述官申公梧右　　　　　　　　　　　　　　　衣尙

九月叔苴之秋，韓賓將過兵浦，是以僕豫承賤役來，留連於此多日
焉。候聞仙槎抵乎播陽室津，喜而不寐。賴對府鴻儒雨、松兩詞兄，謹
奉呈俚巴一章，以候文履。伏乞加郢斤，辱賜高和，維幸維甚。

拖玉腰金上國賓，未傾孔蓋意先親。滿囊好句驚人手，萬里辛勤報
主身。蘭槳方聞維室浦，錦帆又向是兵津。使星異日過吾土，瞻仰彩
光掃渴塵。

己亥暮秋

奉呈雨森芳洲公詞案　　　　　　　　　　　　　　　前人

雨公才譽素葵傾，馬島風烟萬里程。相憶未逢情更切，只求一語坐
班荊。

奉呈松浦霞沼公吟榻　　　　　　　　　　　　前人

翰墨盛名獨占魁，企望幾日攝津隈。預知囊裡飽風月，接伴三韓詩
老來。

奉訓衣尚惠贈　　　　　　　　　　　　　　　青泉

書來玉案報佳賓，咫尺仙郎語可親。雲海羨君千里翮，乾坤笑我百
年身。青山月迥麻姑室，金闕秋高織女津。珍重關門迎紫氣，已將詩
墨洒行塵。

　　　　　　　　　　　　　　　　　　己亥暮秋

僕姓申，名維翰，字周伯，號青泉。行年三十九。乙酉進士，癸巳甲科
及第。官今秘書著作郎。忝應公選而來，碌碌隨人，百事可笑，何言可
陳？辱諸公問訊，言不能通，草此平生，並在牘末，統希僉君子遆鑑。

次韻

衣尚公見贈却呈　　　　　　　　　　　　　霞沼

騷壇知子占時魁，家在尼洲烟水隈。海天他日相思處，蝶夢自應去
又來。

　　　　　　　　　　　　　　己亥季秋　芳洲無和。

奉謝製述官申公賜高和　　　　　　　　　　衣尚

俄者，馮雨、松二子，呈鄙律一篇于室津賓館，以瀆電矚，而倉忙之
際，辱惠高和，盥漱展翫。感佩銘骨，謹當什襲，而永爲文房之雙南金
矣。既接光範，且領此厚誼，不料有東隅、桑楡之兩得。於戲，蓬蒿腐
儒，何能至此榮乎？荷戴之重義，當不可默止，因疊賡前韻，聊抒謝悰。

仰冀垂台敎。

　泰斗無雙異域賓, 歡將縞苧正相親。偉然容貌切傾意, 卓爾文章早
致身。千載商風光赫赫, 八條箕敎澤津津。揮毫投我好詩句, 一握驪
珠不染塵。

奉贈芳洲雨公案下　　　　　　　　　　　　　　　　田節軒

　鄉者邂逅, 鬱懷永釋, 近承動履萬福, 長驛無礙, 到於東都,《皇華》
執圭,《鹿鳴》終宴, 而今也歸路, 再僑乎浪速城外矣。多少辛勤, 其勞
雖不可以言, 然萬里冠蓋, 使其善卒大禮也, 不亦說乎? 疇昔之夜, 僕
等見於靑泉公, 且其邨雲所以落手者, 皆實賴明公之先顧。而其德於
我之厚, 莫以尙之死當結草, 未足以報焉。去日僉公各已有和, 而獨欠
吾公之高酬, 唯是竊疑之。官事鞅掌之言, 僕雖不敏, 固未初不知其然
也。意者長袖易舞, 多錢易賈[138], 則雖居倉卒, 何其憂不能耶? 非所謂
挾泰山而超北海之類也審矣。蓋人或以爲折枝之類也, 其亦庶乎我心
之歡, 請君察之。倘五色烟霞, 閟諸崑丘玄圃之阿, 則人間不能仰焉。
萬斛明珠, 勿愛吐一顆。天寒氣冷, 爲道自愛。不宣。

　逢場前夜月黃昏, 別後不忘君笑言。爲報靑蓮歸去處, 又隨學海洗
煩襟。

黃鐘上旬

奉呈姜公詞伯吟壇　　　　　　　　　　　　　　　　前人

楚天矯發路難過, 況復函關險阻多。聞說姜家松栢質, 士峯霜雪奈
君何?

138　원문에는 '買'로 되어있으나 '賈'로 바로잡는다.

【借用衞共姜作《栢舟》詩之事，而旋轉成句，把婦人比男子者，竊效杜甫《贈王維》之詩，不知是否。】

奉呈成公詞宗吟案　　　　　　　　　　　前人

行盡海東萬里程，元龍豪氣一毛輕。佳人成大刀頭夢，半夜枕邊良慰情。

奉呈張公詞仙吟榻　　　　　　　　　　　前人

雲外遙修鰈域親，武陵源水更津津。風情張日傾華蓋，到處應逢斗仰人。

兼簡三鴻生　　　　　　　　　　　　　　前人

群鳳謝東京，歸飛幾驛程。梅含春色早，竹帶雪光清。安坐張生勇，榮旋藺子名。願言萍水會，陪席結詩盟。

【疇昔之夜，飛鳴過我，而未能覩其奇毛，故結句及此。】

復月上浣

奉疊謝申學士詞案　　　　　　　　　　　前人

曩者竊奉鄙言於高館，天假奇緣，幸不見却。垂青之次，報以擲地金聲，副以華衮數言，希代之慶，不勝感戴。然僕之謭劣，難以堪承，擎讀之間，使人發騂。不圖糠粃之前，蒙明公之簸揚。陳遵尺牘未足爲榮，陸賈千金焉能誇寶？向之所謂，當什襲以傳於子孫，俾之長法其賢，吾豈食言乎？貴客已終盛禮，而文旆西歸，今復寓於浪華之院矣。跋涉數月，其勞如何也？雖然，辭命修飾之美，可以比於行人子羽也，抑亦東里子產歟！安知其不有潤色之譽？鄭重鄭重。謹寄二絕於館下，數煩其瀆載。顧者，高明以我爲貪而無厭者也。夫請勿惜手中之珠。秪恐有得隴望蜀之譏而已，海涵是仰云爾。

其一
遠越關山到武陵，菊花時節避炎蒸。不知今日楓林晚，霜葉停車興可乘。

其二
萬里去來休半塗，風流吟轡莫踟躕。海濱望子故如待，月白樓前波底珠。

復月上浣

謹呈申學士芸案下 衣尙

僕之於青泉公，以生地則異域也，以交誼則非舊也，何況其方旅況擾宂之時，顧我以阮眼之青，富我以滿紙之珍？不意一夜立談之間，有斯莫逆也。《詩》不云乎？'心乎愛矣，遐不謂矣。忠心藏之，何日忘之。'盛眷所傾，私有鏤在于忠心，惡何日忘之？唯恨客氊未暖，倏唱《渭城》，分袂于今。三月魚雁信絶，而秪有夢蝶之飛揚也耳。頃聞專對禮畢，而征軫指西，長驛風霜，不成從者之患，再憩於攝之城外，不勝至祝。再會有期，亦可枚日而遲焉。謹呈燕韻二章，聊效葵忱。伏祈痛加點竄，副以一字，則榮荷何有限？與先所得者，倂爲一雙白璧[139]，珍藏以欲永傳其美矣。愧僕拙技，數煩高明。豈翅江頭賣水之比？譬諸斥鷃之與雲鵬爭細大，燕石之與和璞論美惡。其嘲雖以不可免，然而景

---

139 원문에는 '璧'으로 되어 있으나 '璧'으로 바로잡는다.

仰之情，亦不可徒已。請棄其詞而取其意維望。

其一
海城歲已寒，使節少盤桓。雲外雁離塞，天涯客返韓。詞源圓智月，文席是才冠。憶昨登龍處，恩恩未罄歡。

其二
可好可親鰈域賓，德儀文彩兩彬彬。癡人未辨菽兼麥，留與一篇示道眞。

己亥仲冬

奉呈青泉申先生玉案 河桃圃
恭承先生尊候清泰，動履萬福，已辭武陵，今泊浪速，敬賀敬賀。向者過我土之日，辱瞻仰道範，且惠賜玉什，銘心鏤骨，永記何忘？僕亦在兵庫，而祗賤役如舊，竊喜有路再披雲。謹賦野語一篇，以呈區區，岩電幸甚。

絕代才華鳴異域，幾時萍水再因依。長沙冰結宿鴻翩，落日寒威遠客衣。孔席東西猶未暖，狄門桃李久相違。家山望處路迢遞，知趁春光歸帝畿。

己亥仲冬上弦

奉呈姜成張三詞宗 前人
恭聞諸君東都禮終，寤寐清福，過我兵浦，亦在旦夕，不勝雀躍。曩者弊館不幸，而冠蓋不停，僕曹忽失良緣，滿襟遺憾，不可勝言也。高明垂慈，若許一諾，何啻黃金百斤而已？野詩一章，謹奉呈僉公案下，以祈他日之恩眄, 笑納幸孔。

隴頭流水晴光冷, 當唱離歌送客歸。妙手千年餘錦繡, 賢聲萬里仰
明輝。來時林樹金風起, 去日江關白雪飛。莨玉燈前若相倚, 正濡秋
兔爲先揮。

己亥仲冬上浣

奉呈權國手良醫館下 前人

僕有兒, 生于甲午。稍及四歲, 春二月, 遊步之際, 右脚忽[140]然生疼。
卽夜發熱, 二日而退。諸醫皆以爲折傷, 內外交養而不驗。爾來連進
以獨活寄生湯、八味地黃丸、大防風湯、舒筋立安散, 且浴溫泉二旬
餘, 又皆不驗。而終爲浮腫, 去年正月潰爛, 漏膿水, 凡五旬許。於是
頻進以內托之劑, 貼膏於竅外而愈矣。此兒肥体壯氣, 不讓群兒, 只見
其座容, 則人或以爲健。雖然, 逮起而步, 依舊蹣跚。今也右臂又浮腫,
未成膿血。闔境衆醫, 無如之何而已。仁人若惠示一方, 則縱不幸而
竟不能健步, 僕終身無恨矣。昭亮萬萬。

己亥復月上弦

答 權道[141]

勝濕餅子: 黑丑二兩【取頭末五錢。】, 白丑二兩【取頭末五錢。】, 甘遂五錢麵
裹煨。

右極細末, 用蕎麪麵一兩半, 調水和藥, 捏作餅子, 如折三錢大, 放
飯上蒸熟, 每一餅, 空心茶淸嚼下, 以利爲度。

---

140 원문에는 '忽'으로 되어 있으나 '忽'로 바로잡는다.
141 원문에는 '權兜'로 되어 있으나 '權道'로 바로잡는다.

此兒傷於厚養，濕熱留在三陰，以成脚氣，非峻利之劑，則難治。但小兒氣血未實，此藥必三分作劑，斟酌試用，如何?【答書至自藝陽蒲刈。】

・坂府大谷氏幼女，書所謂'採菊東籬下，悠然見南山'二句，韓客視之作賛，故今附於此。

昔蔡文姬，善於詞翰楷草，惟意所欲，衛夫人亦善書，至使王逸少學之。婦人之絶藝見稱者，惟此兩人，而此猶壯年事也。今大谷氏女，年纔十歲，筆法之成就如此，賢於蔡文姬、衛夫人遠矣。如使衛夫人見之，則其流涕也必矣。奇哉奇哉! 己亥仲冬，朝鮮張菊溪題。

奉呈大谷氏某公　　　　　　　　　　　　　　　河桃圃

享保己亥年，星查多才子。書記張菊溪，並肩申學士。文光遍倭、韓，聲價貴朝幣。衆人皆慕莿，諸子欲御李。駟馬已易過，旌旗不少止。海內覓萍逢，往往不遂志。有女名阿常，正是大谷氏。家在浪速隈，十歲善草字。新寫淵明詩，筆法固罕比。幸令菊溪看，披展疑眞僞。龍蛇走寒泉，雲烟生滿几。終嘆臨池成，直把比一二。文姬、衛夫人，奈何誇厥技? 韓人豈虛譽? 斯其有所試。君家足珍藏，我曹復何以?

己亥臘月上浣

상한창수집 인

桑韓唱酬集 人

상한창수집 권삼

낭화(浪華) 하간정윤(河間正胤) 교열

향보 4년 용집[1] 기해년 겨울 11월 4일 조선통신사는 동도에서 이미 성례를 마치고 다시 대판에 이르러 진촌(津村) 본원당(本源堂)[2]에서 묵었다. 6일 나는 부친을 따라 학사 청천 신유한[3]과 서기 소헌 성몽량[4] ·

---

1 용집(龍集): 연차(年次)를 의미한다. 하늘에 용(龍)이라는 이름의 별이 있는데, 이 별이 1년마다 한 번씩 자리를 옮기는 데에서 온 말이다. 집(集)은 머문다는 의미이다. 옛날에는 이 용집이라는 말을 간지(干支)나 기년(紀年)의 첫머리 또는 끝에 써서 연차를 표시하였다.

2 진촌(津村) 본원당(本源堂): 진촌은 섭진국(攝津國) 서성군(西成郡)의 향명(鄕名)으로, 입강(入江, 이리에)에 있던 고대의 원강(圓江, 쓰부라에)에서 바뀌었다고 전해진다. 본원사(本願寺) 진촌별원(津村別院, 혼간지 쓰무라베쓰인)에서 어령신사(御靈神社, 미타마진자)에 이르는 지역으로 현재 대판부(大阪府) 대판시(大阪市) 중앙구(中央區, 주오쿠) 본정(本町, 혼마치)에서 비후정(備後町, 빈고초) 방면을 따라서 담로정(淡路町, 아와지마치)에 이르는 지역이다. 본원당은 현재의 대판부(大阪府) 대판시(大阪市) 중앙구(中央區) 본정(本町)에 있는 본원사 진촌별원(本願寺津村別院, 혼간지 쓰무라베쓰인)이다.

3 신유한(申維翰, 1681~1752): 조선 후기의 문신 겸 문장가. 자는 주백(周伯), 호는 청천(靑泉). 연천현감·부안현감 등을 역임하였다. 1719년 통신사행 때 제술관(製述官)으로 일본에 다녀왔다. 시문으로 명성이 자자하여, 그의 시를 받기 위해 수많은 일본문사들이 모여들었고, 대단한 칭송을 받았다. 이때 남긴 『해유록(海遊錄)』은 문장이 유려하고

국계 장응두[5] 등과 만나 사시(巳時) 전각(前刻, 오전 9시~10시) 이전부터
신시(申時, 오후3~5시)까지 필담을 나누고 시를 주고받았다. 강경목[6]은 환
우가 좀 있어 이 자리에 참석하지 못하였다. 이에 아래 서술한 바를 순서대로
엮었다.

제술관 청천 신공께 드리다
奉呈製述官青泉申公案下
석헌(碩軒) 팔전주마(八田主馬), 자(字)는 충본(充本)[7]

동쪽으로 먼 길을 다녀오는 동안 별 탈 없이 수레가 다시 삼진(三津)
에 이르렀으니, 실로 양국의 경사입니다. 전부터 고명(高名)을 듣고 사
모하는 마음[8]이 깊어 뵙고 싶었는데 이곳에 잠시 머무르신다니 얼마

관찰이 돋보이는 기행문으로, 박지원의 중국 기행문인 『열하일기』와 비교되곤 한다.

4 성몽량(成夢良, 1718~1795) : 조선 후기의 문신 겸 시인. 자는 여필(汝弼)), 호는 소헌
(嘯軒) 혹은 장소헌(長嘯軒). 1719년 기해 사행 때 서기로 일본에 다녀왔으며, 이때 일본
학자들로부터 받은 시와 편지 등을 모아 편찬한 『한원청상(翰苑淸賞)』이 있다.

5 장응두(張應斗, 1670~1729) : 조선 후기의 문신. 자는 필문(弼文), 호는 국계(菊溪).
1719년 통신사행 때 서기(書記)로 일본에 다녀왔다.

6 강경목(姜耕牧) : 강백(姜柏, 1690~1777). 조선 후기의 문신 겸 시인. 자는 자청(子
靑), 호는 우곡(愚谷)·경목(耕牧)·경목자(耕牧子). 찰방을 역임하였다. 1719년 통신사
행 때 서기로 일본에 다녀왔다. 과시(科詩)에 능했으며 시풍(詩風)이 호탕하였다.

7 팔전석헌(八田碩軒, 핫타 세키켄, 1704~?) : 강호시대 중기의 유학자. 팔전주마(八田
主馬, 핫타 슈메)·팔전조국(八田朝國, 핫타 아사쿠니)이라고도 한다. 성은 원(源)이고,
씨(氏)는 팔전(八田)이며, 이름은 조국(朝國), 자(字)는 충본(充本), 호는 석헌(碩軒)이
다. 팔전조영(八田朝榮, 핫타 초에이)의 아들. 1719년 11월 6일, 16세의 나이로 조선의
제술관 신유한, 서기 성몽량·장응두 등과 만나 필담을 나누고 시를 주고받았다.

나 다행인지요. 오늘에야 비로소 공의 풍모를 뵐 수 있어 몹시 기쁩니다. 인하여 외람되이 저의 비속한 말을 돌아보지 않고 절구 한 수를 지어 드리니, 화운시를 지어주셨으면 합니다. 또한 변변치 않은 것을 함께 보내니 나무라시며 받아주셨으면 합니다.

문학이 뛰어나 절로 명성이 있어	文學豪雄自有名
존안을 한 차례 뵈오니 내 마음 기뻤네	芝顔一拜悅予情
만나자마자 홀연 이별하게 되니	相逢之處忽成別
두 나라 만 리나 떨어져 있어 한스럽구나	卻恨桑韓隔萬程

답하다
復

저의 성은 신이고, 이름은 유한, 자는 주백, 호는 청천이며, 올해 39세입니다. 을유년에 시를 지어 진사가 되었고 계사년에 부를 지어 장원급제하였는데 벼슬은 지금 비서관 저작이며 태상시를 겸하고 있습니다. 금번 사행에서 외람되이 공선(公選)에 응하여 주제넘게 제술관이라는 임무를 맡고 있습니다. 돌아보건대, 이런 비천한 재주로는 붓대를 잡고 음풍농월하며 사람들과 더불어 수창할 수 없습니다만, 외

---

8 사모하는 마음[慕藺] : 사마상여(司馬相如)가 전국시대 조(趙)나라 사람 인상여(藺相如)의 사람됨을 사모하여 자기 이름을 상여(相如)라고 한 데서 유래하였다. (『사기』「사마상여전」)

람되게도 공께서 방문하여 주옥같은 글을 주시고 마치 오래 전부터 아는 사이처럼 깊이 마음써주시니 감사한 뜻을 어찌 헤아릴 수 있겠습니까? 다만 조용히 몇 자 서술하여 평소의 생각을 나누고 싶을 뿐입니다.

팔전석헌께서 보내주신 시에 화답하다
奉和八田碩軒見贈

청천

새 시 한 차례 노래하며 높은 명성 우러르는데	新詩一唱仰高名
흑발의 남아 벌써 먼 길 떠나는 수심 깊구나	綠髮男兒已遠情
단청 누각의 붉은 거문고 나그네 흥취 더해	畫閣朱琴添客興
그대 마주하고 있으니 배 띄울 일정마저 잊네	對君忘卻泛槎程
시단의 고각소리 미천한 이름 부끄럽지만	詩壇鼓角愧微名
현포에서 황하 근원 찾음[9]이 어찌 속세의 정이랴	玄圃尋河豈俗情
오늘 그대 머물게 하며 무슨 말을 할까	今日留君何所語
자색 구름 낀 누대 곁에서 돌아갈 길 묻네	紫雲臺畔問歸程

---

9 현포에서 황하 근원 찾음[玄圃尋河] : 현포는 곤륜산(崑崙山) 정상에 있다는 신선이 사는 곳으로, 다섯 금대(金臺)와 열두 옥루(玉樓), 그리고 기이한 꽃과 바위가 많다고 한다. 한나라 장건(張騫)이 황하의 근원을 탐사하려고 뗏목을 타고 가서 곤륜산에 이르러 그곳의 옥석을 캐서 한 무제(武帝)에게 보였다고 한다.

청천 신공께서 화운시를 주셔서 다시 전운을 써서 사례하다
清泉申公辱賜高和, 再用前韻奉謝

석헌

일본에서 존함을 모르는 곳 없는데	日東無處不知名
소생이 어찌 손님의 시심 접할 줄 생각했으랴	何計鮒生接客情
묘한 필력으로 지은 시 진실로 이백과 두보라	妙筆新詞眞李杜
이 속에서 수창하니 돌아가는 길 아쉽기만 하네	此中酬唱惜歸程

신학사가 "오늘 제가 삼사(三使)를 만나보지 못하여 지금 공사(公事)를 처리하러 가야 합니다. 일을 마치면 다시 올 수 있으니 제군들께서는 잠시 기다려 주십시오."라고 말하며 이내 사양하고 들어갔다. 저녁 무렵이 되어서야 다시 나왔으나, 이때는 자리에 있던 손님들이 이미 돌아갈 때가 되었기 때문에 화운시가 없다.

서기 강경목·성소헌·장국계 세 분 공께 드리다
奉呈書記姜成張三公吟壇

석헌

공들께서 성례를 마치고 먼 길에 무사히 낭화로 곧장 돌아오셔서 다행히 만나 뵙게 되니 뛸 듯이 기쁜 마음 끝이 없습니다. 그리하여 그만 비루함을 잊은 채 거친 절구 1수를 지어 공께 드리면서 또한 변변치 못한 것도 함께 드립니다. 화운시를 내려주시면 좋겠습니다.

사신께서 다시 낭화가에 이르시니	星君再到浪華頭
힘찬 필치와 문채로 사찰 누대 빛나네	健筆文光映寺樓
뒷날 뗏목 타고 하늘 밖 멀리 돌아가시면	他日乘槎返天外
시단에 누가 있어 함께 수창하랴	騷壇有孰共賡酬

답하다
復

소헌

저의 성은 성(成)이고 이름은 몽량(夢良)이며 자는 여필(汝弼), 호는 장소헌(長嘯軒)입니다. 임오년(1702) 진사입니다.

답하다
復

국계

저의 성은 장(張)이고 이름은 응두(應斗)이며 자는 필문(弼文), 호는 국계(菊溪)입니다.

사행업무는 이미 다 마쳤고, 또 여정 중에 쓰러지는 일은 면하였으니 행인[10]의 다행스러움이 이보다 큰일은 없을 것입니다. 또한 시 짓

---

10 행인(行人) : 일반적으로 길 가는 사람을 뜻하나 여기서는 심부름을 하는 사람[使者] 곧 사신을 지칭한다.

는 자리에서 공과 함께 하였으니 진실로 세상에서 가장 큰 기이한 일
이었습니다. 그러나 떠나고 머무는 것이 각각 달라 이별할 날이 가까
워졌습니다. 옛사람들이 '새로 사람을 사귀는 것보다 더 큰 즐거움은
없고, 살아서 이별하는 것보다 더 큰 슬픔은 없다.'라고 하였는데, 바
로 지금의 일을 이른 것입니다. 공께서도 또한 같은 마음일 것입니다.

경목자(耕牧子) 강공께서 환우가 좀 있어 시연회에 참석하지 못했기
때문에 필담과 화운시가 없다.

묻다
問

국계

팔전(八田)씨의 별호는 무엇입니까?

답하다
答

석헌

제 성은 원(源)이고, 씨(氏)는 팔전(八田)이며, 이름은 조국(朝國), 자
는 충본(充本), 호는 석헌(碩軒)입니다. 금년에 열여섯입니다.

석헌의 시에 화답하다
奉和碩軒韻

소헌

부평초처럼 바다 동쪽 끝에서 만나 水萍相遇海東頭
서림의 오래된 석루에 기대었네 其倚西林古石樓
길 떠나는 고상한 풍도 뉘라서 견주리 命駕高風誰得似
양춘곡[11] 오묘하여 수창하기 어렵다오 陽春一曲妙難酬

석헌께서 보내주신 시에 차운하다
奉次碩軒見贈韻

국계

한때 바다 동쪽가의 아름다운 모임 一時佳會海東頭
백 척 누대에 시 짓는 자리 열렸네 詩榻高開百尺樓
이별 뒤에 생각하면 무엇하리 別後思之何所益
마주하여 서로 수창 잘하면 그만인 걸 不妨相對好相酬

---

11 양춘곡(陽春曲) : 〈양춘〉은 전국시대 초나라 가곡 이름. 옛날 초나라의 가곡 중에 〈양
춘(陽春)〉과 〈백설(白雪)〉 두 가곡은 곡조가 매우 고상하여 화답하는 사람이 드물었다고
한다.

기해년 동짓달
己亥南至月

국계옹이 아래와 같이 쓰다.

그대의 모습을 대하니 단아하면서도 정결하고, 그대의 시를 보니 말이 간결하면서도 뜻은 간절합니다. 그대의 나이 겨우 15세가 지났다고 들었습니다. 어린 나이임에도 모습은 성인 같고 시는 덕망이 있는 선비가 지은 것 같으니 한 시대에 구한다 해도 많이 얻을 수 없을 것 같습니다. 무성(武城)의 봉서(鳳嶼)[12]나 비주(備州)의 국동(菊洞)[13]과 더불어 이름을 나란히 할 만하고 아름다움을 짝할 만합니다. 더욱 힘쓰십시오.

석헌 말함, "어느 한 자리에서 전전도통(前田道通)[14]이라는 자가 조카

---

12 무성(武城)의 봉서(鳳嶼) : 무성은 강호(江戶)이고, 봉서는 강호시대 중기의 유자(儒者)인 하구봉서(河口鳳嶼, 가와구치 호쇼)이다. 성씨는 하구(河口)이고, 이름은 호(皞)이며, 호는 봉서(鳳嶼)이다. 무성(武城) 출신이다. 1719년 통신사행 때 문재가 뛰어나 17세의 나이로 조선 문사들과 필담창화하였다.

13 비주(備州)의 국동(菊洞) : 전전국동(前田菊洞, 마에다 기쿠도). 강호시대 중기의 한시인(漢詩人). 등원국동(藤原菊洞)이라고도 한다. 성은 등원(藤原), 이름은 유기(維祺), 자는 좌중치(佐仲治). 비중국(備中國) 송산(松山) 기실(記室) 전전일진(前田一進)의 아들, 전전도통(前田道通)의 조카. 1719년 통신사행 때 대판(大阪)에서 15세의 나이로 조선 문사와 주고받은 시와 필담이 『상한훈지(桑韓塤篪)』 권7에 수록되어 있다.

14 전전도통(前田道通) : 전전엽암(前田葉庵, 마에다 요안, 1677~1752). 강호시대 중기의 유의(儒醫). 이름은 시민(時敏), 자는 도통(道通). 경도(京都) 출신. 유학자의 일족인 전전가(前田家, 마에다케)의 시조. 기문학(崎門學)의 개조(開祖)인 산기암재(山崎闇齋, 야마자키 안사이)의 영향 아래 주자학을 익혔다. 1715년 송강(松岡, 마쓰오카) 번주(藩主) 송평창평(松平昌平, 마쓰다이라 마사히라)에게 발탁되어 유관(儒官)이 되었고, 1721년 복정번(福井藩, 후쿠이한)의 유관이 되었다.

국동(菊洞)을 데리고 와 조선의 여러 빈객들과 수응시를 짓고 있었는데, 국동의 나이는 15세였습니다. 무성의 봉서에 대해서는 제가 그 성씨를 상세히 알지 못합니다."

때마침 대마도 서기 우삼씨[15]가 곁에 있어서 곧바로 묻기를, "무성의 봉서는 어떤 사람입니까?[16] 그 성명을 듣고 싶습니다."라고 하였다. 우삼씨가, "성씨는 하구(河口)이고, 이름은 호(皥)이며, 호는 봉서(鳳嶼)입니다. 금년에 17세로 문재가 뛰어납니다. 지금 족하께서는 국동·봉서와 나이도 서로 같고 재주도 서로 비슷해서 국계가 그처럼 말한 것입니다."라고 말하였다.

이에 내가 먼저 붓으로 재빨리 써서 국계에게 "제게 해주신 말씀 기쁘기 그지없습니다."라고 사례하였다.

---

15 우삼씨(雨森氏) : 대마도(對馬島) 서기(書記) 우삼동(雨森東). 우삼방주(雨森芳洲).
16 무성의 봉서는 어떤 사람입니까 : 신유한의 『해유록(海遊錄)』 중(中) 10월 13일 기록에 "성명이 하구호(河口皥)라는 자는 호가 봉서(鳳嶼)라 하였는데, 집이 금룡산(金龍山) 밑에 있어서 사관(使館)과는 가장 가까웠다. 나이 17세에 경서와 역사에 널리 통달하고 각 체(體)의 시와 문을 지음이 뜻과 운치(韻致)가 있었다. 매양 우삼동의 소개로 찾아왔는데 위인이 온화하고 총명하여 묻고 배우기를 좋아하였으므로 나도 권장하여 주고 그가 지은 시를 보고는 평을 하고 수정을 하여 주니, 그는 '세상에 한 글자의 은혜를 잊기 어렵네[世上難忘一字恩]'라는 말로 깊이 감사한 뜻을 표시하였다. 그는 이때부터 밤낮을 가리지 않고 와서 문안하였으며, 소회(所懷)를 써서 보이기를, '백년 세월 속에 오늘날 만났다가 헤어지는 것이 꿈과 같으니, 이생에 어떻게 하면 음성과 안색을 다시 모실 수 있겠습니까.'라고 하였다. 나도 또한 섭섭하고 슬퍼서 몸을 아끼고 잘 있으라는 말로써 위안하고 타일렀다.[有姓名河口皥者號鳳嶼, 家在金龍山下, 最近使館。年十七, 能博通經史, 爲各體詩文, 翩翩有才思。每因雨森東紹介來謁, 爲人溫粹聰慧, 好問求學, 余亦奬詡而進之, 見其詩必加點竄, 渠以'世上難忘一字恩'之語, 惓惓不已。至是晨夜來候, 書示所懷曰: '百年今日, 聚散如夢, 此生何由更奉音顏云云。' 余又悵然, 慰諭以珍重加飡之語。]" 라고 하였다.

다시 전운을 이어 성서기와 장서기께 드리다
再賡前韻, 奉呈成張二書記案下

석헌

수년 동안 나룻가에서 종적을 감추어	數載藏蹤津水頭
문객과 함께 높은 누각에 모이기 어렵더니	難逢文客會高樓
여러 공들 뜻하지 않게 이곳으로 돌아오시니	諸公不計歸斯地
재주 보잘것없지만 함께 수창하여 기쁘구나	才拙還歡共唱酬

다시 석헌의 시에 차운하다
再次碩軒韻

소헌

강물 빛은 들오리 머리보다 푸르고	江色青於野鴨頭
강변의 귤과 유자 높은 누각에 비치네	江邊橘柚映高樓
번화한 땅에서 몇 년 만에 푹 잤던가	幾年睡足繁華地
오늘에야 맑은 놀이로 묵은 빚 갚는구나	今日清遊宿債酬

다시 석헌의 시에 차운하다
再疊碩軒韻

국계

낭화강 물가 좋기도 하구나	好是難波水上頭
제군들 이곳 강 누대에서 전송하네	諸君相送此江樓

외로운 배 내일이면 서쪽 귀로에 오르니 　　　　　孤舟明日西歸路

시편이 있다한들 누가 다시 수창하리오 　　　　　縱有詩篇孰更酬

필어(筆語)

바로잡아주길 청하면서 제술관과 세 분 서기께 드리다
奉呈製述官三書記几下謹請斤正

저의 성은 원(源)이고 씨(氏)는 팔전(八田)이며 이름은 조영(朝榮), 자
는 절양(節養), 호는 정예헌(貞譽軒)[17]입니다.

一. 시자미[18]공이 『칠서강의』[19]와 『군림보감』[20]을 선집(選集)하였는

---

17 팔전조영(八田朝榮, 핫타 초에이) : 강호시대 전-중기의 한시인(漢詩人). 성은 원(源)
　이고, 씨(氏)는 팔전(八田)이며, 이름은 조영(朝榮), 자는 절양(節養), 호는 정예헌(貞譽
　軒)이다. 팔전절옹(八田節翁)이라고도 한다. 팔전석헌(八田碩軒, 핫타 세키켄)의 부친
　이다.

18 시자미(施子美) : 금(金)나라 송삼산(宋三山) 사람이다. 송삼산은 지금 복건성 복주(福
　州)이다. 『칠서강의(七書講義)』 12권을 엮었다.

19 칠서강의(七書講義) : 칠서는 손자(孫子) · 오자(吳子) · 사마법(司馬法) · 위릉자(尉綾
　子) · 삼략(三略) · 육도(六韜) · 당태종이위공문대(唐太宗李衛公問對)를 말한다. 『무경
　칠서강의(武經七書講義)』 · 『시씨칠서강의(施氏七書講義)』라고도 한다. 방효유는 「독삼
　략(讀三畧)」에서 근세 삼산의 시자미가 『강의』를 지어 완곡하게 변석하여 박학함을 드러
　내었지만 그 진위 여부는 말할 수 없다고 하면서 우매 비루하고 무식하여 아동의 견해에
　불과한데 세상에 전해지고 있다고 혹평하였다. [(明)方孝孺, 『遜志齋集』卷四, 「讀三畧」
　: 近世三山施子美, 爲之講義, 曲爲辨釋, 以眩其博, 卒不敢言其爲僞, 其愚陋無識, 特兒
　童之見耳, 而世乃傳而誦之.]

20 군림보감(軍林寶鑑) : 일본에 유입해 들어간 병법서(兵法書) 중 대표적인 것이며 시자

데, 여기에서 시공은 어느 시대 사람입니까? 아는 바가 없습니다.

一.「군림보감서」에 '정우[21] 임오년 상사일 같은 군의 강백호[22] 서함' 이라고 쓰여 있는데, 여기에서 '정우'는 어느 시대 연호입니까? 그 시대를 모르겠습니다.

一. 같은 책「병익편(兵翼篇)」에서「병탄론(兵嘆論)」을 인용하고 있는데, 이것은 어떤 사람이 선한 것입니까? 분명하게 드러나 있지 않습니다. 지금 시정하여 지도해 주신다면 큰 다행이겠습니다.

신학사께서 우삼씨에게 부탁하여 답하기를, "물으신 그 책을 제가 일찍이 보지 못해 억지로 답을 할 수가 없습니다."라고 하였다.

답하다
答

국계

병가의 서적에 대해서는 일찍이 듣지 못했습니다. 또한 그 연호와 그 사람의 시대를 상세히 알지 못합니다. 학식이 많은 사람에게 다시 물어보심이 좋을 듯합니다. 국계가 소헌과 상의하고서는 붓을 들고 이와 같이 썼다.

미가 지은 것으로 알려져 있다.

21 정우(貞祐) : 금(金) 선종(宣宗)의 연호. 1213~12174년.

22 강백호(江伯虎) : 이름은 남강(南江), 자는 군용(君用). 백호(伯虎)는 임금이 하사한 이름. 남송(南宋) 효종(孝宗) 때 무과 급제. 시자미가『시씨칠서강의(施氏七書講義)』를 인행할 때 강백호가 서문을 지어주었다.

제술관과 세 분 서기께 드리면서 깨우쳐주기를 청하다
奉呈製述官三書記案下謹請示諭

석헌

서역사람 신공(神珙)[23]의 『운경(韻鏡)』[24]에 수록되어 있는 동포(東浦) 장인지(張麟之)[25]의 서문에 "비록 학이 울고, 바람이 소리를 내고, 닭이 울고, 개가 짖고, 우레가 귓전을 울리고, 벌레가 눈가를 스치는 것일지라도 모두 풀이할 수 있다. 하물며 사람의 언어에 있어서랴!"라고 하였는데, 제가 자질이 둔하고 어리석어 아직까지 그 풀이를 알지 못하고 있습니다. 바라건대, 필담으로 그 역법(譯法)을 명확히 알려주신다면 매우 다행이겠습니다.

답하다
答

청천

물음에 답하자면, 역법에 대해서는 제가 아는 바가 없습니다. 대체

---

23 신공(神珙) : 당대(唐代) 서역(西域)의 승려. 음운학자(音韻學者). 호는 지음운(知音韻). 『사성오음구롱반뉴도(四聲五音九弄反紐圖)』를 편찬하였다.

24 운경(韻鏡) : 현존 최고(最古)의 운도(韻圖). 대개 오대(五代) 무렵에 나온 것으로 추정하고 있으나, 여기서는 신공(神珙)의 작으로 보고 있다. 남송 영종(寧宗) 가태(嘉泰) 3년(1203년)에 장인지(張麟之)가 교정하여 간행하였다.

25 장인지(張麟之) : 남송인(南宋人). 고종 소흥(紹興) 4년 전후 생으로 추정. 『운경』을 교정하여 간행하였고, 이어 당송절운학사에서 학술적 가치가 있는 매우 중요한 『운감서례(韻鑒序例)』를 편찬하였다.

로 조수와 곤충 등 소리가 나는 것들은 모두 말하는 바가 있을 것입니다. 그러나 옛사람들 가운데 그것을 아는 사람들 또한 적습니다. 마치 제가 귀하의 강토에 들어와 말을 알지 못하는 것과 같은데, 어찌 역법이 있을 수 있겠습니까? 이는 감히 억지로 말할 수 없습니다.

답하다
答

국계

역법을 만약 문자의 소리와 가까운 것으로 말을 한다면 인간의 언어뿐만 아니라 조수의 소리일지라도 유사한 것으로 그것을 구할 수 있을 것입니다. 음성에는 각각 모(母)가 있고 자(子)로 인해 모(母)를 구하게 되니[26] 나누면 알 수 있는 방도가 있을 테지만, 명목의 번쇄함에 이르러서는 이것으로 추단할 수 없습니다. 그 이치가 매우 미묘해서 문자로 상세히 보여 드릴 수 없습니다. 다만 정신으로 회통하고 마음으로 이해해야 합니다. 이 또한 국계와 소헌이 상의한 글이다.

위의 창화와 필담이 끝나자 꺼내온 종이를 드리면서 성(成)·장(張) 두 분 서기께 문자를 써달라고 청하였다. 이에 성서기는 '성(誠)'자 한

---

26 음성에는 각각 모(母)가 있고 자(子)로 인해 모(母)를 구하게 되니[音聲各有其母, 因其子而求其母] : 모음의 분류라기보다는 음성의 분류 근거가 되는 모(母, 기준)를 자(子, 구체적 소리)를 통해 알 수 있다는 의미로 보인다.

자를 썼고, 장서기는 '수신(修身)' 두 자를 썼다. 또한 장서기는 나에게
귤 한 개를 집어 주었다. 즉시 일어나 읍하고 여러 객들과 함께 문을
나섰다.

조선국으로 돌아가는 청천·경목·국계·소헌을 전송하다
奉送青泉耕牧菊溪嘯軒歸朝鮮國

나카 다이혼(中大本)[27]

사절이 동쪽 땅을 하직하고	使節辭東土
머나먼 고국으로 고개 돌리네	回頭故國賒
뜻은 하늘의 북두성을 능가하고	志凌天北斗
그리움은 바다 서쪽가로 드는구나	思入海西涯
가는 길엔 천 겹 물결 일렁이고	行路千層浪
뜬 구름은 만 리 사신 배에 있네	浮雲萬里槎
공훈과 명성 만약 견준다면	勳名如可比
박망후[28] 또한 무엇을 더하리	博望亦何加

---

27 중대본(中大本, 나카 다이혼) : 강호시대 전-중기의 한시인(漢詩人). 1719년 통신사행
때 조선의 제술관 신유한(申維翰), 서기 강백(姜栢)·성몽량(成夢良)·장응두(張應斗)
등과 수창하였다.

28 박망후 : 박망후(博望侯)는 장건(張騫)의 봉호(封號). 장건은 사신으로 서역에 갔다가
대성공을 거둔 뒤 돌아와 태중대부(太中大夫)가 되었고 뒤에 박망후에 봉해졌다.

중대본께서 부쳐주신 시에 화답하다
奉和中大本惠寄韻

청천 신학사

새 시편에 객정을 그리는데	新篇畫客意
고운 소리 멀리서 들려오네	姸響聽來賒
고국은 뜬 구름 너머에 있고	故國浮雲外
편주는 해 돋는 물가에 있구나	扁舟浴日涯
눈발은 새로 난 백발에 더해지고	雪添新鬢髮
봄기운 묵은 매화 나뭇가지에 드네	春入舊梅槎
아직도 시 읊조리는 버릇이 있어	尙有吟詩癖
그대 생각에 시흥 다시 더해지네	懷君興復加

대본께서 주신 시에 수응하다
奉酬大本惠贈韻

경목자

섣달이라 매화꽃들 여기저기 피어	臘月叢梅散
강남의 새해 풍경 넉넉하구나	江南歲色賒
헛된 이름 바다 밖에 전해지니	虛名傳海外
단검 찬 채 하늘가에 머물러 있네	短劍滯天涯
불사약 캐러 온 진나라 객[29]을 만나고	採藥逢秦客

---

29 불사약 캐러 온 진나라 객[採藥逢秦客] : 진시황(秦始皇) 때에 방사(方士) 서불(徐市)
  이 불사약(不死藥)을 구하기 위하여 동남동녀(童男童女) 5백 명(혹은 3천명)을 데리고

시를 지으며 사신이 탄 배[30]에 누워 있네   題詩臥漢槎

고맙구려, 그대 맑고 빼어난 언사로   感君淸絶語

진중하게 식사 잘했는지 살펴주어서   珍重觀餐加

대본께서 부쳐주신 시에 차운하다
奉次大本見寄韻

국계 장필문

파도에 놀라 배는 쉬이 머무는데   波驚舟易滯

주머니 비어 술 사기 어렵구나   囊罄酒難賒

고국은 하늘 너머로 희미하고   故國迷天外

돌아갈 길 바다 끝 아득하도다   歸程杳海涯

높은 산 구름은 단검을 따르고   嶠雲隨短劍

모래밭 달빛은 외로운 배 곁을 비추네   沙月傍孤槎

그대가 준 새로 지은 시편   賴子新篇贈

높이 읊으니 흥취 더욱 더해지네   高吟興轉加

동해의 삼신산(三神山)으로 들어갔다는 기록이 있다.

30 사신이 탄 배[漢槎] : 한(漢) 무제(武帝) 때 장건(張騫)이 사명(使命)을 받들고 서역에 나갔던 길에 뗏목을 타고 황하의 근원을 거슬러 올라가다가 은하에 당도했다는 전설에서 온 말이다.

대본께서 보여준 시에 화답하다
肅和大本惠示韻

소헌 성여필

절기는 삼동이 지나려는데	節序三冬盡
왕사의 노정은 만 리나 아득하네	王程萬里賒
몸은 바다 밖 부상에서 노닐지만	身遊桑海外
집은 한강가에 있다오	家在漢江涯
비바람 속에 용이 서린 쌍검이요	風雨龍雙劒
거문고 서책에 달빛 어린 사신 배라	琴書月一槎
맑은 시 나를 일깨워	清詩能起我
도도한 흥취 한껏 더하는구려	老興十分加

조선으로 돌아가는 소헌·국계를 전송하다
奉送嘯軒菊溪歸朝鮮

삼촌친신(三村親信)[31]

먼 이방 길 마다하지 않고	不厭殊方遠
왕명 받든 일편단심 변함없네	丹心奉命堅
동도 관문 백이관[32]	東都關百二

---

31 삼촌친신(三村親信, 미무라 치카노부) : 강호시대 전-중기의 한시인(漢詩人). 1719년
통신사행 때 서기(書記) 성몽량(成夢良)·장응두(張應斗) 등과 수창하였다.

32 백이관(百二關) : 난공불락(難攻不落)의 요새지. 옛날 진(秦)나라 땅이 험고(險固)하여
2만 인으로 제후의 백만 군대를 막을 수 있다[秦得百二焉]는 말에서 유래하였다. (『史記』
「高祖本紀」)

서해 객로 삼천리 　西海路三千

사족 평민들 사신 깃발 맞이하고 　士庶迎文旆

생황 노랫소리 그림배 전송하네 　笙歌送畫船

지나는 곳마다 명승지일 테니 　經過皆勝地

시 몇 편은 지을 수 있으리 　題得幾詩篇

삼촌공의 시에 화운하다
奉和三村公惠韻

성소헌

사신 배 만 리나 건너와 　星槎來萬里

양국의 맹약 이미 굳건해졌네 　兩國已盟堅

계절은 국화 피는 구월이 지났고 　節過黃花九

객수는 천 가닥 백발을 더하는구려 　愁添白髮千

밤중 대청에서 촛불에 눈금 그어 시 짓고[33] 　夜堂常刻燭

바람 부는 포구에는 오래도록 배 묶여 있지 　風浦久藏船

신선 거처 어느 곳인지 물으니 　仙居問何處

학이 영중의 시편[34]을 날라오는구나 　鶴帶郢中篇

---

33 촛불에 눈금 그어 시 짓고[刻燭] : 각촉부시(刻燭賦詩)의 준말. 초에 눈금을 그어 놓고 촛불이 눈금까지 타들어 가는 동안에 민첩하게 시를 짓게 하는 놀이나 시험.

34 영중의 시편[郢中篇] : 영중은 옛날 초(楚)나라의 수도. 영중의 시편은 수준이 높은 시를 뜻하며 흔히 상대방의 시를 찬양하는 뜻으로 쓰인다.

상관에서 바람에 막혀 삼촌공께서 부쳐주신 시에 차운하다
阻風上關奉次三村公見寄韻

부쳐주신 시편이 아려(雅麗)하고 정절(精切)하며 사랑스럽고 음미할 만하여 차마 손에서 놓을 수가 없었습니다. 사신 배가 동쪽으로 향하던 날 어찌 찾아주지 않으셨는지요? 시를 보면서도 시 지은 사람을 볼 수 없어 유난히 슬펐습니다.

국계 장필문

나그네 사행 길 오래 체류하다보니	旅人行久滯
추운 밤 지새는 것도 견딜 만하구려	寒夜坐猶堅
수많은 구멍에서 어지러이 만 갈래 바람 불고[35]	衆竅紛吹萬
먼 길 아득히 천 리나 떨어져 있구나	脩程杳隔千
근원을 찾은 한나라 사신과 같으나	窮源同漢使
약초 캐러 온 진나라 배와는 다르다오	採藥異秦船
다만 마음을 위로할 만한 게 있으니	獨有寬心處
시선께서 주신 아름다운 시편이라오	詩仙惠綺篇

---

35 수많은 구멍에서 어지러이 만 갈래 바람 불고[衆竅紛吹萬] : 『장자(莊子)』「제물론(齊物論)」에 "거대한 흙덩어리가 기운을 내뿜으니, 그 이름을 바람이라 하고, 이것이 일어나지 않으면 그만이나 일단 일어났다 하면 일만 개의 빈 구멍들이 성내어 울부짖기 시작한다.[夫大塊噫氣, 其名爲風, 是唯無作, 作則萬竅怒呺。]"라는 구절이 있다.

조선국으로 돌아가는 소헌을 전송하다
奉送嘯軒歸朝鮮國

하간견륭(河間見隆)

기자의 나라 어찌 그리 먼지	箕邦何太遠
아득히 먼 봉호³⁶에서 뵈었네	迢遞接蓬壺
그 당시 성현을 봉하였으니	當日從封聖
유풍으로 선비 숭상함 알겠네	遺風解貴儒
학문은 일찍이 장서각³⁷ 찾을 정도요	學曾探二酉
재주는 다시 삼도부³⁸를 지을 만했지	才更賦三都
모과를 바치니 그대 웃지 마시고	瓜獻君休笑
한 차례 주옥같은 시로 보답해 주시게³⁹	瓊瑤報一圖

---

36 봉호(蓬壺) : 동해 바다 가운데 신선이 살고 있다는 삼신산(三神山) 가운데 하나인 봉래산(蓬萊山)을 말한다.

37 장서각[二酉] : 이유(二酉)는 대유(大酉)·소유(小酉)라는 두 산(山)으로, 이곳에 수천 권의 책이 있었다는 고사에서 장서각(藏書閣)을 뜻하는 말이 되었다.

38 삼도부(三都賦) : 진(晉)나라 좌사(左思)가 지은 〈촉도부(蜀都賦)〉·〈오도부(吳都賦)〉·〈위도부(魏都賦)〉를 말한다. 각 도읍의 풍물(風物)을 읊은 것으로, 낙양(洛陽)의 지가(紙價)를 올렸다고 한다.

39 모과를 바치니 …… 보답해 주시게[瓜獻君休笑, 瓊瑤報一圖] : 모과는 보잘것없는 것을, 경요는 아름다운 옥을 가리킨다. 『시경』「위풍(衛風)」〈모과(木瓜)〉에 "값싼 모과를 내게 주기에, 값진 옥으로 보답했노라.[投我以木瓜, 報之以瓊琚。]"라고 한 데서 유래하였다.

멀리서 견륭공께서 보내주신 시에 화답하다
遙和見隆公寄來韻

성소헌

들건대 낭화가에는	聞說難波上
은자가 옥호에 은거하고 있다지	幽人隱玉壺
행적이 고상하여 속인의 허물이 없고	跡高無俗累
문장이 성하여 순정한 선비임을 알겠네	文蔚認醇儒
객로에 훌륭한 그대[40] 만나지 못하고	客路違荊面
돌아가는 배 한양을 향하는구려	歸帆指漢都
바람 맞으며 거슬러가는 물길 바라보니	臨風但瞻遡
물 속 달빛 부도처럼 누워있네[41]	水月臥浮圖

장춘당(長春堂) 축산용안(築山龍安)[42]

---

40 훌륭한 그대[荊面] : 형면은 장자(長者)의 덕을 갖추어 후배들로부터 존경을 받는 훌륭
한 인물을 뜻한다. 형주의 장사(長史)로 있던 한조종(韓朝宗)에게 보낸 이백(李白)의 편
지 「여한형주서(與韓荊州書)」에 "살아서 만호후(萬戶侯)에 봉해지는 것보다도, 한 형주
를 한 번 만나 보는 것이 소원이다."라는 말에서 유래하였다.

41 물 속 달빛 부도처럼 누워있네[水月臥浮圖] : 소식의 〈10월 15일 황루의 석상에서 달을
보며 차운하다[十月十五日觀月黃樓席上次韻]〉 시 "산 아래 흰 구름 한 필 포목처럼 비끼
어 있고, 물속의 밝은 달 부도처럼 누워있네[山下白雲橫匹素, 水中明月臥浮圖。]"라는
시구에서 나왔다.

42 장춘당(長春堂) 축산용안(築山龍安) : 축산난계(築山蘭溪, 쓰키야마 란케이). 강호시
대 전-중기의 의원 겸 한시인(漢詩人). 성은 축산(築山), 이름은 극수(克脩), 자는 용안
(龍安), 별호는 난계(蘭溪) 혹은 장춘당(長春堂)이다. 낭화인(浪花人, 오사카)이고, 집안
대대로 의술에 종사하였다.

○ 조선학사 신청천과 서기 강추수·장국계·성소헌께 드리다
敬呈朝鮮學士申靑泉及書記姜秋水張菊溪成嘯軒諸君案下

난계

올해 사신 배 바다 동쪽에 이르러	今歲乘槎到海東
자리에서 한 차례 모시는데 뜻이 먼저 통하네	一陪案下意先通
보아하니 사부는 당시 무리들을 뛰어 넘고	更看詞賦超時輩
부럽게도 재주와 명성 세상 영웅 중 으뜸일세	須羨才名冠世雄
두 나라 모두 태평성대라고 칭할 만하고	兩國共堪稱聖代
여러 현인들 원래 절로 고풍이 있었지	群賢元自有高風
이날 시 짓는 자리에서 상봉하였지만	騷壇此日相逢處
옥수와 갈대[43] 어찌 함께 할 수 있으랴	玉樹蒹葭爭得同

○ 난계께서 보내준 시에 수응하다
奉詶蘭溪惠贈

청천

해 솟는 부상, 큰 바다 동쪽	扶桑日出大溟東
청산의 그림 같은 누각 상쾌하구나	畫閣靑山爽氣通
만고의 안개 노을은 봉래도 풍경이요	萬古烟霞蓬島色
제공들 시부는 남쪽 고을에서 으뜸이라	諸公詩賦楚鄕雄

---

43 옥수와 갈대[玉樹蒹葭] : 겸(蒹)과 가(葭)는 하찮은 수초(水草) 이름이고, 옥수(玉樹)
는 신선 나무이다. 주로 전자는 자신을 낮추는 겸사로, 후자는 상대방을 높이는 말로 사용
한다.

그대 만나 밝은 달빛 속에 어우러지니	相逢玉樹交明月
마침내 거문고 줄 저녁바람에 울리네	遂有朱絃響晚風
온세상 태평한 천 년의 시모임	天地太平千載會
두 나라 풍속 기리는 노랫소리 같구나	兩邦謠俗頌聲同

난계의 시에 수응하다
奉詶蘭溪

경목자

우연히 선객을 찾아 하늘 동쪽에 드니	偶尋仙客入天東
가고 또 가도 은하수 한 길로 통하는구나	去去銀河一路通
호방한 선비라, 나는 회해의 기개[44]에 부끄러운데	豪士我慚淮海氣
새로운 시로 그대 동정의 웅걸과 대적할 만하지	新詩君敵洞庭雄
가을 깊은 해안 절벽, 밤에 배를 멈추고	秋深絶岸停舟夜
기러기 나는 높은 누각, 바람에 모자 떨어지네[45]	鴈度高樓落帽風
나그네 수심 없애는 데는 술뿐인데	除却羈愁唯有酒

---

44 회해의 기개[淮海氣] : 매인 곳이 없이 마음이 호쾌하고 뜻이 원대한 기개. 회해(淮海)
는 강해(江海) 혹은 호해(湖海)와 같은 뜻. 삼국시대 위(魏)나라 진등(陳登)이 허사(許汜)
의 방문을 받았을 때, 말 상대도 해 주지 않고 본인은 높은 침상 위에서 자고 허사는
낮은 곳에 눕게 하였는데, 뒤에 허사가 유비(劉備)와 얘기하면서 "陳元龍湖海之士, 豪氣
不除。"라고 불평했던 고사가 있다. (『삼국지(三國志)』 권7)

45 바람에 모자 떨어지네[落帽風] : 진(晉)나라 환온(桓溫)이 중구일(重九日)에 여러 막료
(幕僚)를 데리고 용산(龍山)에 올라 연회할 때 바람이 불어 맹가(孟嘉)의 모자를 떨어뜨
렸으나 흥취가 도도해진 그는 전혀 알지 못한 채 여느 때처럼 행동했다고 한다. (『진서(晉
書)』 「맹가열전(孟嘉列傳)」)

오늘 저녁 하늘가에서 다행히 함께 하였네   天涯今夕幸相同

○ 난계께서 지어주신 시에 차운하다
奉次蘭溪惠贈韻

국계

달빛 밝은 뗏목[46] 해 돋는 동쪽 가로질러   貫月槎横浴日東
선린의 이웃 사신들 이에 서로 통하였네   善隣冠盖此相通
다행히 고상한 선비 만나 옷깃 나란히 하였고   幸逢高士聯襟至
기쁘게도 기이한 재사 만나보니 절대 영웅일세   喜見奇才絶代雄
삼신산 안개 속에 누각 그림자 흔들리고   樓閣影搖三島靄
추구월 바람에 감귤 향기 진동하네   橘柑香動九秋風
알겠구나, 이 모임 세상에서 드문데   方知兹會塵間少
두 나라 시인들 한 자리에 모였음을   兩國詞人一席同

○ 난계의 시운에 화답하다
奉和蘭溪韻

소헌

조선과 일본은 바다 서쪽과 동쪽이라   箕邦日域海西東

---

46 달빛 밝은 뗏목[貫月槎] : 요(堯) 임금이 위(位)에 오른 지 30년에 뗏[槎]가 서해(西海)
에 떠올랐는데, 뗏 위에 빛이 있어 밤에는 밝고 낮에는 꺼지므로 '관월사'라 이름하였고,
또 괘성사(卦星槎)라 일렀다고 한다. (『습유기(拾遺記)』)

만 리 이웃과 수교하여 사신 통하였네	萬里修隣使者通
신선산에 가 약초 구하나 싶었는데	擬向仙山求藥草
기꺼이 시인묵객들 좇아 영웅호걸 알았네	喜從騷墨識豪雄
모쪼록 부상에서 나는 한 말 술로	好將一斗扶桑酒
중양절 함께 취해 바람에 모자 떨어뜨리네	共醉重陽落帽風
마주하여 언어 다르다고 꺼리지 마시게	相對莫嫌言語異
환히 빛나는 마음[47]은 본래 같다오	炯然靈府本來同

○ 다시 전운을 써서 경목자·국계·소헌 세 분 서기께 감사하다
再步前韻奉謝耕牧子菊溪嘯軒三書記

난계

조선과 일본은 각각 서쪽과 동쪽	雞林鼇嶽各西東
푸른 바다 망망한데 나그네길 통했다오	碧海茫茫客路通
배 그림자 이미 천 리 먼 길 지나왔으니	帆影已經千里遠
필봉으로 만인 가운데 으뜸이 되었으리	筆鋒須作萬夫雄
시의 원천 흘러나와 새로운 시구 많고	詞源流出多新句
예법은 예로부터 고풍이 있었다네	禮法從來有古風
방금 이곳에 도착한 그대들 만났는데	賴值諸君今到此
옛 벗과 한 자리에 모여 있는 듯했소	交場便與舊知同

---

47 마음[靈府]: 영대(靈臺)와 같으며, 마음이나 정신을 뜻한다.

○ 다시 난계에게 수응하다
再奉詶蘭溪

경목자

대판의 번화함은 일본에서 으뜸인데	大坂繁華擅日東
평평한 호수 일대, 바다 조수와 통하네	平湖一帶海潮通
주렴과 비단 장막 집집마다 걷어 올렸고	珠廉繡幕家家捲
분칠한 성첩과 높은 누각은 면마다 웅장하네	粉堞層樓面面雄
흰 배에서 오랫동안 천 리의 객이 되었는데	白舫久爲千里客
노란 국화는 추구월 바람에 또다시 피었구나	黃花又發九秋風
객지라서 서글퍼 온갖 시름 밀려오지만	客中憭慷多愁緒
술잔 앞에서 그대들과 함께하니 기쁘구려	喜得樽前數子同

○ 다시 난계의 시에 차운하다
疊次蘭溪韻

소헌

대판성의 아름다움 부상 동쪽에서 으뜸인데	坂城佳麗冠桑東
구비 진 잔잔한 호수는 사방으로 통하네	宛轉平湖十字通
수많은 백성들 임치읍[48]처럼 성하고	萬戶人民淄邑盛
하늘에 솟은 누각 악양루[49]처럼 웅장하네	半天樓閣岳陽雄

---

48 임치읍[淄邑] : 치읍은 임치읍(臨淄邑) 혹은 임치성(臨淄城)이라고도 한다. 중국 고대
　제(齊)나라의 수도(首都)로 산동성(山東省) 치박시(淄博市) 동북부에 있다.
49 악양루(岳陽樓) : 악양루는 호남성(湖南省) 악양현(岳陽縣)에 있는 누각으로 이곳에서

영롱한 귤과 유자 가을빛을 머금었고
아스라한 생황 가락 저녁 바람결에 들리네
먼 길손 난간에 기대 시흥이 넘치는 듯
맑은 술 신선들과 기쁘게 마시네

玲瓏橘柚含秋色
縹緲笙歌落晚風
遠客憑欄詩興足
淸樽喜與列仙同

○ 다시 전운을 써서 난계에게 드리다
再疊前韻奉呈蘭溪詞案

국계

섭양50의 기이한 경치 부상 동쪽에서 으뜸인데
바다 길손 태운 돛단배 만 리에 통하였네
팽려호51의 구름안개와 승경 견줄 만하고
항주의 누대와 웅장함 다툴 만하구나
나는 듯한 창은 밤에 오두52의 달빛 들이고
탁 트인 누각은 아침에 학 등의 바람 머금었네
지금은 바로 국화 핀 좋은 시절인데
또다시 어엿한 선비 만나 함께 수창하네

攝陽奇景甲桑東
海客帆檣萬里通
彭蠡雲煙堪較勝
杭州臺樹可爭雄
飛窓夜納鼇頭月
快閣朝含鶴背風
正是黃花好時節
又逢佳士唱酬同

동정호(洞庭湖)를 한눈에 내려다 볼 수 있다.
50 섭양(攝陽) : 일본 행정구역상 기내(畿內)의 섭진(攝津).
51 팽려호(彭蠡湖) : 중국 강서성(江西省) 양자강(揚子江) 중류 남쪽에 있는 파양호(鄱陽湖).
52 오두(鼇頭) : 동해 바다의 삼신산을 떠받치고 있는 거대한 황금자라의 머리. (『열자(列子)』「탕문(湯問)」)

필어(筆語)

삼가 묻다
謹問

난계

의국(醫國)의 존호는 어떻게 되십니까?

답하다
答

서초(西樵)[53]라고 합니다. 그대의 성명은 어떻게 되는지요?

답하다
答

난계

제 성은 축산(築山)이며 이름은 극수(克脩)입니다. 자는 용안(龍安)이고 별호는 난계(蘭溪)이며 장춘당(長春堂)이라고도 합니다. 낭화인(浪花人)입니다. 집안 대대로 의술을 업으로 삼고 있습니다.

---

53 서초(西樵) : 1719년 통신사행 때 의원 백흥전(白興銓)의 호. 조선 후기의 의관(醫官). 자는 군평(君平). 1722년 부사과(副司果)를 제수 받고 대전(大殿)의 진료에 참여하는 등 사행을 다녀온 직후 경종대(1720~1724)에 최고 전성기를 구가하였다. 그 후 1728년 노령으로 관직을 그만둘 때까지 어의(御醫)로서 활동하였다.

말하다

曰

서초

제 성은 백(白)이고 이름은 흥전(興銓)입니다. 거칠게나마 의방서(醫
方書)를 읽었습니다. 장쾌한 유람을 하기 위해 왔는데 지금 그대의
맑은 풍모를 받들게 되어 매우 기쁘고 영광스럽습니다. 의술[54]에 관
한 법을 알고 계신다기에 더욱더 만나 뵙고 싶었습니다. 새로 시를
지어 주시면 좋겠습니다.

○ 석상에서 지어 서초 의국께 드리다

席上走呈西樵醫國

난계

멀리 계림에서 섭양까지 오셨으니	遠自雞林到攝陽
신통한 의술 당할 자 뉘 있으랴!	通神醫術有誰當
주머니 지니고 천 리 지나오셨으니	一囊携去經千里
새로운 시와 신비한 처방 쌓였겠지	貯得新詩與秘方

---

54 의술[岐黃] : 기황(岐黃)은 기백(岐伯)과 황제(黃帝). 기백과 황제가 문답한 것이 의경
(醫經)이 되었고, 의술의 시조로 추앙되고 있다.

○ 난계께서 보여주신 시에 차운하다
奉次蘭溪惠示韻

서초

돈독한 만남[55]으로 어느새 석양 무렵 　　　　客榻逢迎到夕陽

고담준론은 백금으로도 당하기 어렵네 　　　　高談難把百金當

기백과 황제의 신통한 의술 그대 묻지 마오 　　岐黃神術君休問

마음의 근원을 깨끗이 씻는 게 묘방일세 　　　淨洗心源是妙方

아뢰다
稟

난계

보잘것없는 시를 지어드렸는데 황공하게도 화운시를 주셔서 몹시도
소중한 선물이 되겠습니다. 붉은 인장을 찍어주셨으면 합니다.

답하다
答

서초

깊은 곳에 두었으니 끝나는 대로 바로 드리겠습니다.

---

55 돈독한 만남[客榻] : 객탑(客榻)은 후한(後漢) 때 진번(陳蕃)이 예장(豫章) 태수로 있을
적에 서치(徐穉)를 위해서 특별히 의자 하나를 만들어 놓고, 그가 올 때만 내려놓았다가
그가 돌아가면 다시 올려놓았다는 고사가 전한다. 보통 현사를 예우하는 뜻이나 빈주(賓
主) 간의 돈독한 정의(情誼)를 나타낼 때 쓰는 표현이다.

묻다
問

난계

귀국에서 사용하고 있는 『상한론(傷寒論)』[56]과 관련된 주소(註疏)로는
어떤 서적이 있습니까?

답하다
答

서초

상한 처방으로 장중경(張仲景)[57]에게 『금궤옥함(金匱玉函)』[58]이라는
책이 있고, 왕숙화(王叔和)[59] · 성무기(成無己)[60] · 도화(陶華)[61] 등 여러

---

56 상한론(傷寒論) : 동한(東漢) 말 장중경(張仲景)이 찬한 『상한잡병론(傷寒雜病論)』 가운
데 후인들이 감기나 열병처럼 추위로 인해 생기는 병의 치료법을 모아 놓은 의서이다.

57 장중경(張仲景) : 동한(東漢) 말년 대략 150~219년 사이의 저명한 의학자 장기(張機)
를 가리킨다. 의성(醫聖)으로 불렸으며, 일찍이 장사(長沙) 태수를 지낸 적이 있어서 장
장사(張長沙)라 불리기도 한다. 의방(醫方)을 광범위하게 수집하여 『상한잡병론(傷寒雜
病論)』를 지었는데, 이 저작은 의술 발전에 획기적인 공헌을 하였고, 후학들에게도 지대
한 영향을 끼쳤다.

58 금궤옥함(金匱玉函) : 장중경의 상한(傷寒) 관련서 『금궤옥함요약방(金匱玉函要略
方)』 3권을 말한다. 상권은 상한에 대해 변석해 놓았고, 중권은 잡병을 논하였으며, 하
권은 그 처방전을 실어 놓았다.

59 왕숙화(王叔和, 210~280) : 이름은 희(熙). 위진시대 저명한 의학자이면서 의서 편찬
자. 맥학(脈學) 연구로도 유명하다. 왕숙화는 장중경의 의학사상과 그의 저서 『상한잡병
론(傷寒雜病論)』의 가치를 계승, 새롭게 『상한론(傷寒論)』과 『금궤요약(金匱要略)』으로
나누어 재편하였다. 저서로 『맥경(脈經)』이 있다.

60 성무기(成無己, 1063~1156) : 금인(金人). 장중경이 찬(撰)하고 왕숙화가 편(編)한 의

사람들이 연구하여 밝힌 것이 있는데, 그것을 한 책으로 묶어『상한
전서(傷寒全書)』[62]라고 하였습니다. 저는 이 책을 읽었을 뿐입니다.

말하다
曰

난계

저희 나라 또한 그렇습니다. 근세 들어 배에 싣고 온 것으로 유창(兪
昌)[63]의『상론편(尚論編)』[64]·정응모(程應旄)[65]의『후조변(後條辨)』[66] 등

서를 주해하였다. 주해서로『상한론주해(傷寒論注解)』10권과 저서『명리론(明理論)』이
있다.

61 도화(陶華, 1369~1463) : 명대(明代)의 의학자. 자는 상문(尚文), 호는 절암(節庵).
의술에 조예가 깊고, 특히 장중경의『상한론(傷寒論)』을 정치하게 연구하였다. 저서로
『상한쇄언(傷寒瑣言)』·『상한명리속론(傷寒明理續論)』·『도씨가비(陶氏家秘)』등 수많
은 의서가 있고, 또 뒤에『상한전서(傷寒全書)』5권과『상한전생집(傷寒全生集)』4권을
찬하였다.

62 상한전서(傷寒全書) : 장중경이 찬(撰)하고, 진(晉)나라 왕숙화가 보편(補編)하고, 금
(金)나라 성무기가 주해(註解)한 의서를 뒤에 도화가 다시 찬한 명나라 의서이다.

63 유창(兪昌, 1585~1664) : 명말청초의 유명한 의학자. 자는 가언(嘉言), 호는 서창노인
(西昌老人). 저서로는『상론편(尚論編)』·『우의초(寓意草)』·『의문법률(醫門法律)』등
이 있다.

64 상론편(尚論編) : 유창(兪昌)이 지은 의학서『상한상론편(傷寒尚論編)』을 말한다.

65 정응모(程應旄) : 청초(清初)의 의학자. 자는 교천(郊倩). 장중경의 학설을 추승하여
유명한「상한론조변(傷寒論條辨)」을 남겼다. 그 밖의 저서로『상한론후조변(傷寒論後條
辨)』이 있다.

66 후조변(後條辨) : 정응모의『상한론후조변(傷寒論後條辨)』을 말한다.『상한론후조변
직해(傷寒論後條辨直解)』라고도 한다. 1670년에 편찬하였고, 총15권으로 예(禮)·악
(樂)·사(射)·어(御)·서(書)·수(數) 6집으로 구성되어 있다.

과 그밖의 제가들이 저술한 책 수십 종이 있습니다. 의국께서는 아직 보지 못하셨습니까? 또 묻기를, "부인과에는 어떤 책이 있습니까?"

답하다
答

서초

우리나라에는 『부인양방(婦人良方)』[67]이 있어 이 책을 읽었을 뿐입니다. 제가 물길을 따라 사행하던 중 크게 다친 증세가 있어 그다지 필체가 정교하지 못합니다. 족하께서 맥을 짚어보시고 증세를 파악하여 마땅한 약제를 짓도록 명하신다면 얼마나 감사하겠습니까?

내가 이때 서초 의국의 맥을 짚어보았다.

말하다
曰

난계

제가 맥을 짚어보니 약하면서도 느립니다. 이른바 물길을 따라 사행

---

67 부인양방(婦人良方) : 송나라 진자명(陳自明)이 1237년에 편찬한 부인병 관련 의학서. 전24권. 『부인양방대전(婦人良方大全)』・『부인대전양방(婦人大全良方)』・『부인양방집요(婦人良方集要)』라고도 한다.

하던 중 습기로 병이 났으니 습(濕)을 제거하는 조제약을 복용하시면 됩니다.

아뢰다
稟

난계

'장춘당(長春堂)'을 안진경체(顔眞卿體)로 써주셨으면 합니다.

말하다
曰

서초

글씨는 비록 보잘것없지만 이처럼 열심히 구하시니 만약 큰 붓과 넓은 종이를 주신다면 뜻을 받들지 않을 수 있겠습니까?

답하다
答

난계

관소 안에 어찌 큰 붓과 넓은 종이가 없겠습니까만, 잠시 훗날을 기약하지요. 대신 아름다운 시를 지어주신다면 어떠실지요?

○ 다시 전운을 써서 난계에게 드리다
走疊前韻, 仍呈蘭溪詞案

서초

객지에서 아름다운 중양절이 가까워	客中佳節近重陽
새 시 지으니 한 바탕 웃어주시길	爲寫新詩一笑當
바다 산 뱃길 사행으로 묵은 병 더하니	舟楫海山添宿疾
주머니 열어 훌륭한 처방 아끼지 마오	開囊莫惜惠珍方

아뢰다
稟

난계

오늘은 너무 늦었습니다. 내일 화답해 드리지요.

답하다
答

서초

내일 아침 이곳으로 와주십시오.

대마도 우삼형에게 아뢰다
稟對州雨森兄

난계

방주(芳洲)라는 호는 어디에서 근거한 것입니까?

방주

그대는 내 호를 듣고 무엇 하시려 하오   君聞我號欲何爲

방주에서 두약을 캐는[68] 초사를 배우려네   杜若芳洲學楚詞

난계

천고의 국풍과 이소 지금 사라졌는데   千古風騷今掃地

홀로 깨어[69] 세상 사람들 의심 도맡았네   獨醒一任世人疑

○ 방주께 드리다
走呈芳洲席上

난계

술잔 앞 담소 이미 무르익어   樽前談已熟

---

68 방주에서 두약을 캐는[杜若芳洲] : 두약(杜若)은 향초(香草)의 이름인데, 초사(楚辭) 구가(九歌) 〈상군(湘君)〉에, "향기로운 물가에서 두약을 캐어, 장차 저 하녀에게 주리다. [采芳洲兮杜若, 將以遺兮下女。]"라고 한 데서 온 말이다.

69 홀로 깨어[獨醒] : 굴원(屈原)의 〈어부사(漁父辭)〉에 "온 세상이 모두 탁한데 나 홀로 맑고, 사람들 모두 취했는데 나만 홀로 깨어있네.[擧世皆濁, 我獨淸; 衆人皆醉, 我獨醒。]" 라고 하였다.

나도 모르게 오래 앉아있었네	不覺坐來長
객로는 여전히 가을 빛 띠었고	客路猶秋色
강성은 마침 석양빛 물들었네	江城正夕陽
삼한 모두 그대의 덕 숭앙하여	三韓皆仰德
백세토록 꽃향기 전하리니	百世可流芳
가는 곳마다 글 짓는 모임	到處文章會
고향 생각 잊을 수 있으리라	鄉愁須得忘

○ 동도로 가는 신공·강공·장공·성공과 작별하다
別申公姜公張公成公之東都

난계

빙문의 예 얼마나 도타운가	聘禮一何厚
멀리 물길과 산길 지나왔네	遙經水與山
술동이 가득 북해를 기울이고[70]	滿樽傾北海
만 리 동도 관문을 향하네	萬里向東關
나그네길 추구월인데	客路九秋至
행장은 며칠이면 돌아오려나	行裝幾日還
오늘 아침 하구에서 이별하며	今朝河口別
웃는 얼굴 다시 기약할 뿐	只約再開顔

---

70 술동이 가득 북해를 기울이고[滿樽傾北海] : 북해준(北海樽)을 염두에 둔 표현이다. 한나라 북해태수(北海太守) 공융(孔融)이 늘 말하기를, "자리 위에 손님이 항상 가득하고, 술통 속에 술이 늘 비지 않았으면 한다."라고 하였는데, 주인이 손님을 좋아하여 잘 대접한다는 의미이다. (『후한서(後漢書)』「공융전(孔融傳)」)

○ 조선으로 돌아가는 학사 청천, 서기 추수·국계·소헌 네 분 선생을 전송하다. 3수
送學士青泉書記秋水菊溪嘯軒四先生還朝鮮三首

난계

낭화 물가에서 돌아가는 배 멀리 전송하는데	歸帆遠送浪花湄
이별 길 아득하여 두 줄기 눈물 드리우네	別路悠悠雙淚垂
바다 밖이라 다시 만날 길 없으니	海外無緣再相遇
훗날 꿈속에서나 기약해야 하리	他時當向夢中期

기이(其二)

난파교[71] 너머로 큰 강 흐르는데	難波橋外大江流
한 해 저무는 하늘가에서 객선을 보내네	歲晏天涯送客舟
훗날 천 리 꿈속에서 그리울 때면	他日相思千里夢
들보 비추는 달빛[72]에 수심 얼마나 일까	屋梁落月幾生愁

기삼(其三)

| 섭양성 밖에서 돌아갈 길손들 보내는데 | 攝陽城外送歸裝 |
| 끝없이 넓은 바다 다시 아득하구나 | 萬里滄波更渺茫 |

---

71 난파교(難波橋) : 대판성에 있는 다리. 대판을 낭화(浪花)·낭화(浪華)·낭속(浪速)· 난파(難波)라고도 한다.

72 들보 비추는 달빛[屋梁落月] : 멀리 떨어져 있는 사람을 생각하며 추억에 잠길 때 쓰는 표현. 두보의 〈몽이백(夢李白)〉이라는 시에 "지는 달이 들보 가득히 비추니, 그대의 밝은 안색 보는 듯.[落月滿屋梁, 猶疑見顔色。]"이라는 시구에서 유래하였다. (『두소릉시집(杜少陵詩集)』 권7)

| 오늘 밤 급하게 멀리 이별하지만 | 此夕匆匆遠離別 |
| 훗날 고개 돌려 바라보며 잊지 마오 | 他時回首莫相忘 |

제가 고귀한 분들을 응접하게 된 것은 실로 천 년만의 기이한 만남이었습니다. 하물며 또한 외람되이 주옥같은 화답시를 받게 되었으니 저에게 이보다 큰 광영이 없었습니다. 이치상 마땅히 예를 갖추고 이별해야 하건만 관에서 어찌나 엄하게 금하던지 보잘것없는 시로 정중히 전송할 뿐입니다.

○ 장춘당 난계께서 부쳐주신 이별시에 화답하다
奉和長春堂蘭溪見寄別詩

청천

강물 서쪽 물가에 노로가[73] 한 곡조	勞歌一曲水西湄
관청 성곽 서리 차가운데 귤과 유자 드리웠네	官郭霜寒橘柚垂
알겠도다, 주현으로 별학조[74] 연주하니	解道朱絃調別鶴

---

73 노로가(勞勞歌) : 이별의 노래. 중국 강소성(江蘇省) 강녕현(江寧縣) 남쪽에 노로정(勞勞亭)이 있는데, 옛날 그곳은 송별하던 장소로 떠나는 사람을 위해 노래를 부르며 전별하였다. (『사문유취(事文類聚)』)

74 별학조(別鶴操) : 악부(樂府) 금곡(琴曲)의 이름. 이별곡. 상릉(商陵)의 목자(牧子)가 장가든 지 5년이 되도록 자식이 없어 그의 부형(父兄)이 그를 다시 장가들이려 하자, 그의 아내가 그 사실을 알고 밤중에 일어나 문을 기대고 휘파람을 슬피 불므로, 목자가 그 소리를 슬피 여겨 거문고를 가져다가 노래한 것을 후인이 취하여 악장(樂章)으로 만든 것이라 한다.

바다 하늘 밝은 달빛이 그대 마음임을　海天明月是襟期

봉래산에 옥석 남긴 옛 신선들[75]　蓬山玉舄古仙流
어찌 객선과 짝해 손잡을 수 있으랴　那得相携伴客舟
오늘 시를 보니 애간장 더욱 끊어지고　今日看詩腸更斷
북풍 불어오니 뱃노래 시름겹구나　北風吹起棹歌愁
외로운 구름 속 학 한 마리 행장을 마주하고　孤雲獨鶴對行裝
서쪽으로 계림을 바라보니 달빛만 아득하네　西眺雞林月杳茫
강성에 차가운 굴나무 유자나무 많지만　多少江城寒橘柚
그대의 집 안개 낀 나무 유독 잊기 어렵구려　君家烟樹獨難忘

○ 장춘당께 화답하여 부치다
和寄長春堂

소헌

이역에 오래 머물러 세월 가는데　久滯殊方歲月流
강나루에 다시 목란주 매어두네　江頭重繫木蘭舟
지척에 있는 장춘당이 그대 마을인데　春堂咫尺成子里

---

75 봉래산에 옥석 남긴 옛 신선들[蓬山玉舄古仙流] : 유향(劉向)의 『열선전(列仙傳)』에 "진시황(秦始皇)이 동쪽에서 노닐다가 신선 안기생(安期生)을 만나 사흘 밤낮 동안 이야기를 나누고 많은 금은보화를 주었으나, 모두 그대로 둔 채 오직 편지 한 통과 붉은 옥으로 만든 신발[赤玉舄] 한 쌍만을 남겨두고 가버렸다. 그 편지에 '몇 해 뒤 봉래산에서 나를 찾으라.'라고 하였다. 이에 진시황이 서불(徐市)을 시켜 동남동녀(童男童女) 수백 명을 데리고 동해에 배를 띄워 봉래산을 찾아가게 하였다."라고 하였다.

여관의 희미한 등불 나그네 수심 비추네   旅館殘燈照客愁

하늘가의 돌아가는 길손 행장 이미 꾸렸는데   天涯歸客已騰裝

뱃길 멀고멀어 아득한 곳 향하는구나   鶂路迢迢指混茫

뽕나무 아래서 사흘 묵은 정[76] 어찌 없으랴   桑下豈無三宿戀

지난날 신선 모임 가장 잊기 어렵네   向來仙會最難忘

○ 난계께서 주신 시에 차운하다
奉次蘭溪惠贈韻

국계

섭진 나룻가에 객선 거듭 머무는데   客帆重逗攝津湄

물가에 찬 매화 몇 그루나 드리웠던고   傍水寒梅幾樹垂

이곳에서 이별하니 슬픈 생각뿐   此地相離惆悵意

백 년 동안 다시 만날 기약도 없네   百年無復再逢期

서쪽 창해 바라보니 하늘에 닿아 흐르는데   西看滄海接天流

바람은 조선의 사신 배를 보내는구나   風送三韓使客舟

고아한 모습 만나자마자 작별이라니   纔接雅儀旋告別

---

76 뽕나무 아래서 사흘 묵은 정[桑下三宿戀] : 불법(佛法)을 닦는 승려가 세속에 대한 애착을 끊기 위해서 행하는 수행의 한 가지. 『후한서』 권30 「양해열전(襄楷列傳)」에 "승려가 뽕나무 아래서 사흘을 머물지 않는 것은 오랜 시간이 흐름으로 인하여 은애가 생기지 않게 하려 함이니, 정진의 지극함이다.[浮屠不三宿桑下, 不欲久生恩愛, 精之至也。]"라고 한 데서 온 말이다.

산 구름 바닷가 달빛 모두 이별 수심일세　　　嶠雲沙月摠離愁

일이 많아 잠시도 조용히 지낼 수 없었습니다. 그 시를 보면 그 사람이 생각나듯, 떠난 사람에 대한 그리움[77]이 간절할 것입니다. 떠나는 날 아침에 객선이 출발하려고 하니, 백로는 동쪽으로 날아가고 제비는 서쪽으로 날아가듯 서로 방향이 다른 이별의 탄식[78]을 말로 다할 수 있겠습니까?

강서기는 화운시가 없는데, 병이 있어 사양한 것이다.

○다시 전운에 화답하여 신·장·성 세 분 선생 시에 수응하다
再和前韻奉誦申張成三先生

난계

사신 배 다시 물가에 매어 놓았는데　　　星槎再繫水之湄

마침 하늘 적요한 때 귤과 유자 드리웠네　　正値天寥柚橘垂

고개 돌려 고국이 멀다고 어찌 말하랴　　　回首何論鄉國遠

77　떠난 사람에 대한 그리움[願言] : 『시경』 「위풍(衛風)」 〈백혜(伯兮)〉에 "어떡하면 원추리를 얻어서 북쪽 뒤꼍에 심어 볼까. 떠난 사람 생각에 내 마음만 병드누나.[焉得萱草, 言樹之背。願言思伯, 使我心痗。]"라는 구절에서 나왔다.

78　백로는 동쪽으로 날아가고 제비는 서쪽으로 날아가듯 서로 방향이 다른 이별의 탄식[東勞西燕之歎] : 노(勞)는 백로(伯勞)라는 새. 방향이 서로 같지 않은 연인이나 친구와의 이별을 비유. 악부시 〈동비백로가해(東飛伯勞歌解)〉에 "백로는 동으로 날고 제비는 서쪽으로 날아갈 때[東飛伯勞西飛燕]"라고 하였다. (『악부시집』)

황하의 근원 찾다가 돌아갈 기약 얻었네　　　　河源究盡得歸期

큰 강 곧장 바다로 흘러드는데　　　　　　　　大江直入海門流
비단 닻줄 상아 돛대 객선을 대어두었네　　　　錦纜牙檣艤客舟
한 잔의 이별주 싫다고 하지 말게　　　　　　　莫厭一盃離別酒
양관곡[79]의 수심 어이할 수 없다오　　　　　　陽關曲裏不勝愁

국계에게 아뢰다
稟菊溪
　　　　　　　　　　　　　　　　　　　　　　난계

선생에게 〈부사산(富士山)〉시가 있으시다면, 써서 보여주시면 좋겠
습니다.

○ 부사산
富士山
　　　　　　　　　　　　　　　　　　　　　　국계

중천에 서 있는 만 길 높은 산　　　　　　　　卓立中天萬仞山
바다 구름 사이로 홀로 우뚝 솟아 있네　　　　屹然孤峙海雲間

---

79 양관곡(陽關曲) : 양관은 옛 관명(關名)으로 감숙성(甘肅省) 돈황시(敦煌市) 고동탄(古
　董灘) 부근. 고인들이 흔히 이곳에서 손님을 전송하였다. 왕유(王維)의 〈송원이사안서
　(送元二使安西)〉 시를 〈양관곡(陽關曲)〉 혹은 〈위성곡(渭城曲)〉이라고도 한다.

밝고 밝은 흰색, 옥 같은 거울　　　　　　　　皚皚白色鑒如玉
예전에 본 금강산 같아 놀라네　　　　　　　　怳見金岡舊識顔

○ 국계의 〈부사산〉시에 차운하다
次韻菊溪富士山

난계

눈 쌓인 외로운 봉우리 뭇 산들 압도하는데　　　孤峰雪積壓群山
한 번 바라보니 우주에 찬 기운 일어나네　　　　一望寒生宇宙間
새로 지은 시 그림 그린 듯 뛰어나니　　　　　　題得新詩工似畵
굳이 찾아가 험준한 모습 접할 필요 없네　　　　不須尋去接屛顔

○ 〈부사산〉시 운자를 써서 국계를 전별하다
用富士韻奉餞菊溪案頭

난계

만 리 큰 바다 고향 산천 가로막았는데　　　　　萬里滄溟隔故山
물과 구름 사이에 바람 돛 높이 걸었네　　　　　風帆高挂水雲間
가슴속에 가득한 이별 심사 어찌 말하랴　　　　　滿襟離思何堪說
그나마 이 술동이 앞에서는 웃는다오　　　　　　唯此樽前足解顔

○거친 시 다섯 수를 기록해서 국계선생께 바로잡아주기를 바라다
野詩五首錄以祈菊溪先生郢正

난계

춘야즉사
春夜卽事

오늘 밤 비 갠 경치 좋아	今宵晴色好
일각이 천금 값이라오	一刻價千錢
달빛 은은한 춘삼월 밤	月淡三春夜
바람 맑은 머나먼 하늘	風淸萬里天
버들 그늘 자리에 들고	柳陰來席上
꽃 그림자 창 앞에 이르네	花影到窓前
홀로 잔 기울이니 취흥 끝없는데	獨酌興無盡
어찌 굳이 새벽잠 재촉하리오	何須催曉眠

다시 새벽을 맞이하다
復曉

북소리 닭 울음에 놀라 새벽꿈 깨니	街鼓鄰鷄驚曉夢
반달 빛 비스듬히 그윽한 방안에 드네	半輪斜月入幽房
나막신 신고 이끼 낀 길 천천히 걷다가	緩移雙屐步苔徑
주렴 다시 걷고 대나무 평상에 앉네	又捲疎簾坐竹床
못가에 바람 지나자 연잎 흔들리고	風度池頭荷葉動

울 아래 이슬 짙어 무궁화 향기롭네 　　　　　露深籬下槿花香
더운 기운 조금도 이르지 않아 　　　　　　　炎氛一點不曾到
눈앞 풍경 가을 같아 시상마저 청량하네 　　　滿目如秋詩思凉

초가을
新秋

대화성 서쪽으로 흘러[80] 가을 느낌 나는데 　　大火西流秋意動
병이 나아 몸 가벼워지니 유난히 기쁘구나 　　病除殊喜此身輕
날이 개니 소나무 달빛 격자창에 일찍 들고 　　天晴松月臨檻早
이슬 희니 풀벌레들 섬돌에서 우네 　　　　　露白草蟲依砌鳴
은하수 이미 기울어 밤 다 지나가는데 　　　銀漢已斜到夜盡
가을바람 언뜻 불어와 서늘함을 느끼네 　　　金風乍至覺凉生
얼음 항아리 속에 있는 듯 정신이 맑은데 　　神清似在氷壺裡
포구 너머에서 가끔 한 줄기 젓대소리 들리네 　隔浦時聞一笛聲

---

80 대화성 서쪽으로 흘러[大火西流] : 대화성(大火星)은 이십팔수(二十八宿) 중 하나인
　심성(心星)으로, 시후(時候)를 주관하는 별. 여기에서는 『시경』「빈풍(豳風)」〈칠월(七
　月)〉 "七月流火. 九月授衣."의 뜻을 차용하여 계절이 이미 가을로 접어들었음을 표현한
　것이다.

새벽에 산속 집을 출발하다
曉發山居

푸른 산속 몇 리 길	數里靑山裡
일찍 출발하니 인적이 드물구나	早行人迹稀
말머리에선 여전히 꿈꾸는 듯하고	馬頭猶結夢
이슬 아래라서 자꾸만 옷이 젖네	露下屢沾衣
양쪽 언덕에 새벽 종소리 울리고	兩岸曙鐘響
다리 중간쯤 지는 달빛 희미하네	半橋落月微
내가 지금 이곳을 지나가면	我今過此地
가고 또 가니 어느 때나 돌아오랴	去去幾時歸

산속에서 겨울을 지내다
山居冬日

산속이라 오는 손님 드물어	山中客至稀
사립문 닫은 채 홀로 앉아있네	獨坐掩柴扉
얼음 얼어 산골물소리 끊어지고	冰結澗聲絶
바람 높아 나무그림자 희미하네	風高樹影微
차 끓이려 불씨 자주 돋우고	頻添烹茗火
솜 누빈 옷 두껍게 껴입었네	重着夾綿衣
가끔 창문을 다시 여니	時復開窓戶
눈꽃들 송이송이 날리는구나	六花片片飛

○ 장춘당의 시에 차운하다
奉次長春堂詩韻

국계

시 짓느라 촛불 심지 자주 자르고	數剪題詩燭
술 받아오라고 여러 번 부르네	頻呼換酒錢
버들 바람 살짝 땅을 스치고	柳風微拂地
꽃 같은 달 먼 하늘에 떠있네	花月逈臨天
몸은 천지 기운 속에 있고	身在氤氳裡
정신은 광활한 곳을 노니네	神游廣漠前
섬돌에 비치는 향기로운 풀빛	映墀芳草色
비 지나가자 절로 무성하네	經雨自阡眠

위는 〈춘야즉사〉이다.

·

은은하게 지는 달빛 여광이 있어	依依落月有餘光
성긴 주렴 반쯤 걷고 방문을 여네	半捲踈簾啓洞房
자다 일어나니 버들그늘 대자리에 비껴 스치고	眠起柳陰斜拂簟
술 깨니 꾀꼬리소리 소반에서 미끄러지듯 곱네	酒醒鸎語滑侈床
담장 끝 이슬은 장미 시렁으로 떨어지고	墻頭露滴薔薇架
연못 위 바람은 연꽃 향기 스쳐 부네	池面風吹菡萏香
양곡81의 태양 아직 솟지 않아	暘谷火輪猶未上

---

81 양곡(暘谷) : 양곡(暘谷)은 전설 속의 해 뜨는 곳을 가리킨다. 『회남자(淮南子)』「천문훈(天文訓)」에 "해는 양곡에서 떠올라 함지에서 목욕한다.[日出於暘谷, 浴於咸池。]"라

고요 속 젓대소리 창문 가득 서늘하네　　　　　　　靜中笛得一窓凉

위는 〈다시 새벽을 맞이하다〉이다.

나머지 시편은 일이 많아 화답하지 못하였습니다.

향보(享保) 5경자년 9월 길일(吉日)

낭화(浪華)

심재교근(心齋橋筋) 남구태랑정(南久太郞町),[82]

하내옥 우병위(河內屋宇兵衛)[83]

심재교근(心齋橋筋) 담로정(淡路町),[84]

등구 태병위(嶝口太兵衛)[85]

고 하였다.

[82] 심재교근 남구태랑정(心齋橋筋南久太郞町, 신사이바시스지 미나미쿠다라초) : 심재교 (心齋橋) 일대를 가리키며, 현재의 일본 대판부(大阪府) 대판시(大阪市) 중앙구(中央區) 에 위치한다.

[83] 하내옥 우병위(河內屋宇兵衛) : 강호시대의 추전옥시병위(秋田屋市兵衛)와 더불어 2 대 출판인 혹은 출판사 중 하나로 추전옥시병위점에 속해 있다가 정덕(正德, 1711~1715) 연간에 독립하였다.

[84] 심재교근 담로정(心齋橋筋淡路町, 신사이바시스지 아와지마치) : 심재교(心齋橋) 일대 를 가리키며, 현재의 일본 대판부(大阪府) 대판시(大阪市) 중앙구(中央區)에 위치한다.

[85] 등구 태병위(嶝口太兵衛) : 강호시대의 각수(刻手).

桑韓唱酬集　卷三

《桑韓唱酬集》

《桑韓唱酬集》卷三

浪華河間正胤校閲

　享保四龍集己亥冬十一月四日，三韓信使，東武盛禮旣畢，而再造坂陽，館津村本願堂。同六日，予從家尊，會其學士靑泉申維翰、書記嘯軒成夢良、菊溪張應斗【姜耕牧有微恙，不會一堂。】，而筆語唱酬自已前刻至申刻。玆編次其所述於左方。

奉呈製述官靑泉申公案下　　　　　　碩軒【八田主馬，一字充本。】

　東行脩途無恙，華軺再到三津，實是兩國之慶也。先聞高名，而深抱慕藺之思，而欲拜謁，濡滯及于玆，何幸！今日始得接芝眉，愉懌尤篤。因謾不顧俚語，謹成一絶，以奉呈案下，冀賜高和。且附以菲薄之物，伏願叱存。

　文學豪雄自有名，芝顔一拜悅予情。相逢之處忽成別，却恨桑、韓隔萬程。

復　　　　　　　　　　　　　　　　　　　　　　青泉

僕姓申, 名維翰, 字周伯, 號青泉, 行年三十九。乙酉以詩進士, 癸巳以賦登狀元及第, 官今秘書館著作兼直太常寺。今於使行, 忝應公選, 漫充製述官之任。顧此匪才, 無以握管吟弄, 與人酬和, 而辱尊公見訪, 寵賜瓊琚, 惓惓如舊相識, 感幸何量? 唯冀從容敍話, 以輸素懷。

奉和八田碩軒見贈　　　　　　　　　　　　　　　　青泉

新詩一唱仰高名, 綠髮男兒已遠情。畫閣朱琴添客興, 對君忘却泛槎程。

詩壇鼓角愧微名, 玄圃尋河豈俗情。今日留君何所語, 紫雲臺畔問歸程。

清泉申公辱賜高和再用前韻奉謝　　　　　　　　　碩軒

日東無處不知名, 何計鰔生接客情。妙筆新詞眞李、杜, 此中酬唱惜歸程。

申學士云: "今日予未面三使, 今將行辦公事。畢事可再來, 諸君願暫時待", 乃辭讓而入。漸至晡時而再出, 時席上諸客, 已向歸期, 故無和章。

奉呈書記姜成張三公吟壇　　　　　　　　　　　　碩軒

諸公畢盛禮, 而長途無事, 直歸浪華, 幸展良覿, 欣躍無限。因忘鄙拙, 綴野絶一章, 敬呈几下, 且附菲儀。幸賜高和, 是幸。

星君再到浪華頭, 健筆文光映寺樓。他日乘槎返天外, 騷壇有執共賡酬。

復 嘯軒

僕姓成，名夢良，字汝弼，號長嘯軒。壬午進士。

復 菊溪

僕姓張，名應斗，字弼文，號菊溪。

既竣使事，亦免顛仆於跋涉之餘，行人之幸，莫大於是。且與尊公從於翰墨之場，信是人間之一大奇事也。然去住各異，別日在近，古人所謂'樂莫樂兮新相知，悲莫悲兮生別離'者，正謂今日事也。尊公亦當一般懷也。

耕牧姜子有恙，不會詞筵，故無筆語和章。

問 菊溪

八田氏別號云何耶？

答 碩軒

僕姓源，氏八田，名朝國，字充本，號碩軒。今年十有六。

奉和碩軒韻 嘯軒

水萍相遇海東頭，共倚西林古石樓。命駕高風誰得似，《陽春》一曲妙難酬。

奉次碩軒見贈韻 菊溪

一時佳會海東頭，詩榻高開百尺樓。別後思之何所益，不妨相對好相酬。

己亥南至月 菊溪翁左草

對君之貌, 端潔而雅靜; 見君之詩, 辭約而意懇。聞君之年, 纔過舞象之歲, 以其弱齡, 而貌若成人、詩似宿儒, 求之一時, 似不可多得, 可與武城之鳳嶼、備州之菊洞, 齊名而匹美矣。勉之哉, 勉之哉!

【碩軒云。】"一座有前田道通者, 伴猶子菊洞, 而與朝鮮諸客賡酬。菊洞年方十五。武城之鳳嶼, 余未詳其姓氏。" 時對州記室雨森氏在傍, 卽問曰: "武城之鳳嶼, 何如人哉? 願聞其姓名。" 雨森氏曰: "氏河口, 名皞, 號鳳嶼。今年十有七, 文才超人。今足下與菊洞、鳳嶼, 年相若也、才相似也, 菊溪故云爾。" 余於是先走筆謝于菊溪曰: "示意欣抃無限。"

再賡前韻奉呈成張二書記案下 碩軒

數載藏蹤津水頭, 難逢文客會高樓。諸公不計歸斯地, 才拙還歡共唱酬。

再次碩軒韻 嘯軒

江色靑於野鴨頭, 江邊橘柚映高樓。幾年睡足繁華地, 今日淸遊宿債酬。

再疊碩軒韻 菊溪

好是難波水上頭, 諸君相送此江樓。孤舟明日西歸路, 縱有詩篇孰更酬。

筆語

奉呈製述官三書記几下謹請斤正
僕姓源, 氏八田, 名朝榮, 字節養, 號貞譽軒。

一。施公子美, 選《七書講義》及《軍林寶鑑》, 此施公, 何代之人乎? 無所見。

一。《軍林寶鑑序》曰: "貞祐壬午上巳同郡江伯虎序。" 此貞祐, 何代之年號乎? 不知其時世。

一。同書《兵翼篇》, 引《兵嘆論》, 此何人之所選乎? 不明着。今加是正而賜指導, 大幸。

申學士託雨森氏而答曰: "所問僕未嘗見其書也, 故强不爲之答焉。"

答 　　　　　　　　　　　　　　　　　　　菊溪
兵家之書, 曾所不聞。此亦未詳其年號及其人時世耳。更問于博學人, 可也。【菊溪與嘯軒相議, 乃把筆書如此。】

奉呈製述官三書記案下謹請示諭 　　　　　碩軒
西域神珙《韻鏡》東浦張麟之序曰: "雖鶴唳、風聲、雞鳴、狗吠、雷霆經耳、蚤虱過目, 皆可譯也, 況於人言乎?" 僕資質頑愚, 未知譯之。伏冀筆語以明告其譯法者, 幸甚。

答 　　　　　　　　　　　　　　　　　　　青泉
承問, 譯法非僕所敢知。大抵鳥獸昆虫有聲者, 皆有所云。然古人之知者亦少。如僕入貴疆, 不識語, 安能有譯法? 此則不敢彊爲之說。

答 菊溪

譯法, 若以文字之聲近者而言之, 則非徒人言, 雖鳥獸之聲, 以類求之。音聲各有其母, 因其子而求其母, 分有可知之道, 至於名目之煩碎者, 不可以是推之。其理甚微, 未可以文字詳示。只在神會而心解也。

【是亦菊溪與嘯軒相議書。】

右唱和筆語已畢, 而余捧出紙, 請成、張二書記以書文字, 乃成書記書'誠'一字, 張書記書'修身'二字, 且張書記手取橘一顆而餽予, 卽刻起而相揖, 與諸客共出戶。

奉送靑泉耕牧菊溪嘯軒歸朝鮮國 中大本

使節辭東土, 回頭故國賒。志凌天北斗, 思入海西涯。行路千層浪, 浮雲萬里槎。勳名如可比, 博望亦何加。

奉和中大本惠寄韻 靑泉申學士

新篇畫客意, 妍響聽來賒。故國浮雲外, 扁舟浴日涯。雪添新鬢髮, 春入舊梅槎。尙有吟詩癖, 懷君興復加。

奉酬大本惠贈韻 耕牧子

臘月叢梅散, 江南歲色賒。虛名傳海外, 短劍滯天涯。採藥逢秦客, 題詩臥漢槎。感君淸絶語, 珍重觀餐加。

奉次大本見寄韻 菊溪張弼文

波驚舟易滯, 囊罄酒難賒。故國迷天外, 歸程杳海涯。嶠雲隨短劍, 沙月傍孤槎。賴子新篇贈, 高吟興轉加。

肅和大本惠示韻 嘯軒成汝弼

節序三冬盡，王程萬里賒。身遊桑海外，家在漢江涯。風雨龍雙劍，
琴書月一槎。清詩能起我，老興十分加。

奉送嘯軒菊溪歸朝鮮 三村親信

不厭殊方遠，丹心奉命堅。東都關百二，西海路三千。
士庶迎文旆，笙歌送畫船。經過皆勝地，題得幾詩篇。

奉和三村公惠韻 成嘯軒

星槎來萬里，兩國已盟堅。節過黃花九，愁添白髮千。
夜堂常刻燭，風浦久藏船。仙居問何處，鶴帶郢中篇。

阻風上關奉次三村公見寄韻

【寄來詩篇，雅麗精切，令人愛玩，不忍釋手。使槎東向之日，何不相訪耶？見其詩，不見其
人，殊用悵然。】

菊溪張弼文

旅人行久滯，寒夜坐猶堅。衆竅紛吹萬，脩程杳隔千。
窮源同漢使，採藥異秦船。獨有寬心處，詩仙惠綺篇。

奉送嘯軒歸朝鮮國 河間見隆

箕邦何太遠，迢遞接蓬壺。當日從封聖，遺風解貴儒。
學曾探二酉，才更賦《三都》。瓜獻君休笑，瓊瑤報一圖。

遙和見隆公寄來韻 成嘯軒

聞說難波上，幽人隱玉壺。跡高無俗累，文蔚認醇儒。

客路違荊面, 歸帆指漢都。臨風但瞻遡, 水月臥浮圖。

長春堂
築山龍安
○**敬呈朝鮮學士申靑泉及書記姜秋水張菊溪成嘯軒諸君案下**　　蘭溪

今歲乘槎到海東, 一陪案下意先通。更看詞賦超時輩, 須羨才名冠
世雄。兩國共堪稱聖代, 群賢元自有高風。騷壇此日相逢處, 玉樹蒹
葭爭得同。

○**奉訓蘭溪惠贈**　　　　　　　　　　　　　　　靑泉

扶桑日出大溟東, 畫閣靑山爽氣通。萬古烟霞蓬島色, 諸公詩賦楚
鄕雄。相逢玉樹交明月, 遂有朱絃響晩風。天地太平千載會, 兩邦謠
俗頌聲同。

奉訓蘭溪　　　　　　　　　　　　　　　　　耕牧子

偶尋仙客入天東, 去去銀河一路通。豪士我慚淮海氣, 新詩君敵洞
庭雄。秋深絶岸停舟夜, 鴈度高樓落帽風。除却羈愁唯有酒, 天涯今
夕幸相同。

○**奉次蘭溪惠贈韻**　　　　　　　　　　　　　菊溪

貫月槎橫浴日東, 善隣冠盖此相通。幸逢高士聯襟至, 喜見奇才絶
代雄。樓閣影搖三島靄, 橘柑香動九秋風。方知玆會塵間少, 兩國詞
人一席同。

○奉和蘭溪韻　　　　　　　　　　　　　　嘯軒

箕邦日域海西東，萬里修隣使者通。擬向仙山求藥草，喜從騷墨識
豪雄。好將一斗扶桑酒，共醉重陽落帽風。相對莫嫌言語異，炯然靈
府本來同。

○再步前韻奉謝耕牧子菊溪嘯軒三書記　　　蘭溪

雞林鼇嶽各西東，碧海茫茫客路通。帆影已經千里遠，筆鋒須作萬
夫雄。詞源流出多新句，禮法從來有古風。賴值諸君今到此，交場便
與舊知同。

○再奉誂蘭溪　　　　　　　　　　　　　　耕牧子

大坂繁華擅日東，平湖一帶海潮通。珠簾繡幕家家捲，粉堞層樓面
面雄。白舫久爲千里客，黃花又發九秋風。客中憭慄多愁緒，喜得樽
前數子同。

○疊次蘭溪韻　　　　　　　　　　　　　　嘯軒

坂城佳麗冠桑東，宛轉平湖十字通。萬戶人民淄邑盛，半天樓閣岳
陽雄。玲瓏橘柚含秋色，縹緲笙歌落晚風。遠客憑欄詩興足，清樽喜
與列仙同。

○再疊前韻奉呈蘭溪詞案　　　　　　　　　菊溪

攝陽奇景甲桑東，海客帆檣萬里通。彭蠡雲煙堪較勝，杭州臺榭可
爭雄。飛窓夜納鼇頭月，快閣朝含鶴背風。正是黃花好時節，又逢佳
士唱酬同。

筆語

謹問 蘭溪
醫國尊號如何?

答
西樵爲稱耳。君姓名如何?

答 蘭溪
僕姓築山, 名克脩, 字龍安。別号蘭溪, 稱長春堂。浪花人也。家世業醫矣。

曰 西樵
僕姓白, 名興銓[86]。粗讀醫方。爲辨壯遊而來, 今奉淸範, 已極欣幸。而況解岐、黃之法, 尤有願交之心耳。賦新詩, 賜則可矣。

○席上走呈西樵醫國 蘭溪
遠自雞林到攝陽, 通神醫術有誰當! 一囊携去經千里, 貯得新詩與秘方。

○奉次蘭溪惠示韻 西樵
客榻逢迎到夕陽, 高談難把百金當。岐、黃神術君休問, 淨洗心源是妙方。

---

86 원문에는 '興鈴'으로 되어 있으나 '興銓'으로 바로잡는다.

稟 蘭溪

漫奏巴曲，辱賜高和，最可珍矣。敢請朱章。

答 西樵

藏於深處，終當卽呈。

問 蘭溪

傷寒註疏，貴邦所用，有何等書耶?

答 西樵

傷寒方，張仲景有《金匱玉函》書，王叔和、成無己、陶華諸人發明，合爲一冊，名之曰:《傷寒全書》。僕則讀此書而已。

日 蘭溪

弊邦亦然。　近世舶上來者，　有兪昌《尙論編》、程應旄《後條辨》等外、諸家發明書凡數十品者，醫國未見之哉? 且問: "婦人科，有何等書耶?"

答 西樵

我國有《婦人良方》，讀此書而已。僕水程行役，大有所傷症，甚非細筆體。足下診脉論症，命惠當劑，則其感如何!

僕時診西樵醫國之脉。

日 　　　　　　　　　　　　　　　　　　　　　蘭溪

僕診其脉，沈而緩。所謂水程行役中濕，宜服除濕劑。

稟 　　　　　　　　　　　　　　　　　　　　　蘭溪

伏乞'長春堂'顔字。

日 　　　　　　　　　　　　　　　　　　　　　西樵

筆雖拙，勤索如此，若以大筆、廣紙見投，則可不仰副耶?

答 　　　　　　　　　　　　　　　　　　　　　蘭溪

館中奈無大筆、廣紙，姑期他日耳。若以佳作當之，如何?

○**走疊前韻仍呈蘭溪詞案** 　　　　　　　　　　　西樵

客中佳節近重陽，爲寫新詩一笑當。舟楫海山添宿疾，開囊莫惜惠珍方。

稟 　　　　　　　　　　　　　　　　　　　　　蘭溪

今日日晚，明和呈。

答 　　　　　　　　　　　　　　　　　　　　　西樵

明早來訪此處。

稟對州雨森兄 　　　　　　　　　　　　　　　　蘭溪

芳洲號何所據?

　　　　　　　　　　　　　　　　　　　　　　芳州

君聞我號欲何爲, 杜若芳洲學楚詞。

蘭溪

千古風騷今掃地, 獨醒一任世人疑。

○走呈芳洲席上 蘭溪

樽前談已熟, 不覺坐來長。客路猶秋色, 江城正夕陽。三韓皆仰德,
百世可流芳。到處文章會, 鄉愁須得忘。

○別申公姜公張公成公之東都 蘭溪

聘禮一何厚, 遙經水與山。滿樽傾北海, 萬里向東關。客路九秋至,
行裝幾日還。今[87]朝河口別, 只約再開顏。

○送學士靑泉書記秋水菊溪嘯軒四先生還朝鮮三首 蘭溪

歸帆遠送浪花湄, 別路悠悠雙淚垂。海外無緣再相遇, 他時當向夢
中期。

其二

難波橋外大江流, 歲晏天涯送客舟。他日相思千里夢, 屋梁落月幾
生愁。

其三

攝陽城外送歸裝, 萬里滄波更渺茫。此夕恩恩遠離別, 他時回首莫

---

87 원문에는 '슈'로 되어 있으나 '今'으로 바로잡는다.

相忘。

　僕響接芝眉，實千載奇偶也。況且忝瓊琚之報，僕之榮莫大焉。理當拜別，奈官禁甚嚴，因以小詩奉送耳。

○奉和長春堂蘭溪見寄別詩　　　　　　　　　　青泉
《勞歌》一曲水西湄，官郭霜寒橘柚垂。解道朱絃調《別鶴》，海天明月是襟期。

　蓬山玉舄古仙流，那得相携伴客舟。今日看詩腸更斷，北風吹起棹歌愁

　孤雲獨鶴對行裝，西眺雞林月杳茫。多少江城寒橘柚，君家烟樹獨難忘。

○和寄長春堂　　　　　　　　　　　　　　嘯軒
久滯殊方歲月流，江頭重繫木蘭舟。春堂咫尺成千里，旅館殘燈照客愁。

　天涯歸客已騰裝，鵠路迢迢指混茫。桑下豈無三宿戀，向來仙會最難忘。

○奉次蘭溪惠贈韻　　　　　　　　　　　　菊溪
客帆重逗攝津湄，傍水寒梅幾樹垂。此地相離惆悵意，百年無復再逢期。

　西看滄海接天流，風送三韓使客舟。纔接雅儀旋告別，嶠雲沙月摠離愁。

　事故多端，使人不能做一場從容。見其詩，想其人，徒切願言之懷。行期旦迫，客船將發，東勞西燕之歡，可勝言哉？

姜書記無和辭以疾。

○再和前韻奉訓申張成三先生　　　　　　　　　蘭溪

星槎再繫水之湄，正值天寮柚橘垂。回首何論鄉國遠，河源究盡得歸期。

大江直入海門流，錦纜[88]牙檣艤客舟。莫厭一盃離別酒，《陽關》曲裏不勝愁。

稟菊溪　　　　　　　　　　　　　　　　　　　蘭溪

先生有富士詩，聊書以示之，幸幸。

○富士山　　　　　　　　　　　　　　　　　　菊溪

卓立中天萬仞山，屹然孤峙海雲間。皚皚白色鑒如玉，悅見金岡舊識顏。

○次韻菊溪富士山　　　　　　　　　　　　　　蘭溪

孤峰雪積壓群山，一望寒生宇宙間。題得新詩工似畫，不須尋去接屏顏。

○用富士韻奉餞菊溪案頭　　　　　　　　　　　蘭溪

萬里滄溟隔故山，風帆高挂水雲間。滿襟離思何堪說，唯此樽前足解顏。

88　원문에는 '纜'으로 되어 있으나 '纜'으로 바로잡는다.

○野詩五首錄以祈菊溪先生郢正　　　　　　　　蘭溪

春夜卽事

今宵晴色好，一刻價千錢。月淡三春夜，風淸萬里天。柳陰來席上，
花影到窓前。獨酌興無盡，何須催曉眠。

復曉

街鼓鄰鷄驚曉夢，半輪斜月入幽房。緩移雙屐步苔徑，又捲踈簾坐
竹床。風度池頭荷葉動，露深籬下槿花香，炎氛一點不曾到，滿目如秋
詩思凉。

新秋

大火西流秋意動，病除殊喜此身輕。天晴松月臨欄早，露白草蟲依
砌鳴。銀漢已斜到夜盡，金風乍至覺凉生。神淸似在氷壺裡，隔浦時
聞一笛聲。

曉發山居

數里靑山裡，早行人迹稀。馬頭猶結夢，露下屢沾衣。兩岸曙鐘響，
半橋落月微。我今過此地，去去幾時歸。

山居冬日

山中客至稀，獨坐掩柴扉。冰結澗聲絕，風高樹影微。頻添烹茗火，
重着夾綿衣。時復開窓戶，六花片片飛。

○奉次長春堂詩韻　　　　　　　　　　　　　菊溪

數剪題詩燭，頻呼換酒錢。柳風微拂地，花月迥臨天。身在氤氳裡，

神游廣漠前。映塏芳草色，經雨自阤眠。　　　　　右《春夜卽事》

依依落月有餘光，半捲跌簾啓洞房。眠起柳陰斜拂簟，酒醒鸎語滑侈床。墻頭露滴薔薇架，池面風吹菡萏香。暘谷火輪猶未上，靜中笛得一窓凉。右《復曉》

餘篇多事，未及和耳。

享保五【庚子】歲九月吉日

浪華【心齋[89]橋筋南久太郎町、同筋淡路町。】

河內屋　宇兵衞

嶝口　太兵衞

---

89 원문에는 '心齊'로 되어 있으나 '心齋'로 바로잡는다.

【영인자료】

桑韓唱酬集

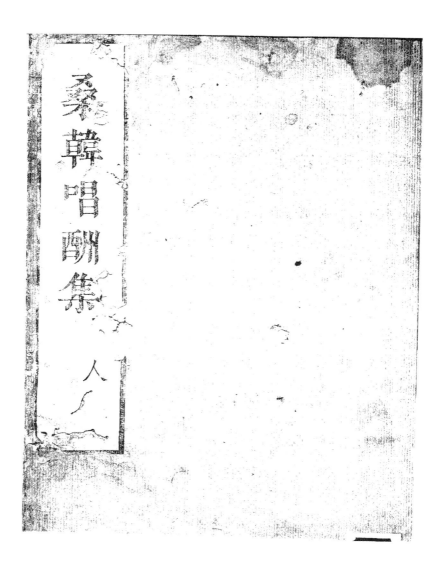

桑韓唱酬集卷三　　　浪華河間正胤校閲

享保四龍集已亥冬十一月四日三韓信使東武

盛禮既畢而再造坂陽館津邨本願堂同六日予

從家尊會其學士青泉申維翰書記鼎軒成夢良

菊溪張應斗　姜耕牧有徵　不會一堂而筆語唱酬自已前刻

至申刻兹編汶其所述於左方

　奉呈　製述官青泉申公　案下

　　　　　　　碩軒　八田圭馬　一字充本

東行脩途無恙　葷輅再到津賽是兩國之慶

也先聞 高名而渶抱慕藺之恩而欲拜誷濡滯

及于玆何幸今日始得接 芝眉愉懌尤篤因謨

不顧俚語謹成一絕以奉呈 案下莫賜 高和

且附以菲薄之物伏願叱存

文學豪雄自有名芝顔一拜悅予情相逢之處忽成

別卻恨桑韓隔萬程

　　後　　　　　青泉

　僕姓申名維翰字周伯號青泉行年三十九乙酉

以詩進士癸巳以賦登狀元及第宜今祕書館著

作無直太常寺今於使行恭應公選漫充製遠官

之任顧此匪才無以握管吟弄與人酬和而辱尊

公見訪寵賜瓊琚惓惓如舊相識感幸何量唯其

從容叙話以輸素懷

奉和　八田碩軒見贈　青泉

新詩一唱仰高名綠髮男兒已遠情畫閣朱琴添客

興對君忘卻泛槎程

詩壇鼓角愧微名玄圃尋河豈俗情今日留君何所

語紫雲臺畔問歸程

青泉申公辱賜高和再用前韻奉謝

　　　　　　　硯軒

日東無處不知名何計鯨生接客情妙筆新詞眞李

　　　　　　　碩軒

杜此中酬唱情歸程

申學士云今日予未囘三使今將行辨公事畢事

可再來諸君願暫時待乃辭讓而入漸至珊時所

再出時席上諸客已向歸期故無和章

奉呈　書記姜成張三公　吟壇

　　　　　　　碩軒

諸公畢盛禮而長途無事直歸浪華幸展良覿欣

躍無限因忽鄙拙綴野絕一章敬呈　几下且附

菲儀幸賜高和是幸

星君再到浪華頭健筆文光映寺樓他日乘槎泛

外騷壇有孰其賡酬

　　　　　　　　　夜

僕姓成名夢良宇浟彌號長肅軒壬午進士

　　　　　　　　　夜　　　　　肅軒

僕姓張名應斗字彌文號菊溪

　　　　　　　　　　　　　　菊溪

既竣使事亦免顛仆於跋涉之餘行人之幸莫大

於是且與尊公從於翰墨之場信是人閒之一大

奇事也然杏住各異別日在近古人所謂樂莫樂

兮新相知悲莫悲兮生別離者正謂今日事也尊

公亦當一般懷也

耕牧姜子有恙不會詞筵故無筆語和章

問　　　　　　　　　　　菊溪

八田氏別號云何耶

答　　　　　　　　　　　碩軒

8

僕姓源氏八田名朝國字尭本號碩軒今年十有

六

　　奉和　碩軒韻ヲ

　　　　　　　　　　　　　嘯軒

水萍相遇海東頭共倚西林古石樓命駕高風護

似陽春一曲妙難酬

　　奉次　碩軒見贈韻ヲ

　　　　　　　　　　菊溪

一時佳會海東頭詩榻高開百尺樓別後思之何所

盍不妨相對好相酬

巳亥南至月

　　　　　　　　　　　　菊溪翁左草

對君之貌端潔而雅靜見君之詩辭約而意懇聞

君之年纔過舞象之歲以其弱齡而貌若成人詩

似窮儒未之一時必不可多得可與武城之鳳嶼

備州之菊洞齊名而匹美矣勉之哉勉之哉

碩軒
云 一座有前田道通者伴猶子菊洞而與朝鮮

諸客賡酬菊洞年方十五武城之鳳嶼余未爭

姓氏時對州記室雨森氏在傍即問曰武城之鳳

嶼何如人哉願聞其姓名雨森氏曰氏河口名﨑

號鳳嶼今年十有七文才超人今足下與菊洞鳳

10

嶼年相若也才相似也菊溪故云爾余於是先走

筆謝于菊溪曰示意欣抃無恨

再廣前韻奉呈　成張二書記　案下

碩軒

地才拙還歡其唱酬

數載藏踪津水頭難逢文宴會高樓諸公不計歸斯

碩軒

再次　碩軒韻

嘯軒

江邑青於野鴨頭江邊橘柚映高樓幾年眺足繁華

地今日淸遊病債酬

再疊　碩軒韻ヲ　　蒭溪

是難波水上頭諸君相送ル此江樓孤舟明日西歸ル

路縱有詩篇孰更酬

筆語

奉呈　製述官三書記　几下謹誥方正

僕姓源氏八田名朝榮字節養號員譽軒ト

公子美選七書講義及軍林寶鑑此施公何代

之人乎無所見

軍林寶鑑序曰貞和壬午上巳同郡江伯虎序スト此

貞就何代之年號乎不知其時世ヲ

一同書兵翼篇引兵嘆論此何人之所選乎不明看ルヲ

今加テ是正而賜指道セバ大幸ナリ

申學士託雨森氏而答曰所問僕未嘗見タ其書ヲ也ニ

強不爲之答サカ爲

答

菊溪

兵家之書曾所不聞此亦未詳其年號及其人時世

旦更問于博學人ニ可也乃把筆書如此

菊溪與蒲菴軒相議メ

奉呈 製述官三書記 案下謹請不諭

13

西域神瑛韻鏡東浦張麟之序曰雖鶴唳風聲雞

鳴狗吠雷霆經耳舌過目皆可譯也況於人言

乎僕資質頑愚未知譯之伏冀筆語以明其譯

法者幸甚

碩軒

答

青泉

承問譯法非僕所敢知大抵鳥獸昆虫有聲者皆有

所云然古人之知者亦以娛僕入 貴邦不識語安

能有譯法此則不敢彊爲之說

14

答

菊溪

譯法若以文字之聲近者而譯之則非徒人言雖鳥
獸之聲以類求之音聲各有其母因其子而求其母
分有可究之道至於名目之煩碎者不可以是推
其理甚微未可以文字詳盡只在神會而心解也亦

菊溪與傭
軒相議書

右唱和筆語已畢而余捧出紙請成張二書記以書
文字乃成書記書誠二字張書記書修身二字且張
書記手取橘二顆而餽予卽刻起而相揖與諸客共

15

奉送青泉耕牧菊溪嘯軒歸朝鮮國

中大本

使節辭東土回頭故國賖志凌天北斗愚入海西涯

行路千層浪浮雲萬里槎動名如可比博望亦何ッシン

奉和中大本惠寄韻

青泉申學士

新篇畫客意妍響聽來賖故國浮雲外扁舟浴月涯

奉酬大本惠贈韻

耕牧子

雪添新髮春入舊梅槎尚有吟詩癖懷君興復加

奉酬大本惠贈韻

風月叢梅散江南歲邑賖虛名傳海外短劒滿天涯

唱和卷三

採藥逢秦客題詩臥漢槎感君清絕語珍重觀餐加

奉次大本見寄韻

菊溪張弼文

波驚舟易滯囊罄酒難賒故國迷天外歸程杳海涯

嶠雲隨短劍沙月傍孤槎賴子新篇贈高吟興轉加

蕭和大本惠示韻

肅軒成浚卹

節序三多盡王程萬里賒身遊桑海外家在漢江涯

風雨龍雙劍琴書月一槎清詩能起我老興十分加

奉送蕭軒菊溪歸朝鮮

三村親信

不厭殊方遠丹心奉命堅東都關□二西海路三千

18

士庶迎文旆笙歌送畫舩經過皆勝地題得幾詩篇

奉和三村公惠韻　　　成蘋軒

星槎來萬里兩國已盟堅節過黃花九愁添白髮千

夜堂常刻燭風浦久藏舩仙岳問何處鶴帶邵書編

阻風上關奉次三村公見寄韻

寄來詩篇雅麗精切令人愛玩不忍釋手使槎東向之日何不相誂耶見其詩不見其人殊用悵然り

菊溪張弼文

人行久滯寒夜坐猶堅衆竅紛吹萬倩程杳隔千

九

窮源同漢使採藥異秦舩獨有寬心處詩仙惠績篇

奉送蕭軒歸朝鮮國　　河間見隆

箕邦何太遠迢逓接蓬壺當日從封聖遺風解貴儒

學曾探二酉才更賦三都瓜獻君休笑瓊瑤報一圖

遙和見隆公寄來韵　　成嘯

聞説難波上幽人隱玉壺跡高無俗累文蔚認醇儒

客路違荊向歸帆指漢都臨風偃瞻遡水月臥浮圖

　　　　　　　　長春堂
　　　　　　　　築山龍安

○敬呈朝鮮学士申青泉及書記㐭秋水張

菊溪成嘯軒諸君案下
　　　　　　　蘭溪

今歳乗槎到海東二陪案下意先通更看洞賦

超時輩頭羨才名冠世雄兩國共堪稱聖代舉

賢元自有高風驤壇此日相逢処玉樹蒹葭争

21

得同ヲ

○奉訓蘭溪惠贈

青泉

扶桑日出大滇東畫閣青山爽氣逼萬古烟霞

蓬島邑諸公詩賦楚鄉雄相逢玉樹交明月遂

有朱絃響晚風天地大平千戴會兩邦謠俗頌

聲同

奉訓菫溪

耕牧子

偶尋仙客入天東去銀河一路通豪士我慚

淮海氣新詩君敵洞庭雄秋深絶岸停舟夜鴈

度高樓落帽風除卻覊愁喧有酒天涯今夕幸

相同

○奉次菊溪惠贈韻　　　　菊溪

貫月搓橫浴　日東善隣冠蓋此相通幸逢高

士聯襟至喜見奇才絶代雄樓閣影搖三島霧

橘樹香動九秋風方知茲會塵閒少兩國詞人

一席同

23

○奉和簧溪韻

嘯軒

箕邦 日域海西東萬里修隣使者通擬向仙
山求藥草喜従鹽壘識豪雄好將二斗挟梨酒
共酔重陽落帽風相對莫嫌言語異惘然靈府

本來同

○再炎前韻奉謝耕牧子菊溪嘯軒三書記

簧溪

雞林鼇嶽各西東碧海泏客路通帆影已經

千里遠筆鋒須作萬夫雄詞源流出多新句禮

法從來有古風賴値諸君今到此交場便与舊

知同

○再奉訓菓溪

耕汝子

大坂繁華壇　日東平湖一帶海潮通珠簾繡

幕家捲粉堞層楼面雄白舫夂為千里客

黃花又發九秋凬客中憬憬多愁緒喜得樽前

数子同

○疊次菁溪韻　　　　　　　　嘯軒

坂城佳麗冠　染東宛轉平湖十字通萬戶人

民淄邑盛半天樓閣岳陽雄玲瓏橘柚含秋邑

縹緲笙歌落晚風遠客憑欄詩與呈淸樽喜与

列仙同

○再疊前韻奉呈菁溪詞案　　菊溪

摂陽奇景甲　染東海客帆擔萬里通彭蠡雲

煙堪較勝杭州臺榭可爭雄飛窓夜納鰲頭月

26

快閣朝含鶴宵風　正是黃花好時節又逢佳二

唱酬同

　　筆語

　　　謹問

醫國尊號如何

　　　答　　　　　　　　　　　　蘭溪

西攤為稱目君姓名如何

　　　答　　　　　　　　蘭溪

僕姓築山名克脩字龍安別号崇溪称長春堂

浪華人也家世業医矣

日

僕姓白名興鈴粗讀醫方為辨壮遊而來今幸

清範已極欽幸而况解岐黃之法尤有頼焉之

心耳賦新詩賜則可矣

　　　　　　　　　　西樵

○席上走呈西樵醫國

遠自雞林到攝陽遍神醫術有誰當一囊携去

　　　　　　蘭溪

28

經千里貯得新詩與秘才

○奉次蒙溪惠示韻　　　　　西樵

容攜逢迎到夕陽高談難把百金當歧黄神術

君休問淨洗心願曼效方

稟　　　　　　　　　　　蒙溪

漫羨巴曲辱賜高和最可珍矣敢请朱章　西樵

答

羞於深處終當即呈

問

　　　　　　　菫溪

傷寒ノ註疏貴邦ノ所用有ニ何ラ書耶

答

　　　　　　　西樵

傷寒方張仲景有ニ金匱玉函書ニ叔和成喜已

陶華諸人發明合ヲ為一冊名ク曰傷寒全ト僕

則讀此書而已

曰

　　　　　　　菫溪

弊邦亦妖近世舶上來者有兪昌書編程應

旃後條辨等外諸家發明書凡數十品考醫國

未見之尔且問婦人科有何多書耶

　答

我國有婦人良方讀此書而已僕水程行役大

有眠傷志忌非細筌後呈下診脉論疴命惠

　　　　　　　　　　　　西樵

劃則其感如何

　僕時診西樵醫國之脉

　曰　　　　　　　　　　　　　　蓁溪

31

僕診スルニ脉沈而緩ナル謂フ程行役申濕ニ服除ク

薫溪

湿劑ヲ　禀

薫溪

伏乞長壽堂顔字ヲ

西樵

曰

筆雖拙勁索如シ此若以大筆廣紙見投則可シ

仰副耶　　答

紫溪

32

舘中奈曾大筆廣紙妳砌他日耳若以往作當

之如何

○走疊芳韻仍呈蘭溪詞案　　西樵

客中佳節近重陽忽寫新詩二咲出舟揖江山

漆痛疾爭囊莫惜畫珍方

稟　　　　　棠溪

今日日晚明和呈

答　　　　　西樵

33

明早束訪此處

　　　　凛怒及雨森兄　　　　　紫溪

芳洲号何耶擾

君聞我號欲何為拄芳洲學甓句　　芳州

千古風騷全掃地獨碾一任世人疑　紫溪

○走呈芳洲席上　　　　　　　　紫溪

樽罍談已熟不覺坐來長客路於秋邑江城正

夕陽三韓皆仰德百世可流芳到處文章會鄉

愁須得忘

○別申公姜公張公成公之東都

蓉溪

殷禮一何厚遙經水ゝ山涉得傾心海萬里向

東關岩路九秋至行装ゝ還令朝河夕別久

約再開顏

○送學士青泉書記　秋五菊溪嘯軒四先生

還邦雖三首

蘭溪

再拜舍他眼當向夢中邸

歸帆遠送浪茫湄別路悠々雙淚雲海外無緣

其二

難波橋外大江流歲晏天涯送客舟他日相思

千里夢屋梁落月凝生愁

其三

摂陽城外送歸裝萬里滄波更瀰漫此夕匆々

遠離ル於他眠回首莫相忘

僕響接芝眉実千載奇偶也況且黍覆踞之

銀僕之栄莫大烏理尚拜別奈安禁忘嚴固

以小詩奉送日

○李和長春巻景溪見雪ヲ詩ヲ　青泉

勞歌一曲水西湄安乾霜雲擒抽蜜解墓味絵

袘別鶴海天明月是裸銅

蓬山玉寫古仙流那得お雙伴芳永今日肴待

腸更斷北風吹起棹歌悲

孤雲羈鶴對行裝西眺雞林月杳范多必江城

寒橘柚君寂烟樹猶難忘

〇和寄長春堂

久滯殊方歲月流江頭重縈木簫舟春堂咫尺

嘯汗

成子里旅鈹殘炬照客愁

天涯歸客已騰裝鷺路迢引指混邪桑下堂無

三病戀向來仙會最難忘

〇奉次菊溪惠贈韻

菊溪

客帆重逗攝津湄傍水雲梅嵌樹安此地相離

悵恨豈百年堂湲再逢玥

西脅滄海接天流風送三韓便客舟邊擒雜儀

旋告別嚼雲沙月捻離慈

事故多端彼人不能做一場從容見其詩

爲其人流切韻言々懷行朝日迫客船將

40

識東勞西燕之歡可勝言弍

姜書記　無和辞以疾

○再和苔　敬奉訪申張成三先生　蘭溪

星槎再縈水之湄正値天寒拙攜登回首何篇

鄉國遠河源盡浮敏鋼

大江直入海門流綵攬牙檣艤客舟眞厭一盃

雅歌酒湯関曲裏不勝愁

稟菊溪

景溪

先生有冨士詩耶書以示之章

○冨士山　　　　　　　菊溪

卓立中天萬似山屹然孤詩海雲開瞪

堆如玉悦見金罍舊識顏

○次韻菊溪冨士山　　　蒙溪

孤峰雪筱壓群山二望吞生宇宙阿頭得新詩

工似畫丞頭壽去接屛顏

○用冨士韻奉餞扇溪紫郎　榮溪

萬里蒼滇隔故山風帆高挂水雲間滿襟離思

何堪說唯山樽前是解顏

○野詩五首錄以祈蘭溪先生郢正　紫溪

春夜即事

今宵晴邑好一刻價千殘月澄三春表風清晨

里天柳陰來席上花影到窗苦搦酌奧妄盡何

須催曉眠

复曉

43

街鼓鄰鶏驚曉夢半輪斜月入窓虚後移双屐

發窓徑又撥疎簾坐竹床風度池頭荷葉動露

深籬下種苔香炎氣一點不曾到滿目如秋詩

思凉

新秋

大火西流秋意動病除殊喜此身躍天晴松月

臨檻早露公孼與依御鳴銀漢已斜玄夜壺金

風作盆覺凉生神淸似在氷壺裡隔浦時聞一

44

笛聲

曉發山居

数里青山裡早行人迹稀馬頭猶結夢露下屢

沾衣兩岸曉鐘響半孤落月微我今過此地去

乙幾昤歸

山居冬日

山中客至稀擁坐掩柴扉冰結澗炭絶風高撥

影微頻滌烹茗火重著夾綿衣時復開窗戶六

花片乙飛フ

○次長春堂詩韵ニ　　　菊溪

數剪頻詩灼頻呼換酒越柳風微拂地花月過

臨天身在氤氳裡神游廣漠前映堦芳草色經

雨自阡眠　　　右春求即夏

优々落月有餘光半搊簾啓洞房眠起柳陰

斜搊簞酒硬鶯語滑伺床墻頭露滴薔薇染池

面風吹菌蔔香晹谷火輪猶未上静中留得一

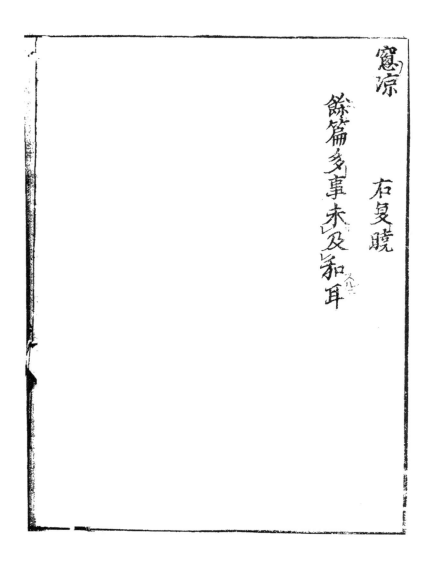

竆凉　　右复曉

餘篇多事未及和耳

享保五 庚子歳九月吉日

浪華

心齊橋筋南久太郎町

同筋淡路町

河内屋 宇兵衛

燈口 太兵衛

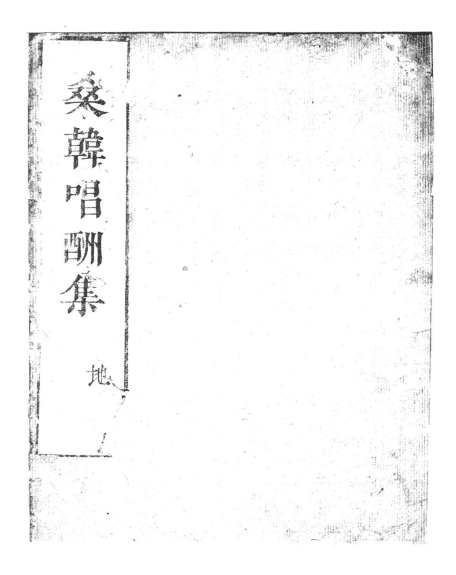

桑韓唱酬集　卷三

浪華河間正胤校閲

桑韓之爲國也其地雖同在東服而相距半萬里所以風馬牛之不及也然韓主無尋善隣之舊盟

方我朝

大君有紹襲之慶則未嘗不使冠蓋來而賀爲詩曰

匪今斯今振古如茲其斯之謂也蔽皆享保己亥之秋又有使星之照臨於此者是以遍命萬國無處不有賓舘之供矣於是乎我尼誠主先令

群臣以相議之而后進河桃圖於兵津傀之專詞

其事而指揮之僕等父子亦奉命往祇賤役以

俟文旆矣一日桃生謂余曰此行邂逅乎學士乃

是千載之奇遇也盍投木瓜以求瓊孫哉意者方

君子至於斯之日鞅掌絲棼無由唱酬也亦不可

知焉若夫失機則必有咫尺千里之悔耳不抑先

呈於室浦以得其和之愈矣因各賦蕉言托諸雙

鯉憑對府鴻儒雨松二子以要轉致於學士也暮

秋二自使星躔乎室口越襄目朒海若不怒長風

送樣遠於崸時便臨兵濱而錦纜牙檣之美四方
觀者襀負其子而至於是乎三使相爭自乘輿其
從如雲建旗旄吹笙簧濟濟堂堂咸就賓筵既而
雨芳洲來　僕所待之館姑接其芝眉未及班荊而
語及學士矣時學士書記輩紛然雜入不知其孰
爲某人芳洲見學士援而止之
見之學士有袖中之賜跪而閱之卽　僕等前日所
寄之和章也其言確實而詩亦平易足以爲一唱
三嘆爲仍知學士常潛心於伊洛而詩乃其餘事

也所謂有德者必有言不其然乎感喜之餘桃生

僕父子皆與再拜學士亦答拜就席滿座愕然觀

者如堵桃生謂芳洲曰兒輩幸携下里若干首來

請奉奏於學士及三書記矣芳洲曰萍水相逢寔

是勝遊而人之所欲也今使諸君得從容則又是

吾所固願也雖然三使就館少休而已今夕颺風

已各有鳴檝之約莫奈匆匆何縱有贈呈必不服

和答何益之有向所得不測之珍以是爲足則可

也歟於是不能強但屬再和數篇於芳洲而退韓

使モ亦夜ヨル未央而發爲黎明ニ到坂府ニ濡滯如例自是
驛路千里四牡駓駓達乎東都一十月朝且見於
大君聘問禮訖而玉節西向將歸故國仲冬六日乃
館浪華ニ止亦然既而艤于河口連日在舟不
輙發棹歌是以　僕等　時其開服後憑對府二書記
而別奉鄙稿強要諸仙之和矣雨生報云韓客已
多詩債想者貴境在通曾不容他日待其至而
画呈爲遂還之爾后未幾六鷁退飛過兵浦賓本
月望日之曉也時天氣兩端頗似摸稜之手故不

能直過以維於此便君以下皆相與枕藉乎舟中

各自就睡聞若無人矣夜向五更有霜滿天及斯

時也欲放一星砲火而響動寂寞之濱又奏數角

旅樂而聲微湫滛之海不知是何故將解纜數將

臨館歟聞者皆訝之僕等趣而見之舟搖搖以輕

颺更無如瞻望之遠何爲其徘徊於斗牛閒者獨

有一天之明月也耳遺憾遺憾略叙其顛末以自

慰云爾

享保巳亥臘月上浣尼洲老甫田中默容識

六鷁退飛見麟經今也歸帆故曰退意異于
本語

奉呈申學士榻下　　桃圃

攝州尼城小臣姓、河澄名正實字伯榮彌桃圃時
奉賓館之事待星槎於吾兵庫津近聞鰲波平穩
神物護持道已東矣珍重萬萬豫奉呈野詩二篇
以願他日之良覿若見惠淸和趙塵隋珠何榮如
之

江上涼風秋邑淸西望引領待豪英周冠殷幣經過
日不識憑誰一識荊

箕桑相去五千程客裏幾回逢月盈處處江山名勝

夥料知秋興動詩情ヲ

　　巳亥季秋

奉訓桃圃惠贈ヲ

瀛洲秋病月華清夢裏群仙贈玉英青鳥朝來傳逸
　　　　　　　　　青泉

響千年白雪起南荊

鰲首高雲列客程銀河一望水盈盈東來紫氣誰相

待落日瑤函寄遠情

　　巳亥暮秋

再奉瀆青泉申公尊韵

　　　　桃圃

向因芳洲兄幸彼一顧實千載之奇緣百年之榮
華更無可比者且袖高和二篇來而見惠示之拜
嘉欣抃何以謝之當十襲爲傳家之珍聊次前韻
以申鄙悰岩電惟幸

無數仙帆影亦滿人開驚起仰雲英天葩忽見奇芬
滿相遇自憗蘭與荊
飽題風月滯長程知是笑囊憂玉盈借問近傳家信
否南來新雁奈卿情
奉呈對府雨松二詞兄案下　田簡軒

傳聞之、武城李郭一舟輕何用割鷄泠欲敎來鳳

鳴兒童曾識画艸木亦知名室列衣裳會兩邦祝太

平

巳亥仲秋上澣

奉酬田節軒案下

僕之於

節軒公固非有疇昔之契而一日意外惠然賜我

以瓊琚之盛來雅之厚無以玉喩第其引喩之高

所借之過以之無似何能當之而不辭豈感媿

對陽霞沼

14

極矣況行李倥偬之間又未緣一一仰答來貺此

心之歎抑何如也因謹膚來韵必酻知我云爾

我行從白城帆掛海烟輕木落寒蟬謝天高旅雁鳴

嗟余千里客逢子一時名病昔好文意飛騰未昔

平
　　　白城我州開浄之地也

己亥暮秋　　　芳洲無和

奉呈韓客製述官掲下

播州尼城腐儒姓田中名黙容字言與號節軒過

蒙主命來於兵庫酒掃室堂將邊軍圃蘂茶聞高明

應貴邦公選而遠隨使星槎航扶桑即今暮秋

雨暘時若太行如坦途巫峽亦安流獨羨漢南鷹

揚河朔漸經過萬里之風月已到于我山陽之室

浦實是天意之所祐而下民之所安也可謂無窮

之慶而已不勝雀躍夫室兵兩津一葦杭之是以

景仰之切也猶大旱之望雲霓庶幾不日識韓荊

州焉雖然君子之至於斯也恐嚴裝匆匆不易從

容不然僕或奔走賤役不遑待坐苟有一於此則

孤負素願差池青盻以自噬臍耳於是雖未蒙孫

16

陽之顧不敢畏盛威卒爾賦巴章奉寄之左右謹

以擬木瓜豫以飾固陋伏冀電眸一過勿有呲擲

倘枉施郢斲加以瓊瑤是乃非常之惠而終身之

榮也不啻貪見暴富之謂矣應須巾襲愛護以傳

子孫俚俾之誚仰其賢而長有所矜式爲縱

效而不得全庶乎所謂刻鵠不成尚類鶩者也與

潑乖慈念珍幸萬不計亮恕

聞道漢陽君子人風流儒雅出凡塵錦囊過處雲烟

美玉節向時泰斗頻酬酒眞如青眼舊論文還愛日

頭新龍門未托吾心病閑話願蘇座上春

奉謝思中節軒惠贈　　青泉

盖而雖每道三生病債系在浴日之郷只以塵蹤

不使自藪枕而東所過名山麗洲報奉諸君子傾

俗眼枉殺烟霞茫茫如洞庭魚鳥聽咸節而飛且

下恐亡龍一當人意即暮維舟室津得環珏實械

忽從炯水蒼涼開出來初猶閬苑花青鳥口令王母

蟠桃花已復作鮫人夜浦錯落眞珠涙耳清闢在

眼一葦可杭待此物劃然戻止做了一場風流會

便可朝夕不料高明悉於披鳥顏托雙魚以寄莘

鹿之愚何念之深何語之勤珍重珍重古者必執

贄而見人今子亦為是而然乎從可以一挨芝眉

再嚛蘭菔不頻論公事如毛勝日易祖矣仰誦高

文礛珠甚精便是連城詩亦矯矯大離魔境可見

薔薇露盤手以讀矣如僕不過為狂聲所實跋波

至此自顧胸臆開橾茅已塞到頭逢人有以學士

見稱即面頼背汗無一可應足下之所聞於道路

者謂僕當作何狀人邂逅之夕妍把照心鏡三尺

以索我于方寸之地必見其空空如也拙和重違

惠好濱草紙末此左太冲效潘郎爲美容耳速鼻

陽侯無令汚篋奉甚

瑤臺烟霧望佳人鰲背仙居過裕塵驛使梅花書到

易期生瓜棄夢看頗後名自愧金門謁高調難訓白

雪新其喜太平分氣象一樽明日醉生春

巳亥暮秋上弦

今良覯於此迷披雲之願剩携壽和來而中心

覬之慮戢之餘又廣原韻以抒鄙謝

20

節軒

一見テ金鑾殿上人ヲ　裨除スル渴望滿襟塵　主恩持節

寸心勁ク鄉　思發樓雙涙嶺　瑤玖木瓜雖趣異

蕑葭玉樹樂　知新君傳太雅清風否　筆下生花

別有春

奉呈製述官申公悟右　衣尚

九月叔苴之秋韓賓將過兵浦是以　豫承賤役

來留連於此多日爲候聞仙槎抵乎播陽室津喜

而不寐賴對府鴻儒雨松兩詞兄謹奉呈僅巴一

章以候文屢伏乞加郡斤辱賜高和維甚高

拖玉腰金上國賓未預孔蓋意先親滿囊好句驚人

手萬里幸勤報主身蘭藥方聞維室浦錦帆又向是

兵津使星興日過吾土瞻仰彩光掃渦塵

　　巳亥暮秋

　奉呈雨森芳洲公詞棄　　　　前人

雨公才譽素夢領馬嘶風烱萬里程相憶未逢情更

切只求一語坐班荊

　奉呈松浦霞沼公吟榻　　　俞人

22

翰墨盛名獨占魁企望幾日攝津隈預知囊裡飽風

月接袂三韓詩老來

奉訓衣尚惠贈

　　　　　　　青泉

書來玉案報佳賞怨尺仙郎語可親雲海羨君千

里翮乾坤笑我百年身青山月迴麻姑室金闕秋高

織女津珍重關門迎紫氣已將詩墨洒行塵

　巳亥暮秋

僕姓申名維翰字周伯號青泉行牟三十九乙酉

進士癸巳甲科及第官今秘書著作郎泰應公選

而來碌碌隨人百事可笑何言可陳辱諸公問訊

言不能逼草此平生並在牘末統希僉君子遙鑒

次韻

衣尚公見贈卻呈

霞沼

驗壇知子占時魁家在尼洲烟水隈海天他日相思

蝶夢自應太又來

巳亥季秋　　芳洲無和

奉謝製述官申公賜高和

衣尚

俄者憑雨松二子呈鄙律一篇于室津賓館以瀆

電瓑而倉怦之際辱惠高和盟漱展龥感佩銘骨

謹當什襲而永爲文房之雙南金矣既攇光範且

領此厚誼不料有東隅桑㯏之兩得於戲逢嵩腐

儒何能王此榮平荷戴之重義當不可黙止因疊

麕前韻聊抒謝悰仰冀亜台敎

泰斗無雙異城賓歡將縞苧正相親偉然容貌切傾

慈卓爾文章早致身千載商風光赫赫八條箕敎澤

津津揮毫扨我好詩句一握驪珠不染塵

唱和

奉贈芳洲雨公案下　　　　　田節軒

卿者邂逅鬱懷永釋近承動履万福長驛無懨到

於東都皇華執圭鹿鳴終宴而今也歸路再僑平

浪速城外矣多以辛勤其勞雖不可以言然万

里冠蓋使其善卒大禮邑不亦說乎疇昔之夜僕

等見於青泉公且其鄰雲所以落手者皆實賴明

公之先顧而其德於我之厚莫以尚之欲當結草

未足以報焉太日僉公各已有和而獨欠吾公之

高酬唯是窃疑之官事輓掌之言　僕雖不敏固未

初不知其然也意者長袖易舞多錢易賈則雖居

倉卒何其憂不能即非所謂挾泰山而超北海之

類也審矣蓋人或以爲折枝之類也其亦庶乎我

心之歎請君察之倘五邑炮霞閃諸崑丘玄圃之

所則人間不能仰爲萬斛明珠勿愛吐二顆天寒

氣冷爲道自愛不宣

逢場前夜月黃昏別後不忘君笑言爲報青蓮歸去

處又隨學海洗煩襟

　　　黃鍾上旬

奉呈姜公詞伯吟壇　　　俞人

楚天曆發路難過況復函關險阻多聞說姜家松栢

質士峯霜雪奈君何ヲ

借用衛共姜作柏舟詩之事而旋轉成句
把婦人比男子者毚致杜甫贈王維之詩
不知
是否

奉呈成公詞宗吟案　　　前人

行盡海東万里程元龍豪氣一毛輕佳人成大力頭

夢半夜枕邊良慰情

奉呈張公詞仙吟榻　　　前人

28

雲外遙修鰈域親　武陵源水更津津風情張日傾

華葢到處應逢斗仰人

兼簡二鴻生

群鳳謝東京歸飛幾驛程梅舎春邑早竹帶雲光

　　　　　　　　　　　　前人

淸安坐張生勇榮旋蘭子名願言萍水會陪席結詩

盟

　疇昔之夜飛鳴過我而未能
　親其齊毛故結句及此

夜月上澣

奉疊謝甲學士詞案

　　　　　　前人

曩者轗奉鄙言於高舘天假奇緣幸不見鄙乖靑

之矣報以擲地金聲副以蓍亥數言希代之慶不

勝感戴然僕之謏劣難以堪承謦讀之開使人發

駢不圖糠粃之前蒙明公之鐵揚陳邊尺牘未足

爲榮陸賈千金爲能誇寶向之朕謂當什襲以傳

於子孫傑之長法其賢吾笠食言平貴客巳終盛

禮而文飾西歸今復寓於浪華之院矣跋涉數月

其勞如何也雖然辭命修飾之美再以此於行人

子羽也抑亦東里子産歟安知其不有潤邑之譽

鄭車鄭重謹寄二絶於館下數順其贋載顧者高

30

明以我爲貪而無厭者也夫請勿惜手中之珠珮

恐有得隴望蜀之訕而巳海涵是仰云爾

其一

遠越關山到武陵菊花時節避炎蒸不知今日楓

林晚霜葉停車輿可乗

其二

萬里夳來休半塗風流吟繞莫踟蹰海濱望子故如

待月白樓前波底珠

　　　　夜月上浣

唱和卷二

謹呈申學士芸叟下

衣尚

僕之於青泉公以生地則異域也以交誼則非舊

也何況其方旅況擾宂之時顧我以阮眼之靑窅

我以滿紙之珍不意一夜立談之間有斯莫逆也

詩不云乎心乎愛矣遐不謂矣忠忠藏之何日忘

之盛箺所傾私有鑱在于忠心惡何日忘之唯恨

客氈未暖候唱渭城分袂于今三月魚雁信絕而

祇石慶蝶之飛揚也耳項聞專對禮畢而征軺指

西長驛風霜不成從者之愚再戀於攝之城外

不勝至祝再會有期亦可故曰而邉爲謹呈蕪韻

二章聊效葵忱伏祈疆加點竄副以一字則榮荷

何有限與先所得者竝爲一雙自塵珍藏以欲永

傳其美矣愧僕拙枝數煩高明登邺江頭賣水之

比磨諸斥鷃之與雲鵬爭細大燕石之奧和璞論

美惡其嘲難以不可免然而景仰之情亦不可徒

已請棄其詞而取其意維望

　　其一

海城歲巳寒使節火盤桓雲外雁離塞天涯客返韓

詞源圓智月文蔀是才冠憶昨登龍處匆匆味聲歡

　　其二

可妖可親鰥蛾賓德儀文彩兩彬彬癈人未辨救兼

麥罢與一篇示道眞

　　巳亥仲冬

奉呈青泉申先生玉案

　　　　　河桃圃

恭承先生尊候清泰動履萬福巳霶武陵今泊

浪速敬賀敬賀向者過我土之日辱瞻仰道範且

惠賜玉什銘心鏤骨永記何忘僕亦在兵庫而祇

賤役ヲシテ如舊篇喜有路再披ビタヲテメ雲謹賦野語一篇ヲ以呈ス

區區岩電幸甚

絶代才華鳴異域幾時萍水再因依長泌永結病鴻

翩落日寒威遠客衣孔席東西猶未暖狄門桃李久

相違家山望處路迢遞知趁春光歸帝畿

巳亥仲冬上弦

奉呈姜成張三詞宗

前人

恭聞諸君東都禮絟寢寐清福過我兵浦亦在

且夕不勝雀躍義者弊館不幸而冠盖不停僕曹

怨失良緣滿襟遺憾不可勝言也高明垂慈若許

一諾何啻黃金百片而已野詩一章謹奉呈僉公

案下以祈他日之恩昞笑納幸孔ノ

隴頭流水晴光冷當唱離歌送客歸妙手千年餘錦

繡賢聲萬里仰明輝來時林樹金風起去日江關白

雪飛葭玉燈前若相倚正濡秋兒爲先揮

巳亥仲冬上浣

奉呈權國手良醫雅下

前人

僕有兒生于甲午稍及四歲春二月遊步之際有

脚忽然生疼即夜發熱二日而退諸醫皆以爲折
傷内外交養而不驗爾來連進以獨活寄生湯八
味地黃丸大防風湯舒筋立安散且浴温泉二旬
餘又皆不驗而終爲浮腫公半正月潰爛漏膿水
凡五旬許於是頻進以內托之劑貼膏於竅外而
愈矣此兒肥体壯氣不讓群兒只見其座容則人
或以爲徙雖然遽起而步依舊蹒跚今也右臂又
浮腫未成膿血闊境衆醫無如之何而已仁人若
惠示一方則縱不幸而竟不能褪坎僕終身無恨

矣昭亮萬萬

　答　　　　己亥夜月上弦

勝濕餅子　　黑丑二兩 取頭末五錢　　　權兜

白丑二兩 取頭末五錢　　芋逐五錢稻裹煨

右極細末用蕎麥麵二兩半調水和藥捏作餅子

如折三錢大放飯上蒸熟每一餅空心茶清嚼下

以利爲度

此見傷於厚養濕熱覃在三陰以成腳氣非峻

38

利之劑則難治但小兒氣血未實此藥必二三分

作劑斟酌試用如何

　　　　　　答書至自藝陽浦刈

山二句韓客視之作賛故今附於此

坂府大谷氏幼女書所謂採菊東籬下悠然見南

昔蔡文姬善於詞翰楷草惟意所欲衛夫人亦善書

至使王逸必學之婦人之絶藝見稱者惟此兩人而

此猶壯年事也今大谷氏女年纔十歲筆法之成就

如此賢於蔡文姬衛夫人遠矣如使衛夫人見之則

其流涕也必矣奇哉奇哉巳亥仲冬朝鮮張菊溪題

奉呈大谷氏某公　　　　河桃圃

享保巳亥年　星査多才子
文光遍倭韓　聲價貴朝乕
駟馬巳易過　旌旗不火止
有女名阿常　正是大谷氏
新寫淵明詩　筆法圓窂比
龍蛇走寒泉　雲炮生滿兀
文姫衛夫人　奈何誇厥技
君家足珍藏　我曹復何以

書記張菊溪　並肩申學士
衆人皆慕荊　諸子欲御李
海內冤萍逢　十歲善草字
家在浪速隈　幸令菊溪看
終嘆臨池成　披展疑眞偽
往往不戔志　直把比一二
韓人豈虚譽　斯其有所詼

巳亥臘月上浣

入柳佛山不知所終或謂之仙化云追封文昌侯配

享ス 孔子ノ廟庭ニ

金地藏新羅敬順王金傅之子新羅垂亡不恐見宗

社之覆墜太入金剛山百川洞倚岩爲屋永斷俗緣

隱身修道國人不能忿築城以護之百川洞中猶有

毀堞名曰敏峴云俗姓卽金民地藏入山後旨號ヲ

其名則不傳於世云

託松井河樂翁而問新羅崔致遠新羅金地藏事蹟

於韓人矣

崔致遠
賢首傳之作者

金地藏
扶桑河州本浄比丘所以名退休地於九華
山地藏寺著墓金地藏事蹟也

答

菊溪張弼文

崔致遠字孤雲崔冲之子新羅末葉人十二歲入于
中原唐僖宗朝登第爲高騈從事作黄巣檄巣見其
文不覺下床巣賊旣平復仕子唐朝以老母在於本
國故二十一歳衣錦東還歷典三郡見羅運漸衰乃

自撰成俚謡一律以博大方家之笑公無棄蕘語

幸賜高和則爲別後容顏是荷是祈

驛程梅未發海路雲初飄請示囊中句朗吟度一宵

鹿鳴公宴罷弱水沆歸繞富士山前遠扶桑樹下遙

學士言曰佳篇感吟多謝多謝有唱則有和禮

之必然者也然令將下舩矣舩中而和韵託雨

森氏以贐之不知能達不譯氏傳此言予領之

遂相揖而別

問　　　備前大瀧山福生密寺僧圓贄

祝玉蓮花發紫煙中

學士依譯氏言曰讀示懷巾之詩走率之際雖

不能和韻尚慰客愁於兹于出病稿之詩　并　小

序以呈學士

　　　　　　　　　　省齋

謹啓朝鮮學士申公案下

寒風雨雪海濤山險勞倦多多不可勝言伏承

竟此大禮而起居清勝欣懽欣懽今也回舟萬

里泊于此渚　僕　何幸再諧鳳覲榮踰望外兹不

別懷不甚言事已如此言之奈何芳洲霞沼既不來

今宵更會無計雖有詩篇付之爲有之鄉此亦大令

人感慨處也但冀諸賢連用珍愛如遇河翁爲傳鄙

意幸甚今將下舩矣不盡

駿河道中望富士山口占　　青泉

扶桑東太海雲賒萬仞峰頭雪似沙落日蒼茫秋色

裹青天洗出玉蓮花

又　　　　　　　蕭軒

富山雄峙海之東白雪峯巒高天可通突兀奇形何所

向西敬賀敬賀方今泊此渚得復把ヲ手彩欣幸何

言乎只臧邦家有禁無霞沼芳洲則不許唱和筆語ヲ

徒懷詩句ヲ黙然仰望實失千歲之一機會耳河樂亦

雖在此村家老衰蹣跚不能平就此館而見高文十

卷芳洲既傳達之勿頻心思瀆者駿州富士山者我カ

東第一之名嶽先生登無遽作乎書賜則爲別後之

容顏伏写勿怪嗟明發開帆吾會無期臨楮不堪悵

然亮察

筆語　　　　　　　　　　　　　　　　青泉

在于此望予莞然乃共拜揖學士據筆硯書云

筆語　　　　　　　　申青泉

別來秋邑巳作陽生之月幸此行無恙到此得復見
君於舊館欣喜欣喜松井河樂翁起居何似所託詩
卷序文巳屬甫森氏傳達夫知卽到否當日所與唱
和諸君子幸皆無事能復念我行邑耶泊舩在渚不
能就館此別便作千秋事恨歎恨歎

答書　　　　　　　　　　　省齋

高諭詳悉侵凌風霜跋涉山川跂東都之大禮玉節

群仙今夜會醉墨亂縱横談笑有餘興何妨報五更

奉次霞沼戯見示席上韻　　剛齋

今夜文奎會揮毫珠玉横縱雖頰顙燭請莫報浚更

奉和霞沼詞伯之戯示韻　　和田省齋

燈前文酒會詩就筆縱横誰嫩銅壺水忽驚報曉更

享保四年己亥冬十一月十七日朝鮮信使復

泊于牛窓在滬不就館焉副使黄公上寳館以

頃疴下舩故學士三書記共不就館無由爲唱

和筆語即英予及黄章到上寳金學士申青泉偶

牛渚夜戲呈詩仙 一絶

誰道秋宵永籌端玉斗横已看燭頻跋其遣漏催更

　　　　　　　　　　　　　　　松浦霞沼

奉酬霞沼 一

高閣青燈話長洲白露横下聲何處鴈天外叫殘更

　　　　　　　　　　　　　　　青泉

走次霞沼戲示韻

小横秋夜靜星轉絳河横勝會詎無翰青遍又攀更

　　　　　　　　　　　　　　　嘯軒

奉次霞沼戲贈韻

詩成韻清絶筆落勢縱横未了良宵話鷄人莫報更

　　　　　　　　　　　　　　　菊溪

用霞沼韻呈座上諸賢 二

　　　　　　　　　　　　　　　芳洲

題扇面ニ

　　　　　　　　　　　　　　菊溪

竹上雙棲烏無塵涤羽ニ衣終ニ不飛太知ヌ爾人愁機ヲ

又

　　　　　　　　　　　　　　　　全

細草平沙岸遙燈一點明源董初罷釣歸趣暮砧聲

走筆奉次謝菊溪詞伯題扇面之瑤韻ヲ

　　　　　　　　　　　　省齋

盆惟詩句秀運筆墨痕明賴對鷄林客初聞大雅聲

復疊明字ヲ奉贈省齋詞伯

　　　　　　　　　　菊溪

見君詩最妙使我眼偏明擊節高吟罷鈿鏘擲地聲

絶句 一章奉呈座上諸公　省齋

酒闌會席尚淒淒更唱和吟中別恨生明日風潮送君

處箠程可待鳹旋榮

走次省齋示韻

清話連床僕屢更秋晴高閣夜凉生別後可堪雲樹　嘯軒

隔面期更指菊花榮

走筆奉和呈省齋梧瓩　菊溪

客裡光陰屢續更近床蟲語與愁生聽君佳話寬羈

袍羽化登仙不足榮

海鰌千年避老韓文星南斗笑相看願君收拾鯨濤

色羸得孤帆到水端

席上奉呈葯溪張先生

星槎風轉下天涯秋靄海門雲霧開館裏今宵會仙

省齋

客不疑我土有蓬萊

即席走艸奉和呈省齋詞伯梧下

菊溪

船泊牛窓別浦恨忽逢佳客好懷開超塵風格知如何

似雲裏寒梅興草萊

奉次省齋清韵以博一粲　　菊溪

淥月天東作此行星槎忽巳過重瀛鰲頭遠囓迎航

翠膃背晴曜照眼明時遣客懷題短句幾逢佳士吐

淡情愛君眉壤多神氣始信三四實副名

席上奉呈申青泉

晋著作郎朝服用單衣介幘今假用之　　省齋

單衣介幘自東韓秀氣高標似酉看鴃路三千餘里

奉和省齋　　　　　　　青泉

泿卻輪詩句湧毫端

唱和卷一

支

不義銀河八月行客帆秋日到蓬瀛洲邊對酒爽焆

杳館裏題詩夜火明一笑靑山開爽氣千年白雪見

高情尋眞采藥平生願自愧二韓學士名

　　　　　　　　　　　成嘯軒

奉和省齋惠韻

　僕姓成名夢良字汝彌号長嘯軒今以副使記

　　呈來

日暮炮洲駐客行笑攀仙侶陟蓬瀛淸樽畫燭儼相

對奎彿壽星交映明何恨語音異晉俗喜從眉字得

風情砥砆敢報瓊琚韻拙技眞慙八斗名

秋風潮穩錦帆　無恙珍重萬萬　僕姓平氏名出

名正尹字子温號省齋備前州學宮書生業業

寡君之命來東文筵筆硯幸得一按芝宇不勝

欣悚之至率裁蕪韵一章以汚尊眘得賜斤和

孔幸

聞説皇華既啓行高樓幾日望西瀛三山浪穩仙帆

遠萬里秋晴使節明浦口逢迎無一語床頭唱和有

餘情青眸相照淡燈下頃寫錦囊傳盛名

奉訓省齋贈韵

青泉

31

三疊遙字呈上剛齋詩榻　　菊溪

身逐片雲遙乘來八月潮衣沾赤關雨帆拂小倉橋

興逸題詩夕談淸秉燭宵歸期何日定一任屢回杓

席上奉謝諸詞伯高和　　剛齋

萬里乘槎客善隣賀太平鷄林裝玉節牛渚駐文旌

凤望德輝秀親交手彩淸每篇珠玉和應作一家榮

敬稟甲靑泉姜耕牧成肅軒張菊溪諸公案下

繼好兩邦奉辭萬里遙衝鯨海波暫憩牛浦岸

和田省齋

江湖虛負白鷗盟萬里桑洋逐使旌看取日東多俊
彦聯翩一代以詩鳴

再疊遥字奉呈剛齋案右
一望海天遥磯頭已退潮草埋徐市藥石老祖龍橋
勝境惟兹土良緣卽此霄卻愁更漏促回首視璇杓

菊溪

奉次菊溪詞伯疊遥字耴寄韻

剛齋

東程驛路遥難駐去隨潮遠波播滇浪屢逾攝港橋
揮毫逢異客秉燭情良宵滚思脩途苦懷然仰旋杓

契筆端更發二邦眞ヲ

奉和剛齋示韻

漢陽客子海東濱喜過仙郎更問津兩地何嫌風壤　　嘯軒

別醉來談笑見天眞

席上奉呈張菊溪座右

遠伴使軺奉舊盟牛總幸駐指東旌文場涵海充橋　　剛齋

井莫畵毫端放鳳鳴

復用剛齋見贈韻奉呈詞案下

菊溪

石盟秉燭長宵談笑穩頹然形役困脩程

走筆奉呈申青泉席上

　　　　　　　　剛齊

牛渚偶邂星容槎扶桑風仰躡珠華今宵萍會知何

　　　　　　　　剛齊

李侯見文章一大家

再和剛齊見贈

箇啄津頭寒橘槎帆雲水石其秋華相逢楚客琴也

　　　　　　　　青泉

雨怨人蓬山畫裏家

　　奉呈成嘯軒座右

　　　　　　　　剛齊

烟鮹霧幾程濱轉駐星槎牛浦津目擊曲來存敷

發題壯遊且惘桑蓬志忽卻、層波渺公程

奉和剛齋惠示韻 　　　　長嘯軒

僕姓、成名夢良字、波弼自號長嘯軒今以副使

記室來自渡貴地飽看山川之勝且檢翰墨之

彦恍若陟蓬嶋而遇列仙也今者諸賢又肯惠

然臨之貴之以華製重之以清詩實浮世之勝

事也喜而莘如何如何

長風破浪草宗生鶴首迢迢涉大瀛孤嶋迎航偏秀

迎群仙披霧總歡情一堂好作水萍會兩國已堅金

26

袂海山臨客一含情匣中星照青龍氣竿外秋毫白

鳥盟最惜今宵難繫得片帆雲水卽王程

奉次剛齋惠示韻

　　　　　　　　　菊溪居士

僕姓張名應斗字弼文自號菊溪居士行年五

十以從事官記室來到貴國獲觀雅儀喜幸何

言拙詩不足以仰答高韻而重違盛意聊此續

貂一粲如何

萬里星槎乘漢容迢迢行邁渉滄瀛慣聞玆地多仙

子喜見諸公不俗情冠盖百年修好義山河千古聲

25

唱酬卷一

彩繪聯輝日域間　三韓仙客共登瀛　遙途萬嶋千層
波親換牛膓　一夜情　金節捧來修舊約　玉毫揮處結
新盟遠遊元是男兒事　何厭長風萬里程

奉酬剛齋惠贈
　　　　　　申青泉

僕姓申名維翰字周伯號青泉官今秘書著作
郎忝承公選而來海山神仙窟得奉君子欵宮
之會是三生窩緣感喜何量木瓜報瓊琚自顧
慙根惟高義不以卑鄙之蕾作別後顧画幸甚
蓬莱玉爲千牛事自喜仙緣泛大瀛天地得君雙把

九

無恙就次登瀛仙槎今日暫躡牛腦幸得通鄙
名接芝眉珍重萬幅至祝至祝惟夫兩邦異言
四海同情目撃之際神交卽存況筆話代舌不
必縁譯氏 僕 姓藤氏松木令呼山田名定經宇
孟賁別號剛齋自稱樂樂子備陽國侯小史令
祗役來牛腦因善隣之美事得識韓之姝釫一
對戀籠仰向英風何慶尚麻第羞區區微才不
朕應接恭裁燕詩敢瀆電眄伏願海函不發狸
薜辱貺高秈多多仰君子諒綱耳

舊交滄海泼再會青氈今詩席荷恩感發生戴雨森

奉和河樂老丈韻

知君學海淡轉古又超今落筆堆珠玉篇篇詩律森

右芳洲和韻徑朝來及呈再和舡已出

芳洲

奉呈申姜成張諸公詞案下

山田剛齋

鷄林衝三伏之炎馬州凌千層之波冲霄遥擊

雖人之丞姜賢勞輶難亦胡堪言之忽喜彩鷁

東山日記既ニ有リ弁巻之教則雖文拙敢辭ヤ但夜短行

迫當從頌構呈ス耳

奉謝嘯軒公於東山日記序文金諾之惠

河樂

山道吟篇冠語祈慈涵欣躍足如飛墨蹤投賜其期

河樂

約再惠只後東武歸

對州儒官雨森芳洲於予有懇情之惠因謝之如

左謹謝芳洲文詩席懇情之佳庥

河樂

約又逐高和惠頒慈

對州刺史家臣儒官松浦氏見愚詩曰嘯軒詩
中無序文許諾之語凌切問之予曰嘯軒雖如
無序文許諾之語其意隱然在言外不待更問
之而自分明松浦氏猶不敢首肯於是改前詩
第二四句而是□□坐左

東山日記極卑辭辛人賢眸得免哩伏幬拙篇冠詩
約分明筆跡是鴻慈

筆語　　　　　　　　　　嘯軒

20

東山驛路日吟辭踈放偶然甚首噎猶是拙篇不能、

兼伏祈賢丈冠語慈

謹次河樂公惠示韻

嘯軒成夢良汝弼

卷裏篇篇絶妙辭佛頭加糞得無哂再三夜青燈

下医卻沉痾勝左慈

再廣原韻奉謝嘯軒公於愚作東山日記序文惠

示之諾

河樂

東山日記極卑辭幸入賢眸得免哂巳許拙篇冠語

愚詠汗呈辣拙辭咄嗟即賜和章奇擬鸞變態維龍

貊比狂舞容是鳳姿坐上挨毫和作芟心頭取法敬

爲師因欣長律加冠願巨海納涵慈上慈

奉謝青泉公見示及官位姓名年齒之筆語

河樂

隔朝暮拜顏此墨痕

官位姓名年齒言貴毫傳達刻丹魂別來万里滄溟

奉祈嘯軒公於愚作東山日記見加賢序

河樂

大冲水序於玄晏玄晏登能勝若人迄于今而

天下稱左氏自叙不使戒之在斯然登蓬盛托

左與之偕待舟車少暇或得方言浣卷而歸之

是爲期耳

梁園賦雲馬卿辭蕭瑟瑤琴耿自奇鬢上霜花仍古

狼囊中詩草亦仙姿敢論玄晏三都序留許青雲十

　　　　　　　　　　　　　　　　　　　　　天地一六

代師天地即今波浪靜太平歌曲出荷恩慈　作東海

奉謝申公愚製長律序文許諾之惠語

　　　　河樂

韻難模周體與序姿可羞過接非其友只願性情是

願師誠敬丹祈賢者序健毫販下九淵慈

奉訓河樂惠贈　　　　青泉

　僕姓申名維翰字周伯號青泉年今三十九以

乙酉進士癸巳甲科及第時任秘書省著作

叨公選遠涉滄海所過峯嶺雲林種種仙境玆

又仰覯者英奉惠什朗誦之知三山藥非亦自

有詩助矣感幸之極略以巴人報春等當不滿

一粲笑耳承有屬稿之命令人愧不敢吉當左

更濺風露滿虛庭　林表低亞幾點星　席上龐容兮眞不

裕正妬仙鶴壽千齡

奉答謝菊溪公疊庭之隹吟

　　　　　　　　　　　　　　　　河樂

祝其徵須引極衰齡

先欣在我訓逢庭更感於君使應星重疊韻辭仙壽

奉所愚製長律集之賢序之韻語

　　　　　　　　　　　青泉雅公鈞

坐前

　　　　　　　　　　河樂

拙吟長律集中辭自識凡庸無一奇雖避同音樂異

目甲卷一

日東眞境即殊庭更道天文近壽星今夕見君顏頰

古不煩修錬到退齡

　　　　菊溪

李謝菊溪公祝儀壽之惠詩

　　　　　　　河樂

仰看日角與珠庭吟韻若審眸上星卻是惠情祝吾

壽詠辭懇懇比仙齡

後豐庭字仰呈河樂橋下

　　　　菊溪

14

僕今曉ニ於テ海中ニ見ル南極老星ヲ故ニ云云

蕭軒

清宵來訪意辛勤
細雨燈前對廣文
舩上纔看南極
老神仙標格果逢君

用同韻奉謝蕭軒公祝壽之惠

河樂

待賓於我更無勤
里外耳觀覽謝文
況復丁寧祝五
壽殘思沒世不忘君

別構一絕以賀河樂公眉壽

昌平坂

13

奉和河樂僉示辭官年序韻

　　　　　嘯軒

東武緇塵十載勤北山歸與誦移文幾人猶走鐘鳴

後暮境投閑獨有君

復疊原韻奉謝嘯軒公之寵和

　　　　　河樂

徒窺精力不才勤無績只羞武與文老境辭官吾適

分投閑衰籠卻疑君

走次河樂公疊示韻

12

健妙句拈來看極圖

再疊原韻奉和謝菊溪嘯軒二公之妍和

　　　　　　　河樂

殊域唱酬筆作舟兩情通處更無丘奇哉敏捷如飛

電句句精工不用鬮

嘯軒以筆語問予官職及辭官之年序予乃以韻

語答之

吾本壯強武事勤國鸞可業復遷文六旬餘歲病辭

職權授這回會雅君

11

又奉呈三雅公之几前

萬里波濤萬里舟遠帆無恙蓬丘仰看風俗算封

　　　　　　　　　　菊溪

美哉客儀容都一關

右詩青泉無和

奉次河梁清韻

重溟秋色載孤舟歷盡東州水幾丘墨壘交兵八眞戲

　　　　　　　　菊溪

劇火時行樂憶藏閣

謹和河梁公清韻

　　　　　嘯軒

蓬陽仙人蓮葉舟客星中夜耀青丘喜君老筆獨稜强

仙客回清眺高談度永宵不妨侵曉散直到斗移約

謹次河樂公惠示韻

仙賞不辭遥風帆趂晚潮窮河隨漢節觀日過秦橋

邂逅童顏叟寶遇畫閣宵淒然話壬戌歳月幾蹉跎

蕭軒成夢良波瀾

再疊原韻奉和謝三雅公之芳和

河樂

陵谷曠海遥牛轉乾斡潮身唱蛙盎井高酬鵲傲橋

初逢先在纂終會欲通宵佳詠拜吟盦壽師准峯村

9

詩筆談規格是欣幸

右三首韓客無和

殊邦兩境遙星使越高潮淺浪艬爲足遠濤風作橋

辰奇濃夜淡鯨鼉風還霽看遊歷不勞意仙槎任斗杓

奉酬河樂惠贈

申青泉

萬里客行迢三秋乘海潮感君留月館邀我度雲橋

筆落棲鴉幕樽開旅雁霄文星映南斗隨興看巴杓

奉訓河樂惠贈韻仰塵詞案

菊溪張弼文

千里路非遙雲帆遂暮潮自能超蠏窟何必假鼉橋

桑韓唱酬集卷一

奉呈青泉菊溪嘯軒諸公鈞座前

浪華河閒正胤校閲

松井河樂

謹啓諸公鈞坐前平安先祝錦牙舩備前州主命臣

等齋戒奉迎韓國賢

僕是備前學校官品階司業老辟官今殿貴客遠來

會主命逢迎擬當官

吾名良直氏松井問字謹呈丹懇影伏牘貴邦學與

如其詩工拙精麤者俟其能

知詩者因叙

享保己亥臘日

坂陽河間正胤長孫書

秋又令使臣來聘問而我
邦之詩人遠而有寄面而有
贈寄贈酬答不爲不多矣刻
厥氏輯以爲帙名曰桑韓唱
酬集觀之則將足以見
家邦有道隣國慕化之盛也

桑韓唱酬集叙

方回萬里ヵ曰周宦有象胥舌
人之職遠人慕化而來使人
將命而出以柔以撫三韓聘
我
邦也舊矣今兹享保已亥之

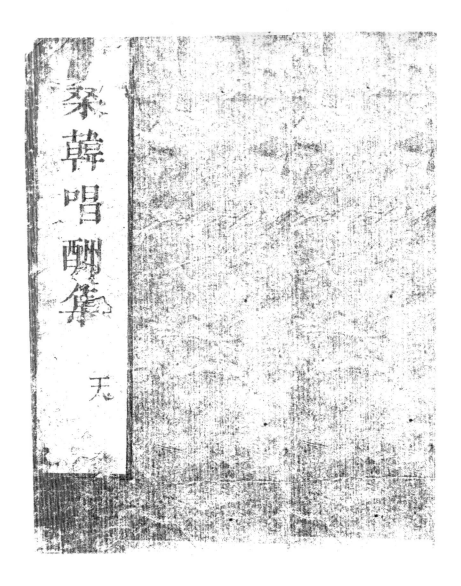

桑韓唱酬集

조선후기 통신사 필담창화집
번역총서를 간행하면서

20세기 초까지 한자(漢字)는 동아시아 사회의 공동문자였다. 국경의 벽이 높아서 사신 외에는 국제적인 교류가 불가능했지만, 문자를 통한 교류는 활발했다. 중국에서 간행된 한문 전적이 이천년 동안 계속 한국과 일본을 비롯한 주변 나라에 전파되었으며, 사신의 수행원들은 상대방 나라의 말을 못해도 상대방 문인들에게 한시(漢詩)를 창화(唱和)하여 감정을 전달하거나 필담(筆談)을 하며 의사를 소통했다.

동아시아 삼국이 얽혀 싸웠던 임진왜란이 7년 만에 끝난 뒤, 조선에 군대를 파견하였던 중국과 일본은 각기 왕조와 정권이 바뀌었다. 중국에는 이민족인 청나라가 건국되고 일본에는 도쿠가와 막부가 세워졌다. 조선과 일본은 강화회담이 결실을 맺어 포로도 쇄환하고 장군이 계승할 때마다 통신사를 파견하여 외교를 회복했지만, 청나라와에도 막부는 끝내 외교를 회복하지 못하고 단절상태가 계속되었다. 일본은 조선을 통해서 대륙문화를 받아들일 수밖에 없었고, 그 방법 중 하나가 바로 통신사를 초청할 때 시인, 화가, 의원 등의 각 분야 전문가를 초청하는 것이었다.

오백 명 규모의 문화사절단 통신사

　연암 박지원은 천재시인 이언진(李彦瑱, 1740~1766)이 11차 통신사 수행원으로 일본에 다녀온 지 2년 만에 세상을 뜨자, 이를 애석히 여겨 「우상전」을 지었다. 그 첫머리에 일본이 조선에 다양한 전문가들로 구성된 문화사절단을 파견해 달라고 요청한 사연이 실려 있다.

　　일본의 관백(關白)이 새로 정권을 잡자, 그는 저축을 늘리고 건물을 수리했으며, 선박을 손질하고 속국의 각 섬들에서 기재(奇才)·검객(劍客)·궤기(詭技)·음교(淫巧)·서화(書畵)·여러 분야의 인물들을 샅샅이 긁어내어, 서울로 모아들여 훈련시키고 계획을 갖추었다. 그런 지 몇 달 뒤에야 우리나라에 사신을 파견해 달라고 요청하였는데, 마치 상국(上國)의 조명(詔命)을 기다리는 것처럼 공손하였다.
　　그러자 우리 조정에서는 문신 가운데 3품 이하를 골라 뽑아서 삼사(三使)를 갖추어 보냈다. 이들을 수행하는 사람들도 모두 말 잘하고 많이 아는 자들이었다. 천문·지리·산수·점술·의술·관상·무력으로부터 통소 잘 부는 사람, 술 잘 마시는 사람, 장기나 바둑 잘 두는 사람, 말을 잘 타거나 활을 잘 쏘는 사람에 이르기까지, 한 가지 기술로 나라 안에서 이름난 사람들은 모두 함께 따라가게 되었다. 그런데 이들 가운데서도 문장과 서화를 가장 중요하게 여기지 않을 수가 없었다. 왜냐하면 그들은 조선 사람의 작품 가운데 한 글자만 얻어도 양식을 싸지 않고 천리 길을 갈 수 있기 때문이었다.

　도쿠가와 이에하루(德川家治)가 쇼군을 계승하자 일본 각 분야의 대표적인 인물들을 에도로 불러들여 조선 사절단 맞을 준비를 시킨 뒤, "마치 상국의 조서를 기다리는 것처럼 공손하게" 조선에 통신사를 요청하였다. 중국과 공식적인 외교가 단절되었으므로, 대륙문화를 받아들이기 위해 조선을 상국같이 모신 것이다. 사무라이 국가 일본에는 과거제도가 없기 때문에 한문학을 직업삼아 평생 파고든 지식인들이 적어서, 일본인들은 조선 문인의 문장과 서화를 보물같이 여겼다.

조선에서도 국위를 선양하기 위해 여러 분야의 문화 전문가들을 선발하여 파견했는데, 『계림창화집(鷄林唱和集)』이 출판된 8차 통신사 (1711년) 때에는 500명을 파견했다. 당시 쓰시마에서 에도까지 왕복하는 동안 일본인들이 숙소마다 찾아와 필담을 나누거나 한시를 주고받았는데, 필담집이나 창화집은 곧바로 출판되어 널리 읽혔다. 필담 창화에 참여한 일본 지식인은 대륙의 새로운 지식을 얻었을 뿐만 아니라, 일본 사회에서 전문가로서의 위상도 획득하였다.

8차 통신사 때에 출판된 필담 창화집은 현재 9종이 확인되었으며, 필담 창화에 참여한 일본 문인은 250여 명이나 된다. 이는 7차까지 출판된 필담 창화집을 모두 합한 것보다 훨씬 많은 수인데, 통신사 파견이 100년 가까이 되자 일본에서도 한문학 지식인 계층이 두터워졌음을 알 수 있다. 8차 통신사에 참여한 일행 가운데 2명은 기행문을 남겼는데, 부사 임수간(任守幹)이 기록한 『동사록(東槎錄)』이나 역관 김현문(金顯門)이 기록한 또 하나의 『동사록』이 조선에 돌아와 남에게 보여주기 위해 일방적으로 쓴 글이라면, 필담 창화집은 일본에서 조선과 일본의 지식인들이 마주앉아 함께 기록한 글이다. 그러기에 타인의 눈을 통해 자신의 모습을 객관적으로 볼 수 있다.

16권 16책의 방대한 분량으로 다양한 주제를 정리한 『계림창화집』

에도막부 초기의 일본 지식인은 주로 승려였기에, 당연히 승려들이 통신사를 접대하고, 필담에 참여하였다. 그 다음으로 유자(儒者)들이 있었는데, 로널드 토비는 이들을 조선의 유학자와 비교해 "일본의 유학자는 국가에 이용가치를 인정받은 일종의 전문 지식인에 지나지 않았다"고 규정하였다. 그 가운데 상당수는 의원이었으므로 흔히 유의(儒醫)라고 하는데, 한문으로 된 의서를 읽다보니 유학에도 관심을 가지게 된 것이다. 이노 작스이(稻生若水)가 물고기 한 마리를 가지고 제술관 이현과 서기 홍순연 일행을 찾아가서 필담을 나눈 기록이 『계림창화집』 권5에 실려 있다.

> 이　현 : 이 물고기는 우리나라의 송어입니다. 조령의 동남 지방에 많이 있어, 아주 귀하지는 않습니다.
> 홍순연 : 이 물고기는 우리나라의 농어와 매우 닮았습니다. 귀국에도 농어가 있는지 모르겠지만, 이것과 같지 않습니까? 농어가 아니라면 내가 아는 물고기가 아닙니다.
> 남성중 : 이 물고기는 우리나라 송어입니다. 연어와 성질이 같으나 몸집이 작으며, 우리나라 동해에서 납니다. 7~8월 사이에 바다에서 떼를 지어 강으로 올라가는데, 몸이 바위에 갈려 비늘이 다 떨어져 나가 죽기까지 하니 그 성질을 모르겠습니다.

그는 일본산 물고기의 습성을 자세히 설명하고 조선에도 있는지 물었지만, 조선 문인들은 이 방면의 전문가들이 아니어서 이름 정도나 추정했을 뿐이다. 홍순연은 농어라고 엉뚱하게 대답하기까지 하였다. 조선 문인이라면 모든 것을 알 수 있을 것이라고 기대했기에 생긴 결과인데, 아직 의학필담으로 분화되기 이전의 형태다. 이 필담 말미에 이노 작스이는 이런 기록을 덧붙여 마무리했다.

> 『동의보감』을 살펴보니 "송어는 성질이 태평하고 맛이 달며 독이 없다. 맛이 진기하고 살지다. 색은 붉으면서 선명하다. 소나무 마디 같아서 이름이 송어이다. 동북쪽 바다에서 난다"고 하였다. 지금 남성중의 대답에 『동의보감』의 설명을 참고하니, '鮏'은 송어와 같은 것이다. 그러나 '송어'라는 이름은 조선의 방언이지, 중화에서 부르는 이름이 아니다. 『팔민통지(八閩通志)』(줄임) 『해징현지(海澄縣志)』 등의 책에 모두 송어가 실려 있으나, 모습이 이것과 매우 다르다. 다른 종류인데, 이름이 같을 뿐이다.

기록에서 보듯, 이노 작스이는 다수의 의견에 따라 이 물고기를 '송어'라고 추정한 후, 비교적 자세한 남성중의 대답과 『동의보감』의 기록을 비교하여 '송어'로 결론 내렸다. 그런 뒤에 조선의 '송어'가 중국의 송어와 같은 것인지 확인하기 위해 중국의 여러 지방지를 조사한 후, '송어'는 정확한 명칭이 아니라 그저 조선의 방언인 것으로 결론지었다. 양의(良醫) 기두문(奇斗文)에게는 약초를 가지고 가서 필담을 시도하였다.

> 稻生若水 : 이 나뭇잎은 세 개의 뾰족한 끝이 있고 겨울에 시들지 않으며, 봄에 가느다란 꽃이 핍니다. 열매의 크기는 대두만하고, 모여서 둥글게 공처럼 되며, 생길 때는 파랗고, 익으면 자흑색이 됩니다. 나무

에 진액이 있어 엉기면 향이 나고, 색이 붉습니다. 이름은 선인장 나무
입니다. (줄임)

　　기두문 : 이것이 진짜 백부자(白附子)입니다.

　제술관이나 서기들이 경험에 의존해 대답한 것과 달리, 기두문은
의원이었으므로 자신의 지식을 바탕으로 확실하게 대답하였다. 구지
현박사의 연구에 의하면 이노 작스이는 『서물류찬(庶物類纂)』이라는
박물지를 편찬하기 위해 방대한 자료를 수집·고증하고 있었는데, 문
화 선진국 조선의 문인에게 서문을 부탁하여, 제술관 이현이 써 주었
다. 1,054권이나 되는 일본 최대의 백과사전에 조선 문인이 서문을 써
주어 권위를 얻게 된 것이다.

출판사 주인이 상업적인 출판을 위해 직접 필담에 참여하다

　초기의 필담 창화집은 일본의 시인, 유학자, 의원 등 전문 지식인이
번주(藩主)의 명령이나 자신의 정보용, 명예욕에 따라 필담에 나선 결
과물이지만, 『계림창화집』 16권 16책은 출판사 주인이 직접 전국 각
지역에서 발생한 필담 창화 원고들을 수집하여 출판한 것이다. 따라
서 필담 창화 인원도 수십 명에 이르며, 많은 자본을 들여서 출판하였
다. 막부(幕府)의 어용 서적을 공급하던 게이분칸(奎文館) 주인 세오겐
베이(瀬尾源兵衛, 1691~1728)가 21세 청년의 몸으로 교토지역 필담에 참
여해 『계림창화집』 권6을 편집하고, 다른 지역의 필담 창화 원고까지
모두 수집해 16권 16책을 출판했을 뿐 아니라, 여기에 빠진 원고들까

지 수집해 『칠가창화집(七家唱和集)』 10권 10책을 출판하였다.

『칠가창화집』은 『계림창화속집』이라고도 불렸는데, 7차 사행 때의 최대 필담 창화집인 『화한창수집(和韓唱酬集)』 4권 7책의 갑절 규모에 해당한다. 규모가 이러하니 자본 또한 막대하게 소요되어, 고쇼모노도 코로(御書物所)인 이즈모지 이즈미노조(出雲寺 和泉掾) 쇼하쿠도(松栢堂)와 공동 투자하여 출판하였다. 게이분칸(奎文館)에서는 9차 사행 때에도 『상한창화훈지집(桑韓唱和塤篪集)』 11권 11책을 출판하여, 세오겐베이(瀬尾源兵衛)는 29세에 이미 대표적인 출판업자로 자리매김하게 되었다. 그러나 안타깝게도 38세에 세상을 떠나, 더 이상의 거질 필담 창화집은 간행되지 못했다.

필담창화집 178책을 수집하여 원문을 입력하고 번역한 결과물

나는 조선시대 한문학 연구가 조선 국경 안의 한문학만이 아니라 국경 너머를 오가며 외국인들과 주고받은 한자 기록물까지 연구해야 한다는 생각으로, 첫 번째 박사논문을 지도하면서 '통신사 필담창화집'을 과제로 주었다. 구지현 선생은 1763년에 파견된 11차 통신사 구성원들이 기록한 사행록 9종과 필담창화집 30종을 수집하여 분석했는데, 박사학위를 받은 뒤에도 필담창화집을 계속 수집하여 2008년 한국학술진흥재단의 토대연구에 『조선후기 통신사 필담창수집의 수집, 번역 및 데이터베이스 구축』이라는 과제를 신청하였다. 이 과제를 진행하면서 우리 팀에서 수집한 필담창화집 178책의 목록과, 우리가 예상한 작업진도 및 번역 분량은 다음과 같다.

1) 1차년도(2008. 7.~2009. 6.) : 1607년(1차 사행)에서 1711년(8차 사행)까지

연번	필담창화집 책 제목	면 수	1면 당 행수	1행 당 글자 수	예상되는 원문 글자 수
001	朝鮮筆談集	44	8	15	5,280
002	朝鮮三官使酬和	24	23	9	4,968
003	和韓唱酬集首	74	10	14	10,360
004	和韓唱酬集一	152	10	14	21,280
005	和韓唱酬集二	130	10	14	18,200
006	和韓唱酬集三	90	10	14	12,600
007	和韓唱酬集四	53	10	14	7,420
008	和韓唱酬集(결본)				
009	韓使手口錄	94	10	21	19,740
010	朝鮮人筆談幷贈答詩(國圖本)	24	10	19	4,560
011	朝鮮人筆談幷贈答詩(東京都立本)	78	10	18	14,040
012	任處士筆語	55	10	19	10,450
013	水戶公朝鮮人贈答集	65	9	20	11,700
014	西山遺事附朝鮮使書簡	48	9	16	6,912
015	木下順菴稿	59	7	10	4,130
016	鷄林唱和集1	96	9	18	15,552
017	鷄林唱和集2	102	9	18	16,524
018	鷄林唱和集3	128	9	18	20,736
019	鷄林唱和集4	122	9	18	19,764
020	鷄林唱和集5	110	9	18	17,820
021	鷄林唱和集6	115	9	18	18,630
022	鷄林唱和集7	104	9	18	16,848
023	鷄林唱和集8	129	9	18	20,898
024	觀樂筆談	49	9	16	7,056
025	廣陵問槎錄上	72	7	20	10,080
026	廣陵問槎錄下	64	7	19	8,512
027	問槎二種上	84	7	19	11,172

028	問槎二種中	50	7	19	6,650
029	問槎二種下	73	7	19	9,709
030	尾陽倡和錄	50	8	14	5,600
031	槎客通筒集	140	10	17	23,800
032	桑韓醫談	88	9	18	14,256
033	辛卯唱酬詩	26	7	11	2,002
034	辛卯韓客贈答	118	8	16	15,104
035	辛卯和韓唱酬	70	10	20	14,000
036	兩東唱和錄上	56	10	20	11,200
037	兩東唱和錄下	60	10	20	12,000
038	兩東唱和後錄	42	10	20	8,400
039	正德韓槎諭禮	16	10	18	2,880
040	朝鮮客館詩文稿(내용 중복)	0	0	0	0
041	坐間筆語附江關筆談	44	10	20	8,800
042	七家唱和集－班荊集	74	9	18	11,988
043	七家唱和集－正德和韓集	89	9	18	14,418
044	七家唱和集－支機閒談	74	9	18	11,988
045	七家唱和集－朝鮮客館詩文稿	48	9	18	7,776
046	七家唱和集－桑韓唱酬集	20	9	18	3,240
047	七家唱和集－桑韓唱和集	54	9	18	8,748
048	七家唱和集－賓館縞紵集	83	9	18	13,446
049	韓客贈答別集	222	9	19	37,962
예상 총 글자수					589,839
1차년도 예상 번역 매수 (200자원고지)					약 8,900매

2) 2차년도(2009. 7.~2010. 6.) : 1719년(9차 사행)에서 1748년(10차 사행)까지

연번	필담창화집 책 제목	면수	1면 당 행수	1행 당 글자 수	예상되는 원문 글자 수
050	客館璀璨集	50	9	18	8,100
051	蓬島遺珠	54	9	18	8,748
052	三林韓客唱和集	140	9	19	23,940
053	桑韓星槎餘響	47	9	18	7,614

054	桑韓星槎答響	106	9	18	17,172
055	桑韓唱酬集1권	43	9	20	7,740
056	桑韓唱酬集2권	38	9	20	6,840
057	桑韓唱酬集3권	46	9	20	8,280
058	桑韓唱和塤篪集1권	42	10	20	8,400
059	桑韓唱和塤篪集2권	62	10	20	12,400
060	桑韓唱和塤篪集3권	49	10	20	9,800
061	桑韓唱和塤篪集4권	42	10	20	8,400
062	桑韓唱和塤篪集5권	52	10	20	10,400
063	桑韓唱和塤篪集6권	83	10	20	16,600
064	桑韓唱和塤篪集7권	66	10	20	13,200
065	桑韓唱和塤篪集8권	52	10	20	10,400
066	桑韓唱和塤篪集9권	63	10	20	12,600
067	桑韓唱和塤篪集10권	56	10	20	11,200
068	桑韓唱和塤篪集11권	35	10	20	7,000
069	信陽山人韓館倡和稿	40	9	19	6,840
070	兩關唱和集1권	44	9	20	7,920
071	兩關唱和集2권	56	9	20	10,080
072	朝鮮人對詩集1권	160	8	19	24,320
073	朝鮮人對詩集2권	186	8	19	28,272
074	韓客唱和/浪華唱和合章	86	6	12	6,192
075	和韓唱和	100	9	20	18,000
076	來庭集	77	10	20	15,400
077	對麗筆語	34	10	20	6,800
078	鳴海驛唱和	96	7	18	12,096
079	蓬左賓館集	14	10	18	2,520
080	蓬左賓館唱和	10	10	18	1,800
081	桑韓醫問答	84	9	17	12,852
082	桑韓鏘鏗錄1권	40	10	20	8,000
083	桑韓鏘鏗錄2권	43	10	20	8,600
084	桑韓鏘鏗錄3권	36	10	20	7,200
085	桑韓萍梗錄	30	8	17	4,080
086	善隣風雅1권	80	10	20	16,000
087	善隣風雅2권	74	10	20	14,800
088	善隣風雅後篇1권	80	9	20	14,400

089	善隣風雅後篇2권	74	9	20	13,320
090	星軺餘轟	42	9	16	6,048
091	兩東筆語1권	70	9	20	12,600
092	兩東筆語2권	51	9	20	9,180
093	兩東筆語3권	49	9	20	8,820
094	延享五年韓人唱和集1권	10	10	18	1,800
095	延享五年韓人唱和集2권	10	10	18	1,800
096	延享五年韓人唱和集3권	22	10	18	3,960
097	延享韓使唱和	46	8	14	5,152
098	牛窓錄	22	10	21	4,620
099	林家韓館贈答1권	38	10	20	7,600
100	林家韓館贈答2권	32	10	20	6,400
101	長門戊辰問槎상권	50	10	20	10,000
102	長門戊辰問槎중권	51	10	20	10,200
103	長門戊辰問槎하권	20	10	20	4,000
104	丁卯酬和集	50	20	30	30,000
105	朝鮮筆談(元丈)	127	10	18	22,860
106	朝鮮筆談1권(河村春恒)	44	12	20	10,560
107	朝鮮筆談1권(河村春恒)	49	12	20	11,760
108	韓客對話贈答	44	10	16	7,040
109	韓客筆譚	91	8	18	13,104
110	韓人唱和詩	16	14	21	4,704
111	韓人唱和詩集1권	14	7	18	1,764
112	韓人唱和詩集1권	12	7	18	1,512
113	和韓文會	86	9	20	15,480
114	和韓唱和錄1권	68	9	20	12,240
115	和韓唱和錄2권	52	9	20	9,360
116	和韓唱和附錄	80	9	20	14,400
117	和韓筆談薰風編1권	78	9	20	14,040
118	和韓筆談薰風編2권	52	9	20	9,360
119	鴻臚傾蓋集	28	9	20	5,040
예상 총 글자수					723,730
2차년도 예상 번역 매수 (200자원고지)					약 10,850매

3) 3차년도(2010. 7.~ 2011. 6.) : 1763년(11차 사행)에서 1811년(12차 사행)까지

연번	필담창화집 책 제목	면수	1면당 행수	1행당 글자수	예상되는 원문 글자수
120	歌芝照乘	26	10	20	5,200
121	甲申槎客萍水集	210	9	18	34,020
122	甲申接槎錄	56	9	14	7,056
123	甲申韓人唱和歸國1권	72	8	20	11,520
124	甲申韓人唱和歸國2권	47	8	20	7,520
125	客館唱和	58	10	18	10,440
126	鷄壇嚶鳴 간본 부분	62	10	20	12,400
127	鷄壇嚶鳴 필사부분	82	8	16	10,496
128	奇事風聞	12	10	18	2,160
129	南宮先生講餘獨覽	50	9	20	9,000
130	東渡筆談	80	10	20	16,000
131	東槎餘談	104	10	21	21,840
132	東游篇	102	10	20	20,400
133	問槎餘響1권	60	9	20	10,800
134	問槎餘響2권	46	9	20	8,280
135	問佩集	54	9	20	9,720
136	賓館唱和集	42	7	13	3,822
137	三世唱和	23	15	17	5,865
138	桑韓筆語	78	11	22	18,876
139	松菴筆語	50	11	24	13,200
140	殊服同調集	62	10	20	12,400
141	快快餘響	136	8	22	23,936
142	兩東鬪語乾	59	10	20	11,800
143	兩東鬪語坤	121	10	20	24,200
144	兩好餘話상권	62	9	22	12,276
145	兩好餘話하권	50	9	22	9,900
146	倭韓醫談(刊本)	96	9	16	13,824
147	倭韓醫談(寫本)	63	12	20	15,120
148	栗齋探勝草1권	48	9	17	7,344
149	栗齋探勝草2권	50	9	17	7,650
150	長門癸甲問槎1권	66	11	22	15,972

151	長門癸甲問槎2권	62	11	22	15,004
152	長門癸甲問槎3권	80	11	22	19,360
153	長門癸甲問槎4권	54	11	22	13,068
154	萍遇錄	68	12	17	13,872
155	品川一燈	41	10	20	8,200
156	表海英華	54	10	20	10,800
157	河梁雅契	38	10	20	7,600
158	和韓醫談	60	10	20	12,000
159	韓客人相筆話	80	10	20	16,000
160	韓館應酬錄	45	10	20	9,000
161	韓館唱和1권	92	8	14	10,304
162	韓館唱和2권	78	8	14	8,736
163	韓館唱和3권	67	8	14	7,504
164	韓館唱和續集1권	180	8	14	20,160
165	韓館唱和續集2권	182	8	14	20,384
166	韓館唱和續集3권	110	8	14	12,320
167	韓館唱和別集	56	8	14	6,272
168	鴻臚摭華	112	10	12	13,440
169	鷄林情盟	63	10	20	12,600
170	對禮餘藻	90	10	20	18,000
171	對禮餘藻(明遠館叢書 57)	123	10	20	24,600
172	對禮餘藻(明遠館叢書 58)	132	10	20	26,400
173	三劉先生詩文	58	10	20	11,600
174	辛未和韓唱酬錄	80	13	19	19,760
175	接鮮瘖語(寫本)1	102	10	20	20,400
176	接鮮瘖語(寫本)2	110	11	21	25,410
177	精里筆談	17	10	20	3,400
178	中興五侯詠	42	9	20	7,560
예상 총 글자수					786,791
3차년도 예상 번역 매수 (200자원고지)					약 11,800매

1차년도에는 하우봉(전북대) 교수와 유경미(일본 나가사키국립대학) 교수를 공동연구원으로 하여 고운기, 구지현, 김형태, 허은주, 김용흠 박

사가 전임연구원으로 번역에 참여하였다. 3년 동안 기태완, 이지양, 진영미, 김유경, 김정신, 강지희 박사가 연구원으로 교체되어, 결국 35,000매나 되는 번역원고를 마무리하였다.

일본식 한문이 중국식 한문과 달라서 특히 인명이나 지명 번역이 힘들었는데, 번역문에서는 독자들이 읽기 쉽도록 한국식 한자음으로 표기하고, 첫 번째 각주에서만 일본식 한자음을 표기하였다. 원문을 표점 입력하는 방법은 고전번역원에서 채택한 방법을 권장했지만, 번역자마다 한문을 교육받고 번역해온 과정이 다르기 때문에 재량을 인정하였다. 원본 상태를 확인하려는 연구자를 위해 영인본을 뒤에 편집하였는데, 모두 국내외 소장처의 사용 승인을 받았다.

원문과 번역문을 합하여 200자원고지 5만 매 분량의『조선후기 통신사 필담창화집 번역총서』를 12,000면의 이미지와 함께 편집하고 4차에 나누어 10책씩 출판하는 과정이 복잡하고 힘들었기에, 연세대학교 정갑영 총장에게 편집비 지원을 신청하였다.『조선후기 통신사 필담창수집 번역본 30권 편집』정책연구비(2012-1-0332)를 지원해주신 정갑영 총장에게 감사드린다.

『조선후기 통신사 필담창화집 번역총서』를 편집하는 과정에 문화재청으로부터『통신사기록 조사 및 번역, 데이터베이스 구축』연구용역을 발주받게 되어, 필담창화집을 비롯한 통신사 관련 기록을 세계기록유산으로 등재하는 작업에 참여하게 된 것도 기쁜 일이다. 통신사 관련 기록들이 모두 데이터베이스로 구축되어 국내외 학자들이 한일문화교류, 나아가서는 동아시아문화교류 연구에 손쉽게 참여하게 된다면『통신사 필담창화집 번역총서』의 사명을 다하는 것이라고 생각한다.

조선후기 통신사가 동아시아 문화교류 연구에 중요한 이유는 임진 왜란 이후에 중국(청나라)과 일본의 단절된 외교를 통신사가 간접적으로 이어주었기 때문이다. 통신사 필담창화집 번역총서 60권 출판이 마무리되면 조선후기에 한국(조선)과 중국(청나라) 지식인들이 주고받은 척독집 40여 권도 데이터베이스로 구축하여, 일본에서 조선을 거쳐 청나라로 이어지는 '동아시아 문화교류의 길' 데이터베이스를 국내외 학자들에게 제공하고자 한다.

▌진영미(晉永美)

성균관대학교 국어국문학과 졸업
성균관대학교 대학원 석·박사.
성균관대학교 시간강사 및 대동문화연구원 선임연구원.
중국 북경대학교 중국고문헌연구중심 객원교수.
연세대학교 국학연구원 연구교수를 거쳐
현재 선문대학 인문과학연구소 연구교수.
주요 논문으로는 『『間槎餘響』과 『日觀唱酬』 所載 南玉의 酬應詩 比較 硏究」(2011), 「갑신사행
시 필담창수집과 『日觀唱酬』의 誤記 문제」(2011), 「原作과 改作 漢詩 비교 연구─필담창화집과
『日觀唱酬』 所載 南玉의 수용시를 중심으로─」(2013), 「誠信交隣의 表象性과 淸見寺의 매화─
使行錄을 중심으로─」(2014) 등이 있다.

조선후기 통신사 필담창화집 번역총서 19
桑韓唱酬集

2014년 8월 28일 초판 1쇄 펴냄

역 자 진영미
발행인 김흥국
발행처 도서출판 보고사

등록 1990년 12월 13일 제6-0429호
주소 서울특별시 성북구 보문동7가 11번지 2층
전화 922-5120~1(편집), 922-2246(영업)
팩스 922-6990
메일 kanapub3@naver.com
http://www.bogosabooks.co.kr

ISBN 979-11-5516-294-1
　　　979-11-5516-055-8 94810 (세트)
ⓒ 진영미, 2014

정가 24,000원

이 도서의 국립중앙도서관 출판예정도서목록(CIP)은 서지정보유통지원시스템 홈페이지
(http://seoji.nl.go.kr)와 국가자료공동목록시스템(http://www.nl.go.kr/kolisnet)에
서 이용하실 수 있습니다. (CIP제어번호 : CIP2014024653)